DU PAIN ET DU JASMIN

Monia Mazigh

Du pain et du jasmin

ROMAN

David

Catalogage avant publication de Bibliothèque et Archives Canada

Mazigh, Monia, auteur
    Du pain et du jasmin / Monia Mazigh.

(Voix narratives)
Publié en formats imprimé(s) et électronique(s).
ISBN 978-2-89597-454-3. — ISBN 978-2-89597-520-5 (pdf). —
ISBN 978-2-89597-521-2 (epub)

    I. Titre. II. Collection : Voix narratives

PS8626.A96D8 2015   C843'.6   C2015-905155-X
                            C2015-905156-8

L'auteure tient à remercier la Ville d'Ottawa, par l'entremise du programme de financement « Arts littéraires », pour son soutien lors de l'écriture de ce roman.

Les Éditions David remercient le Conseil des arts du Canada, le Bureau des arts franco-ontariens du Conseil des arts de l'Ontario, la Ville d'Ottawa et le gouvernement du Canada par l'entremise du Fonds du livre du Canada.

Conseil des arts Canada Council
du Canada for the Arts

ONTARIO ARTS COUNCIL
CONSEIL DES ARTS DE L'ONTARIO
an Ontario government agency
un organisme du gouvernement de l'Ontario

Ottawa

Les Éditions David
335-B, rue Cumberland, Ottawa (Ontario) K1N 7J3
Téléphone : 613-830-3336 | Télécopieur : 613-830-2819
info@editionsdavid.com | www.editionsdavid.com

NOTE DE L'AUTEURE

Ce livre est une œuvre de fiction. Il n'est aucunement auto-biographique. Certes, je me suis inspirée de certains souvenirs d'enfance, mais tous les personnages du roman n'ont existé que dans mon imagination. «Les émeutes du pain», qu'on a aussi appelées « la Révolution du couscous », se sont bel et bien déroulées en Tunisie en 1984. De même, le soulèvement social entre 2010-2011, qui a précipité la chute du régime Ben Ali, est réel. Cependant, tout en se rapprochant des faits historiques, les dates indiquées ont été parfois légèrement modifiées pour les besoins du récit.

1

Tunis, le 3 janvier 1984

Je restais là en silence, le visage marqué par la douleur, mes jambes légèrement écartées, mes fesses bien posées sur le siège de la toilette. D'atroces crampes tiraillaient mon ventre à intervalles réguliers comme des couteaux aiguisés. Une diarrhée fétide sortait de mon corps comme l'eau brûlante jaillissant d'un geyser, me libérant soudainement de la douleur intense que j'avais eue quelques minutes auparavant. Je me sentais déjà mieux. Je profitais du peu de répit pour examiner les lieux. Je regardais par-dessous la porte en bois écaillé. Les toilettes n'étaient pas propres. Le carrelage était devenu gris sous les pas des clients du restaurant qui entraient et sortaient à longueur de journée. J'ai entendu quelques pas franchir la porte voisine, suivi du bruit d'un jet d'urine trop bruyant qui semblait incapable de s'arrêter. Puis une chasse d'eau qu'on tire. Je ne bougeais pas, j'avais honte de moi, je ne voulais pas me lever, je ne voulais être vue de personne. Je ne savais pas ce qui s'était passé au juste. Je venais de manger un casse-croûte *keftaji* dans cette gargote. À peine la dernière bouchée avalée, le gargouillement gênant de mes intestins en furie s'était fait entendre. Tout mon corps était secoué de crampes intenses. Je n'avais d'autre choix que d'aller aux toilettes.

Il faut dire que ma journée avait très mal commencé. Vers midi, j'avais tellement faim que je ne pouvais plus réfléchir. D'habitude, j'apportais avec moi un sandwich que je mangeais en compagnie de Neila. Nous nous asseyions toutes les deux sur le bord de la clôture, pas loin de la bibliothèque de notre lycée. Nos pieds pendaient comme ceux de gamines se balançant sur le muret en brique. Derrière nous, les eucalyptus centenaires nous enveloppaient de leurs ombres bienveillantes. Leurs branches majestueuses tombaient vers le sol, un peu lasses de leur longue vie.

C'était ma mère qui me préparait mon sandwich chaque matin. Elle coupait le quart d'une baguette qu'elle achetait tôt chez Hassan, l'épicier du coin. Elle y pratiquait une petite fente transversale, puis y mettait une cuillerée d'harissa diluée dans un peu d'eau, quelques miettes de thon ou de sardine, selon que nous étions au début ou à la fin du mois, et un filet d'huile de soja. Depuis quelques années, mon père n'arrivait plus à acheter de l'huile d'olive. La vie devenait de plus en plus chère. Son maigre salaire de fonctionnaire au ministère de la Justice ne suffisait plus. Au début de chaque mois, c'était un peu la fête chez nous. Mon père achetait des boîtes de thon. «La marque Sidi-Daoud est la meilleure!» répétait-il chaque fois, comme s'il avait peur que nous l'oubliions. Puis il renchérissait : «C'est à Sidi-Daoud que les gros thons argentés de la Méditerranée viennent se gaver d'algues appétissantes. Leur chair devient savoureuse et parfumée et c'est là justement qu'on les attrape. Les Italiens appellent cette pêche la *Matanza*...» Personne ou presque ne prêtait attention à ce que mon père racontait. Nous avions appris ces paroles par cœur. La fête continuait pendant une semaine ou deux et ma mère préparait des bricks au thon et agrémentait de quelques miettes la salade *méchouia*, faite de tomates et de piments grillés au charbon.

Mais vers la fin du mois, l'argent se faisait rare. À la maison, l'atmosphère devenait tendue. C'était alors au tour de ma mère de faire les courses, tandis que mon père restait dans son fauteuil, planté devant la télé. Je savais qu'il avait la tête ailleurs. Il ruminait. Ma mère n'achetait aucune viande, elle ne pouvait plus se l'offrir. Alors, elle préparait des mets avec des légumes : des soupes aux pois chiches, du couscous aux courgettes, aux épinards et aux pommes de terre, des pâtes garnies aux fèves, aux lentilles et aux pois verts. C'était la guigne culinaire ! Pour mes sandwichs quotidiens, elle achetait des boîtes de sardines qui baignaient dans une huile douteuse, fade, sans aucune comparaison avec le thon de Sidi-Daoud. Et gare à celui qui se plaignait, rouspétait ou lançait des commentaires. Pas un mot ne devait être prononcé. Car chaque mot lâché sans raison pouvait provoquer un regard noir de la part de mon père ou une longue leçon de morale de ma mère qui se terminait infailliblement par une dispute entre mes parents. Je me taisais et restais dans mon coin. Le silence me nourrissait.

Ces derniers jours, les troubles dans le sud du pays, dont mon père m'avait vaguement parlé, rajoutaient au sentiment de misère qui enveloppait Tunis et notre maison. Mais la situation ne m'intéressait pas vraiment. Ma vie me suffisait.

Ce matin-là, ma mère était sortie tôt, je ne savais trop où. Faire des courses peut-être, ou rendre visite à Hédia, notre voisine, la maman de la petite Najwa. Hédia venait de perdre son mari. J'étais trop paresseuse pour préparer quoi que ce soit. J'avais pris mes affaires et j'étais donc partie au lycée sans rien apporter à manger. Neila n'était pas venue aux cours. La veille, quand nous nous étions quittées devant son immeuble, elle avait l'air un peu fatiguée, mais ne m'avait rien dit. Ce matin-là, je l'ai attendue devant chez elle, à l'endroit habituel, sur l'herbe sèche, à côté du réverbère à l'ampoule brisée, mais elle n'a pas donné signe de vie.

J'espérais que ce ne soit pas son père qui lui ait encore fait une scène. Car M. Abdelkader battait ses enfants pour un oui ou pour un non. Personne ne pouvait l'arrêter. Il se déchaînait de toutes ses forces comme la première pluie de l'automne, qu'on appelle *Ghassalat El-Nouader*, ou la lessiveuse des meules de foin. Une pluie forte et intense qui emporte tout sur son chemin, amoncellements de cailloux, amas de poubelles, journaux jaunis et chats morts dans les terrains vagues. L'eau tombe du ciel en trombe avec une telle force que les égouts refoulent, débordent dans les quartiers et que des ruisseaux se forment. La poussière, soufflée par le vent du sirocco de l'été, est avalée à gros bruit par les gouttes de pluie. Tout comme les histoires de ghoula¹ qui peuplaient nos enfances innocentes. Puis, une fois la pluie calmée, les gens sortent dans les ruelles inondées pour constater les dégâts.

La tempête passée, Neila se regardait dans le miroir. Son père lui laissait des bleus partout sur le corps. Sur les joues coulaient des ruisseaux de larmes. Sur sa peau blanche, les traces sombres des doigts de son père enfoncés dans sa chair souple. Neila détestait son père et ses coups

---

1. Ghoula, forme féminine de ghoul en arabe, signifie créature monstrueuse.

de rage contre elle et ses frères. Elle voulait partir, quitter la maison, ne plus revenir. Elle ne voulait pas devenir comme sa mère, terrée dans le silence. Incapable d'arrêter la tempête. La semaine précédente, elle m'en avait glissé un mot.

— Un jour, je m'enfuirai avec Mounir, il verra, cette brute de papa, il crèvera tout seul!

— Et ta mère, lui avais-je alors rétorqué, tu la laisseras seule avec lui?

Neila avait ignoré mes paroles et fui mon regard interrogateur. Elle avait vite changé de sujet. De profil, j'avais vu sa mâchoire bouger rapidement. C'était son tic quand elle était en colère.

J'ai relevé mon pantalon, rattaché ma ceinture et rajusté mon chemisier, puis presque en cachette, je me suis glissée furtivement hors de cette toilette crasseuse. Heureusement, personne ne m'avait vue, j'en étais soulagée. Mon mal de ventre avait disparu. Je n'avais qu'une seule envie : sortir le plus rapidement possible de ce lieu infect. «Jamais, je ne remettrai les pieds dans cet endroit», me répétais-je sans cesse. Je regardais ma montre, mes cours allaient reprendre dans quelques minutes. Je pressais le pas. Je ne voulais pas rater les premières minutes, sinon je ne comprendrais plus rien.

Quand je suis rentrée en classe, le professeur, M. Kamel, était déjà installé. Il sortait ses gros classeurs de son vieux cartable de cuir noir. Sonia était devant lui. Comme d'habitude, elle lui faisait les yeux doux. Elle repoussait une grosse mèche blonde qui lui tombait sur les yeux. Sa poitrine opulente frôlait le bord du bureau. M. Kamel paraissait mal à l'aise. Il répondait aux questions de Sonia comme un automate. J'ai sorti mes affaires de mon sac et

regardé ce duo du coin de l'œil. De temps à autre, les petits
yeux ronds de M. Kamel se posaient sur les seins de Sonia.
Au fond de la classe, les garçons rigolaient vicieusement.
J'ai entendu l'un d'eux proférer une obscénité, puis encore
un éclat de rire suivi de quelques ricanements. Sonia continuait son manège. Elle voulait bien sûr réussir son année.
Je le savais. Toute la classe le savait, sauf M. Kamel qui
feignait l'ignorance. Je me suis assise à ma place habituelle
à côté de la fenêtre. Neila me manquait. Des frissons me
parcouraient le dos. Le visage de son père m'est apparu
et m'a glacé le sang. Je l'imaginais, les sourcils froncés,
la bouche tordue par la rage, abattre son bras sur le corps
menu de Neila. « Oh, mon Dieu, faites que rien de grave
ne se soit passé ! » ai-je murmuré en silence. Et comme pour
repousser les idées noires qui flottaient dans ma tête, je me
suis promis d'aller lui rendre visite en rentrant du lycée.

Sonia est enfin retournée à sa place, les yeux de
M. Kamel s'étaient adoucis. Sonia se déhanchait presque,
ses jeans allaient céder pour laisser apparaître sa chair lai-
teuse. Le visage de Neila ne voulait plus me quitter. Est-ce
que son père lui avait encore laissé des traces sur le visage ?

Je prenais des notes. M. Kamel parlait rapidement.
Il gardait les mains dans ses poches. Il se grattait un peu
partout. Un flot de mots s'abattait sur nous comme une
avalanche de printemps. Sonia suçait le bout de son stylo
en jouant, de l'autre main, avec ses boucles. M. Kamel
s'est levé de son bureau. Il n'arrêtait pas de parler. J'écri-
vais frénétiquement. Je ne voulais laisser échapper aucune
parole. Tout serait écrit, appris par cœur, puis régurgité
au moment propice, lors de l'examen. Je connaissais la
méthode, je la haïssais, mais je l'appliquais à merveille.
Mon stylo glissait souplement sur les feuilles blanches.
Les mots et les phrases remplissaient mes oreilles, puis se

répandaient sur mon cahier comme des papillons de nuit agglutinés autour de la lumière, pour être ensuite chassés par une bête sauvage ou un danger imminent. M. Kamel marchait entre les rangs. Ses souliers se soulevaient difficilement du sol. Il ralentissait le pas quand il s'approchait du pupitre de Sonia. Il me semblait avoir vu sa main frôler doucement la jambe de Sonia. Une exclamation est partie du fond de la classe. M. Kamel s'est retourné. Son visage était rouge, ses narines frémissaient, la sueur coulait de ses tempes.

— Qui est-ce qui vient de rigoler comme un âne? a-t-il vociféré. Sommes-nous dans un cours d'arabe ou dans un zoo?

Un rire étouffé s'est fait entendre. M. Kamel fulminait. «Toi, au fond, à droite, lève-toi, je ne veux pas voir ton visage pour le reste du cours!»

La colère de M. Kamel s'était abattue sur Riad. Un garçon timide qui bégayait. On ne l'entendait jamais parler et encore moins rire. Pourquoi M. Kamel l'avait-il choisi? Le visage cramoisi, la bouche cousue, Riad a rangé ses affaires calmement. Il ne contestait pas la décision du professeur. Je me suis retournée pour mieux voir. Le fond de la classe me paraissait tellement loin. Riad, la tête baissée, se dirigeait vers la porte. M. Kamel, l'air triomphant, le regardait d'un air menaçant, le doigt encore pointé vers lui, tremblant légèrement. Au fond de la classe, les garçons s'étaient tus. Personne n'a eu le courage de dénoncer le vrai coupable. Riad a ouvert la porte. Soudain, un grand brouhaha s'est fait entendre. Un bruit de pas résonnait dans les couloirs et dans les escaliers. C'était comme une meute d'hyènes en train de poursuivre une proie. Je me suis levée de ma chaise et j'ai jeté un coup d'œil dehors. Une foule avançait vers notre lycée. Dans la cour, des gens étaient portés sur des épaules, d'autres lançaient des pierres trouvées par hasard sur le chemin. On entendait l'écho de chants patriotiques.

« Que se passe-t-il ? » a demandé M. Kamel d'une voix nerveuse, l'éclat de ses yeux soudainement éteint.

Personne n'a eu le temps de répondre. Une pierre a fracassé la vitre. J'ai évité les éclats de verre de justesse en baissant la tête brusquement. Une deuxième pierre a atterri sur le pupitre de Sonia, qui a commencé aussitôt à crier hystériquement. Dehors, la foule grossissait de plus en plus et se dirigeait vers notre pavillon. M. Kamel avait mystérieusement disparu de la classe. Avec une rapidité inhabituelle qui m'a surprise, j'ai fourré mes cahiers dans mon sac et j'ai essayé tant bien que mal de me faufiler à travers la foule d'élèves qui cherchait à s'échapper. Mon cœur battait à tout rompre. La peur s'emparait de moi. Je sentais mon monde, d'habitude si bien organisé, s'écrouler subitement comme des cubes en bois. Mais que pouvait-il bien se passer ? me répétais-je sans cesse.

2

Décidément, ma mère me tape sur le système. C'est le cinquième courriel qu'elle m'envoie depuis ce matin. Elle veut savoir si je vais bien, si je mange assez et si la situation à Tunis est calme. Bien sûr, que je vais bien. D'ailleurs, que peut-il encore se passer dans ce pays merdique, plein de dragueurs, de voleurs et de chômeurs ? Ma mère veut absolument que j'apprenne l'arabe, que je connaisse la vie monotone qu'elle a vécue, que « je me familiarise avec mon héritage tunisien », comme elle ne cessait de me le dire et le redire à longueur de journée à Ottawa.

Salut M'man,

La situation est calme. À côté de l'Institut Bourguiba des langues vivantes, il y a des dizaines de flics toujours accolés au mur. Comme s'ils devaient le soutenir de peur qu'il ne s'écroule sur eux. Je ne sais pas si c'est pour protéger la synagogue, qui se trouve juste à quelques mètres, ou pour protéger les étudiants étrangers qui entrent et sortent du bâtiment où j'étudie. En tout cas, ils n'arrêtent pas de nous lancer des sourires et des compliments que je comprends à peine. Hier, j'ai mangé de la douida chez tante Neila. Elle m'a gavée comme une oie. C'était super bon! Les affiches du président sont partout dans la ville, il tient ses deux mains à côté de son cœur et nous sourit d'un air narquois. Je ne sais pas si c'est pour dire qu'il aime son peuple ou qu'il veut l'écraser. Tunis est calme. Aucune révolte à l'horizon. Tu te tracasses trop en lisant les sites Internet douteux. Ici, personne n'entend parler de manifestations, de bassins miniers, de morts, de prisonniers politiques. S'il te plaît, calme-toi. De toute façon, je ne comprends rien à ton pays.

Je t'aime.

Lila

Voilà, c'est fait, je lui ai répondu. J'espère qu'elle va arrêter de m'envoyer ses messages affolés. Je compte les jours pour rentrer à Ottawa. Tunis n'est pas ma ville. Même si ma mère m'a toujours parlé et décrit son pays natal avec ses rues étroites, sa vieille ville, la médina, ses gens chaleureux, son ciel bleu et sa douceur de vivre. Je ne m'émeus pas. Je ne me sens pas concernée. Tunis n'est pas chez moi. Même si j'habite chez les amis de ma mère, des gens gentils qui me traitent comme leur propre fille. Tunis reste une ville étrangère pour moi. Ça ne marche toujours pas pour moi. Ottawa est ma ville à moi. Les jardins publics qui changent de couleur au gré des saisons. Les avenues larges où l'on doit presque courir pour pouvoir traverser. Les musées où j'ai passé mon enfance et dont je ne me lasse jamais, avec leurs expositions spéciales. Les nuits noires et glaciales quand je regarde le ciel clair et limpide et que je sens mon cœur fondre dans la grandeur de l'univers. La rivière des Outaouais, une épée qui trouve sa voie entre deux provinces, avec ses rives étalées et ses méandres tortueux. C'est là que je veux vivre, c'est là où je veux faire ma vie. Pas à Tunis.

Mon téléphone vibre. Un texto de maman. Elle est rassurée. Ouf! Je vais sortir rejoindre ma nouvelle amie, Donia. Enfin, je ne suis pas certaine qu'elle soit mon amie, disons plutôt que c'est une nouvelle camarade. Je l'ai rencontrée il y a deux jours dans un cybercafé, à côté de la maison de tante Neila. C'est là où je vais lire mes courriels quand il n'y a pas de connexion Internet à la maison. Donia m'a souri en premier. Le propriétaire du café me cherchait noise. Son regard ombrageux me le disait. Il faut dire que je ne le supporte pas, cet homme. Il a quelque chose de louche quand il me dévisage. Le jour où j'ai rencontré Donia, il voulait que je lui donne deux dinars de plus que le prix habituel. Il prétendait que j'avais dépassé le temps permis d'un quart d'heure. Ça se voyait dans ses yeux qu'il mentait. Il balançait la tête comme un gros melon laissé sur un comptoir lisse et ne cessait de poser son regard sur ma poitrine. J'avais l'impression qu'il allait me dévorer. Me gober crue. Heureusement que Donia est intervenue.

— Chnoua, Am Mokhtar! a-t-elle dit d'un ton familier, presque irrespectueux. C'est mon invitée, tu n'as pas vu comme elle est gentille, tout comme moi?

Elle lui a parlé d'un air enjôleur, comme une fillette qui parle mielleusement à son père ou à son grand-père. Je suis restée là, incrédule, je ne connaissais pas cette fille à la peau couleur de sable, au sourire radieux et à la chevelure noire et frisée qui retombait sur ses épaules. Pourquoi est-elle venue à ma défense? Pourquoi prétendre que je suis son invitée, alors que je ne la connaissais même pas? Et comme par magie, ça a marché! Les paroles de Donia ont ensorcelé le propriétaire. Am Mokhtar a radouci son regard. D'un air résigné, l'homme s'est tourné vers moi.

— Cette fois, je laisse tomber, parce que je respecte Donia et parce que je l'aime beaucoup, comme ma propre fille. Tu es son invitée. Je te pardonne pour les deux dinars…

J'ai voulu rouspéter et montrer à cet escroc que je n'avais pas besoin de sa gentillesse, mais Donia ne m'a pas laissé le temps de réagir. Doucement, elle m'a poussée vers la porte en me tenant le bras comme de vieilles amies. Je me suis laissé faire. La « pauvre Canadienne » se fait rouler encore une fois, ai-je pensé. Dehors, le vent soufflait comme je ne l'avais jamais senti dans cette ville. Les nuages formaient une épaisse couche grisâtre dans le ciel, prêt à nous tomber dessus. Des grains de sable me piquaient les yeux.

— Donia, c'est mon prénom. Excuse-moi, pour tout à l'heure, si j'ai fait semblant de te connaître, mais tu vois, c'était la seule façon de te sauver de ce Mokhtar. Il sait bien qu'il ne peut pas me toucher, moi. Mais je n'aime pas qu'il se livre à ses escroqueries devant moi. Je les connais trop.

Je suis restée un moment le regard surpris, l'air idiot, ne sachant que répondre à cette jeune fille de mon âge. Puis, en bégayant presque, je suis arrivée à lui dire :

— Je m'appelle Lila, je suis en visite en Tunisie pour améliorer mon arabe, je vis chez des amis qui habitent dans cette rue… Tu vois là-bas, l'immeuble jaune aux fenêtres marron.

Je lui ai désigné l'immeuble où habitaient tante Neila et oncle Mounir[2]. Donia, les yeux toujours rieurs, a hoché

2. Il est commun dans le contexte nord-africain d'utiliser les appellations oncle et tante pour des amis du père ou de la mère, sans lien autre que l'affection ou parfois le respect.

la tête. Elle a eu l'air surprise de m'entendre parler avec un léger accent.

— Est-ce que tu es Tunisienne ou étrangère ?

Même si je ne suis pas entièrement Tunisienne, ça me tord l'estomac de me faire appeler « l'étrangère ». Je me suis efforcée de sourire et lui ai dit :

— En fait, je suis un peu les deux !

Donia a tout de suite remarqué mon changement d'expression. Elle a posé la main sur sa bouche, comme pour exprimer son regret, puis s'est empressée d'ajouter :

— Vraiment, je m'excuse, je ne voulais pas t'offenser, mais je n'avais aucune idée d'où tu venais, je voulais simplement t'aider...

Et comme pour se faire pardonner sa gaffe au sujet de mon origine, elle s'est approchée un peu plus de moi.

« Tu vois, la maison d'en face, c'est là que j'habite. Si tu veux utiliser Internet, viens chez moi, il n'y a aucun problème. »

Puis elle m'a donné son numéro de portable et m'a dit de l'appeler quand je voulais.

Donia vit dans une belle maison blanche, avec un portail de métal blanc, devant lequel sont garées une Mercedes quatre par quatre et une BMW sport. Un monsieur en burnous est assis sur une chaise en plastique devant la porte. C'est sans doute le gardien. Tout sent la richesse. Lentement, j'ai sorti mon téléphone pour noter le numéro de Donia. J'ai continué de la regarder avec étonnement. Je ne savais pas comment réagir devant cette fille spontanée qui contredisait tout ce que j'avais appris sur la ville et les gens depuis mon arrivée à Tunis.

— Merci Donia, ai-je finalement pu articuler, c'est vraiment gentil de m'aider. Je t'appellerai, c'est promis.

Vais-je vraiment tenir ma promesse? Tante Neila me répète chaque matin de me méfier des gens qui sont trop gentils. Je la crois sans réserve. Plusieurs fois, je me suis fait berner. Quelque chose dans ma démarche, dans mon regard, un peu dans mon accent, quelque chose qui fait comprendre aux gens que je ne suis pas d'ici, et alors, on essaie de me tromper, d'augmenter les prix, de me convaincre des bienfaits d'un produit ou même parfois de me faire une demande en mariage. Mais Donia est différente, elle dégage la bonté. « C'est une bonne fille », comme dirait ma mère. Tiens, tiens, loin d'elle, je me surprends à répéter ses commentaires. Que m'arrive-t-il? Cette ville me jette-t-elle un sort?

Donia m'a saluée de la main, puis a tourné les talons. Am Mokhtar est sorti devant son magasin, il nous regardait d'un air mesquin. À ma vue, il s'est efforcé de sourire. Il lui manque deux dents. Son front dégarni se creuse de rides. C'est drôle, mais il m'a fait presque pitié. J'ai vite oublié son sourire et ai marché vers l'immeuble de tante Neila. Quelques gouttes de pluie commençaient à tomber. Un vent humide me gelait les joues. C'était une nouvelle sensation du froid. Rien à voir avec le vent du nord qui nous brûle le bout du nez à Ottawa. C'est plutôt un vent humide et piquant qui rentre dans les os et s'empare de notre intérieur.

Une autre nature. Une nature qui peut être dure et imprévisible. Comme les gens d'ici.

3

J'ai réussi avec peine à regagner la cour. Les couloirs du lycée ressemblaient à des gares de train avec des passagers égarés, errant dans les deux sens. Je tremblais de peur, mais j'essayais de ne pas céder à la panique. Tout le monde se bousculait. De loin, je voyais Sonia pleurer et crier, telle une déchaînée. Personne ne venait vers elle. Le lycée était devenu comme un souk en pleine effervescence. Des pierres fusaient de toutes parts. Je me suis cachée derrière les poutres. Je ne voyais ni le directeur du lycée, ni le surveillant général, Botti[3], comme on le surnommait. Je ne voyais que des attroupements d'élèves bruyants et agités courir dans tous les sens. J'étais désemparée, ne sachant que faire. Le cœur toujours battant, les membres chancelants, je me suis dirigée vers la clôture du côté ouest de notre école. C'est là que Neila et moi grimpions un petit mur quand nous étions en retard et que nous voulions éviter de faire tout le tour du lycée pour rentrer par la porte principale. D'habitude, nous devions nous faire presque minuscules et nous esquiver du regard perçant de Botti,

---

3. Le gros, en dialecte tunisien.

qui faisait toujours le guet à cet endroit, comme dans une tour de contrôle, pour attraper les élèves paresseux ou retardataires. Heureusement pour moi, ce jour-là, il n'y avait ni Botti ni âme qui vive. J'ai pris mon courage à deux mains et j'ai traversé en courant le couloir qui se trouve derrière les toilettes. D'habitude l'odeur nauséabonde s'agrippait à nos narines et ne nous lâchait que quelques minutes plus tard. Mais cette fois, je n'y ai même pas prêté attention. De loin, j'entendais les cris des élèves qui s'étaient joints à de terrifiantes hordes de jeunes presque en haillons, le visage dur, sortis de je ne sais où pour attaquer notre lycée et scander des slogans politiques. « Avec ou sans diplôme, il n'y a pas d'avenir ! » Ces paroles résonnaient comme le son d'un tambour de guerre. Et moi qui ne rêvais que d'obtenir mon bac ! Que voulaient dire ces manifestants ?

Je me suis faufilée derrière un buisson chétif. Tout mon corps tremblait, je retenais mon souffle et je m'apprêtais à sauter la clôture, quand soudain une main puissante s'est abattue sur moi. Figée sur place, je n'essayais même pas de me débattre. J'attendais ma fin. Je sentais la sueur couler légèrement dans mon dos. Lentement, j'ai tourné la tête et, à ma grande surprise, j'ai vu Mounir. C'était le petit ami de Neila, son amoureux. Il habitait non loin de notre quartier, dans les collines qui le surplombaient, dans des maisons de fortune construites en taule, en pierre et en boue séchée. Les familles qui vivaient dans ces collines s'y étaient établies après avoir quitté leur village natal, dans les terres arides de l'intérieur du pays. Ils élevaient quelques moutons, des chèvres, des poules et des oies. Les femmes s'occupaient des animaux et les hommes vendaient du charbon dans des charrettes tirées par des ânes. Mais depuis que les nouveaux projets domiciliaires avaient envahi cette région appelée anciennement *Kerch Al Ghaba*, ou «ventre de la forêt», ces familles avaient dû s'exiler. Elles se déplaçaient d'un endroit à l'autre. Graduellement, avec le temps, les hommes avaient commencé à vendre du fumier destiné aux beaux jardins des villas qui poussaient comme des champignons. Les femmes et les jeunes filles, quant à elles, devenaient bonnes à tout faire dans ces mêmes villas.

Mounir était le seul de sa famille à avoir passé le bac. Grand, le teint basané, les yeux couleur de miel, il affichait constamment un sourire triste. Tous les soirs, dans le nouveau centre commercial qui avait ouvert ses portes pour servir la clientèle aisée des beaux quartiers, il travaillait comme gardien de sécurité. Mais il n'avait pas abandonné ses études. Il allait à l'université. Il faisait des études de droit. Il voulait devenir avocat. Neila et Mounir s'étaient rencontrés au centre commercial. Neila y faisait des courses pour sa famille, Mounir se tenait debout devant la porte du grand supermarché pour ouvrir les sacs des clients suspicieux. Au premier regard, le courant avait passé. «Ses yeux m'ont électrisée», m'avait plus tard confié Neila avec un sourire malicieux. Depuis, ils ne se quittaient plus. Ils se voyaient en cachette, loin des yeux terrifiants de M. Abdelkader, le père de Neila. C'était sa douce oasis au milieu du désert qu'imposait la colère de son père. Il n'y avait que moi qui étais au courant de cette histoire. Une histoire d'amour simple, innocente, qui me berçait et qui me laissait ébahie, car je ne savais pas à quel point l'amour pouvait rendre les gens rêveurs et courageux. L'histoire de Neila et Mounir, avec leurs sorties en cachette, leurs messages gribouillés sur des pages déchirées de cahiers d'écolier et leurs balades sur les plages de la Goulette, me faisait découvrir un monde nouveau, une autre réalité. Une réalité que je ne connaissais qu'à travers les livres que je lisais et les films que je voyais avec Neila. Il n'y avait rien autour de moi qui me parlait d'amour. Même pas les cérémonies de mariage auxquelles ma mère me forçait d'aller pendant l'été!

— Nadia, comment veux-tu te marier un jour, si personne ne te voit dans les mariages?

Et comme si cela ne me faisait pas assez peur, ma mère enchaînait:

«Tu vas finir comme ta tante Rafika, une vieille fille grincheuse et méchante...»

Alors, à contrecœur et de peur de finir comme ma tante Rafika, je revêtais ma robe rose à volants, découvrant à peine mes épaules étroites et mon cou frêle. Ma mère insistait toujours pour que j'aille chez la coiffeuse qui louait, en guise de salon, le garage d'une maison au bout de notre rue.

«Non, mais tu veux aller au mariage de ma cousine avec ta tignasse frisée comme une brosse à cheveux? Que vont penser les invitées? Que je n'ai même pas deux dinars pour te payer une mise en plis!»

Ma mère gagnait toujours, je n'avais pas la force de m'opposer à ses commentaires et à ses souhaits. À coup de séchoir brûlant et de rouleaux qui me perçaient le cuir chevelu comme des poils de hérisson, mes cheveux devenaient lisses et me tombaient sur le dos. C'est ainsi, habillée de ma robe rose ridicule, rétrécie à force de lavages et de séchages, repassée une centaine de fois, les cheveux étirés et gonflés par l'humidité des soirées estivales, que j'accompagnais ma mère à ces fameux mariages. Les époux ne s'embrassaient jamais. «C'est *ib*[4], on ne fait jamais ça devant les autres», répétait souvent ma mère pour désapprouver les

---

4. Geste indécent ou péché, selon le contexte.

baisers que nous voyions parfois à la télé. Et comme pour lui donner raison, papa fermait brusquement la télé et me demandait d'aller immédiatement dans ma chambre pour finir mes devoirs, même quand je n'avais pas de devoirs ou que j'avais tout fini. Les mariages où j'allais me semblaient ternes et monotones. La mariée s'asseyait sur une grande chaise peinte de couleur dorée, mauvaise réplique d'un fauteuil Louis XVI. Au-dessus de sa tête était tendue une corde à linge où on avait accroché des ampoules rouges, vertes et bleues. La mariée tenait un grand bouquet de jasmin et ne souriait que rarement. Peut-être avait-elle peur de cette nouvelle vie qui l'attendait ? Le marié restait lui aussi assis pendant toute la soirée. Il portait toujours un costume noir. Ses cheveux soigneusement peignés d'un côté de la tête. Il tenait un bouquet nettement plus petit que celui de la mariée et l'approchait constamment de son nez pour le respirer ou pour cacher sa nervosité. La musique assourdissait les tympans. L'orchestre, qu'on payait souvent bon marché, jouait les mêmes chansons populaires que j'entendais à la radio depuis que j'avais cinq ou six ans. La seule partie de la cérémonie qui m'intéressait, c'était le moment où les morceaux de baklava aux amandes qui croquaient sous la dent étaient servis avec de la limonade fraîche, du jus de fraise ou du *gazouz*[5]. Les mariés ne dansaient jamais, ne se tenaient jamais par la main. Je ne voyais aucun signe d'amour ni d'affection entre eux. Rien à voir avec les regards langoureux échangés entre Mounir et Neila. Leur mariage serait différent. J'en étais certaine.

---

5. Boisson gazeuse, en dialecte tunisien.

Mais là, sur le muret qui clôturait notre lycée, un bras tenant mon sac et l'autre retenu par la main puissante de Mounir, j'étais à mille lieues de penser au mariage.

— Tu n'aurais pas dû venir à l'école aujourd'hui… Vite, dépêche-toi de rentrer, me dit Mounir.

Il avait les yeux rouges, les cheveux ébouriffés. Jamais je ne l'avais vu avec une tête pareille. Si je ne l'avais pas déjà connu, je l'aurais pris pour un paysan, un autre voyou parmi les bandes de jeunes que je venais tout juste d'éviter dans la cour du lycée. Aucun mot ne venait à ma rescousse. Je me taisais, la peur me paralysait tout le corps. Mounir a lâché mon bras et j'ai failli tomber dans le vide, mais il m'a retenue par un pan de ma chemise. Enfin, je lui ai répondu :

— Je n'ai aucune idée de ce qui se passe, personne ne m'a dit qu'il y aurait des manifestations…

Le visage de Mounir s'est assombri davantage.

— Viens, je vais t'aider à sauter par-dessus le muret, m'a-t-il lancé, comme pour cacher son inquiétude.

D'un mouvement rapide, il a sauté par terre, puis a entrelacé les doigts de ses deux mains comme pour me faire un escabeau de fortune.

« Pose ton pied gauche là, et n'aie pas peur, j'ai assez de force pour te soutenir… »

J'ai obéi à Mounir sans hésitation. J'étais encore sous le choc, je ne savais pas ce que Mounir faisait là ni pourquoi il était dans cet état.

« Écoute-moi bien, Nadia, il y a de grosses manifestations partout en ville… C'est la révolte des déshérités contre les riches et les bien nantis. Nous sommes sortis pour la justice et pour le pain. Les policiers sont partout, ils tirent sur tout le monde. Fais attention à toi et rentre tout de suite à la maison. Et ne dis à personne que tu m'as vu… »

Il a hésité un moment.

« Si tu vois Neila, passe-lui le bonjour… Et surtout, embrasse-la pour moi… »

J'ai rougi. *Ib!* aurait répondu ma mère. Mais au lieu de me crisper, les mots de Mounir ont su me détendre.

— D'accord, c'est promis !

Je n'ai pas eu le temps de poser plus de questions, Mounir avait déjà disparu derrière les gros eucalyptus qui longeaient l'autre côté du muret. Une fourmi dans la nuit. Un tourbillon l'avait happé. Je ne comprenais rien. La révolte, les riches, les déshérités.

Qui était contre qui ? Est-ce que j'étais une riche aux yeux de Mounir ? Si oui, pourquoi m'avait-il aidée ? Et lui, quel était son rôle, que faisait-il dans tout ça ? À quel groupe appartenait-il ? « Nous sommes sortis pour la justice et le pain ! » m'avait-il dit. Qui était ce « nous » ? Mes yeux s'embrouillaient. Une boule me montait à la gorge et me bloquait les cordes vocales. Mon monde propre et méticuleux se démembrait organe par organe. Pas à pas. Des vérités m'échappaient. Un bruit strident m'a fait sursauter. C'étaient des coups de feu. J'ai pris mes jambes à mon cou et j'ai couru aussi rapidement que pendant mes cours d'éducation physique au lycée. Mes pieds, mes jambes, mes mains répondaient tous aux appels de détresse lancés par mon cerveau.

4

Quel superbe café et quelle vue imprenable sur le lac de Tunis! Je ne me crois toujours pas à Tunis. Je n'arrive pas à détourner mon regard du lac. Les palmiers nains, plantés ici et là sur la pelouse, rajoutent à la beauté des lieux. L'ambiance est chaleureuse, les gens civilisés, les boissons exquises. Garçons et filles sont assis ensemble côte à côte. La plupart parlent un français entrecoupé de quelques expressions arabes, en dialecte tunisien. Je n'entends aucun commentaire désobligeant. Pour la première fois depuis que je suis ici, je me sens calme et détendue. Rien à voir avec l'ambiance suffocante des rues de Tunis, que je parcours pour me rendre à mes cours d'arabe ou faire quelques courses avec tante Neila au marché. Le lendemain de l'incident avec Am Mokhtar, j'ai appelé Donia pour la remercier. Juste avant de raccrocher, elle a insisté pour que je l'accompagne au *Mezzo Luna*.

— C'est un café de jeunes, j'y vais avec quelques amis, on y passera l'après-midi, après on pourra aller jouer au *bowling*, tu feras connaissance avec mes amis. Tu verras, tu les aimeras, ils sont *cool*, comme toi!

Je n'étais pas encore certaine de vouloir aller avec Donia et de faire la connaissance de ses amis. Qu'allais-je bien pouvoir leur raconter ? Pourquoi les aimerais-je, qu'avais-je en commun avec eux ? Certes, ma mère est Tunisienne, mais mon père est Canadien. J'ai vécu toute ma vie au Canada. La plupart de mes amis sont Canadiens. Je parle arabe avec un accent. Malgré les efforts répétés de ma mère pour me donner une identité tunisienne, je n'arrive tout simplement pas à m'identifier aux gens d'ici.

Pourtant, assise dans cette grande salle, je me sens presque chez moi. Les rires qui éclatent, le bruit des tasses de café qui se frôlent, le tintement des glaçons qui s'embrassent et se repoussent, le crépitement du thé vert à la menthe qui coule en faisant des bulles d'air dans les beaux verres décorés de petites arabesques. Je m'enfonce dans mon fauteuil, paisible, soulagée presque, et regarde autour de moi. Donia est assise à ma gauche. Elle est vraisemblablement la chef d'orchestre du groupe. Gentille, mais ferme, elle se fait écouter des garçons, qui l'admirent comme si elle était l'un des leurs. Il y a deux garçons et deux filles dans le groupe. Jamel est le plus proche de Donia. Grand, bouillant d'énergie, il a les mots qui sortent aisément de sa bouche. Ses lunettes lui donnent l'air d'un intellectuel, il semble le plus savant du groupe, le génie à suivre. Est-ce que c'est le copain de Donia ? Son amoureux ? Je le soupçonne, mais rien ne confirme mon intuition, sauf parfois un regard qui dure plus longtemps qu'il ne le devrait, un mot qui ne fait sourire qu'eux deux. Bref, une complicité étouffée et un langage corporel que seuls ces deux-là peuvent déchiffrer. L'autre garçon, Sami, a l'air plutôt timide et réservé. Ses cheveux lisses lui encadrent le visage, lui donnant l'air d'une jeune fille sage. Il sourit beaucoup à Donia et acquiesce continuellement de la tête comme pour signifier qu'elle a toujours raison, mais il ne dit pas grand-chose. Les deux filles s'appellent Rim et Farah. Elles rigolent entre elles en se regardant et en clignant les yeux. L'une a les cheveux gominés, coupés à la garçonne, un petit nez retroussé, des yeux clairs et un peu bridés qui lui donnent l'air d'une chatte à l'affût, prête à l'attaque. L'autre a une grosse tignasse châtaine qui lui arrive dans le dos et qu'elle replace constamment d'un mouvement rapide du bord de la main. Ses yeux noirs font ressortir la blancheur de sa peau. Quelques taches de rousseur parsèment son visage ovale. Rim et Farah m'ont dévisagée en me voyant venir avec Donia. Avant même que nous fassions connaissance, je savais déjà que je ne leur plaisais pas. Mes jeans déchirés, mes multiples boucles d'oreilles alignées tout le long du lobe, mon large front bombé, héritage de ma mère, et mes yeux bleus, qui rappellent mon père, tout leur révèle l'étrangère en moi. Même mes cheveux bruns, à ondulation interminable, qui se dressent comme des tire-bouchons sur ma tête, autre héritage de ma mère, cause d'émerveillement, de compliments et d'admiration pendant toute mon enfance au Canada, ne suffisent pas pour qu'elles me considèrent comme Tunisienne. Moi, fille née du mariage de Nadia, la Tunisienne, et d'Alex, le Canadien. Je suis un mélange quelconque, une hybride, une monstruosité née de la rencontre de deux mondes différents, mais qui n'appartient visiblement à aucun des deux. Du moins pas assez ni pour les uns ni pour les autres. Pour le moment, j'oublie les débats métaphysiques déchirants qui m'ont gardée réveillée bien des nuits durant mon adolescence et je me contente de plonger dans l'ambiance sympathique de ce café. J'entends Jamel parler à voix basse.

— Eh, les copains, apparemment, les choses commencent à s'embraser sur le Web, un ami m'a dit qu'une blogueuse a été arrêtée, il y a deux jours...

Le visage de Donia s'empourpre. Je ne sais si c'est le choc de la nouvelle ou la colère. Rim et Farah chuchotent entre elles, elles espionnent deux grands garçons qui viennent de faire leur entrée au café. Sami paraît intéressé par la nouvelle, son visage s'allonge, ses sourcils se haussent, il veut poser une question, sa bouche s'entrouvre, mais il reste silencieux. Les mots le trahissent. Seul son regard le suit. Donia souffle vers Jamel :

— La blogueuse, tu connais son nom ? Qui te l'a dit ? Ne me dis pas que c'est Tounsia 212...

L'instant me paraît grave. Jamal hésite, il lance un regard furtif vers ma direction. Donia semble comprendre son air interrogateur :

— Mais enfin, parle donc ! On est tous copains, lui ordonne-t-elle, en insistant bien sur le « tous » et en regardant vers moi.

Je reste sur ma chaise, sans bouger. Je comprends mal de quoi ils parlent, mais je fais un effort pour me rapprocher d'eux et pour m'intéresser à la discussion. Donia a deviné mon léger trouble.

— Ici, les dissidents politiques sont arrêtés et emprisonnés. Toute allusion à la politique est défendue, on ne peut pas en parler librement, même quand on dessine une caricature, on risque de payer le prix cher, m'explique-t-elle, sans quitter Jamel des yeux.

Sa voix tremble, elle parle tout bas pour ne pas susciter les regards curieux. Mais personne ne nous prête attention, les rires fusent de partout. Dans le café, les esprits sont à la fête, pas à la politique. Rim et Farah se sont levées pour aller aux toilettes. Il n'y a plus que Jamel et Sami qui sont restés autour de notre table. J'ose avancer une question :

— Qu'écrivent-ils ? Que dénoncent-ils, ces cyber-dissidents ?

Jamel se penche vers moi et me glisse à l'oreille :

— La misère, le coût de la vie, l'injustice, la dictature et le népotisme, le chômage des jeunes. La blogueuse qui vient d'être emprisonnée en fait partie...

Cette tirade me fait l'effet d'une bombe. Je ne me suis jamais souciée de la politique de ce pays. Et pourquoi je le ferais ? J'ai accepté de venir rafistoler mon arabe et de me familiariser avec la culture tunisienne et c'est tout ! « Peut-être que ton voyage culturel en Tunisie t'aidera à mieux te connaître... », m'a souvent répété ma mère. Elle m'a vanté son pays comme un paradis terrestre, un coin où il fait bon vivre et où les relations humaines sont chaleureuses et vivantes. Un lieu où la vie est submergée de rayons de soleil et de douceur. Dans mon for intérieur, je sais que ma mère, ayant quitté son pays natal depuis des années, exagère les choses dans le but de me convaincre. Je sais aussi qu'elle voit son pays par le prisme d'un romantisme vieillot biaisé par les années, rapiécé par la nostalgie et la séparation. Et si un jour elle y retourne, elle ne s'y reconnaîtra plus. Mais j'ai tout de même voulu saisir cette chance. Croire aux paroles de ma mère et essayer de trouver des réponses à mes questions sur mes racines, sur mon existence et sur mon avenir. Après des semaines de refus et d'hésitation, j'ai décidé de venir jusqu'ici. Je ne me suis pas inscrite à l'université pour un semestre, j'ai fait mes valises et je suis débarquée à Tunis chez les meilleurs amis de ma mère, tante Neila et oncle Mounir.

Je ne sais rien du régime politique tunisien, de la dicta-ture, de l'injustice, de l'oppression ou des cyberdissidents.

Ma mère m'en a un peu parlé, mais je n'ai pas fait attention. De toute façon, elle me parle de beaucoup de choses. Même ces derniers jours, quand elle me téléphone ou m'envoie quatre ou cinq messages par jour, je ne la prends pas trop au sérieux. Je pense qu'elle se fait du souci et du mauvais sang pour rien. Et si jamais ma mère avait raison? Et si jamais quelque chose de bizarre mijotait dans ce pays qui, depuis mon arrivée, me semble toujours ensommeillé? Donia, ses copains et ma mère ont tous peut-être raison?

Donia bouge la jambe d'un mouvement répétitif, elle est très nerveuse. Jamel pose sa main sur son épaule et murmure :

— Arrête de remuer comme ça, s'il te plaît, tu me stresses.

Sans le regarder, elle immobilise la jambe. Sami sourit timidement, conscient de la tension qui monte graduellement au sein du groupe.

« Pensez-vous que cette fois est la bonne et que les choses vont vraiment changer? » arrive-t-il à glisser du bout des lèvres.

Jamel et Donia se regardent. J'observe en silence. Je vois Rim et Farah revenir des toilettes, leurs cheveux bien arrangés et leur maquillage retouché. Visiblement, elles ne vivent pas sur la même planète. Donia répond la première :

— Je n'en ai absolument aucune idée! S'il s'avère qu'ils ont arrêté Tounsia 212 ça veut dire qu'ils paniquent et qu'ils commencent à baisser la barre. Tout le monde sait que ce que dit Tounsia 212 sur son blogue, c'est presque...

Donia s'arrête un moment pour chercher un mot qui lui échappe. Comme des aimants attirés par le pôle opposé, nous nous sommes tous rapprochés d'elle pour mieux l'entendre. Sa voix se fait très faible, à peine audible.

« Disons, presque banal, oui c'est bien ça, banal... »

Jamel poursuit :

— Mais c'est ce que ce régime déteste le plus. Il veut faire croire à tout le monde que tout va pour le mieux dans le meilleur des mondes possibles...

Sami sourit, il cligne des yeux.

— Oui, c'est bien ça, le monde de Candide...

Sa remarque, bien à propos, nous fait sourire tous en même temps. Mais aussi, elle a eu comme effet de nous détendre. Laisser couler la tension qui s'est accumulée pendant ces quelques minutes. Donia lance un regard furtif à son téléphone.

Puis elle tourne doucement la tête vers Jamel en pointant un doigt menaçant vers lui.

— Eh! surtout toi, ne fais rien de dangereux, appelle-moi quand tu veux, mais surtout pas de bêtise.

Jamel ne dit rien, sa mine s'est détendue. Il lui lance un regard complice. Sami se lève.

— Je dois partir, les amis, mon père m'a fait une scène la dernière fois quand je suis rentré tard...

Rim et Farah retiennent un rire sournois, elles se parlent discrètement tout en regardant Sami. Nous nous levons tous. Donia paie le thé vert que j'ai bu et le sien. Je n'ai pas le temps de résister. Sami est déjà parti. Rim et Farah ont aperçu un autre groupe de jeunes qu'elles semblent connaître, elles s'excusent et vont à leur rencontre. Donia fait semblant de ne rien remarquer de leur manège. Dehors, le soleil s'apprête à se coucher. Je vois un monsieur, l'air européen, qui fait son jogging le long des berges du lac. Je me crois transportée à Ottawa du côté du marché By. Les cafés, les restaurants, les gens à bicyclette, les spectacles en plein air. Une vision me frôle l'esprit, puis disparaît comme le soleil dont je voyais les derniers rayons se réfléchir sur les bâtiments et les voitures. Jamel parle à voix basse à Donia. Je ne comprends pas tout ce qu'il lui dit. Je retiens les mots « manifestations » et « révolte ». Donia s'approche de moi et s'exclame :

— La vue est magnifique, n'est-ce pas ? On rentre si tu veux bien, le *bowling*, on laisse ça pour une autre fois.

Je hoche la tête sans trop prêter attention à ce qu'elle me dit. Je réfléchis aux paroles de Jamel et de Donia. Je veux en savoir davantage. Donia conduit sa propre voiture. Le chemin du retour est silencieux. Jamel est assis sur la banquette arrière et moi, sur le siège avant. Tunis se prépare pour la nuit. Les réverbères s'allument, leur lumière blanche scintille dans la pénombre. Les autobus jaunes, vieux et délabrés, ramènent les gens chez eux. Donia dépose Jamel devant une station du métro léger. Il nous lance un simple salut du revers de la main, avant de se fondre dans la foule qui attend. « Le passage », ai-je pu lire sur la pancarte indiquant le nom de la station.

— Est-ce qu'il habite loin d'ici ?

— Il vit dans la cité Ettadamoun, il prend le métro pour s'y rendre, me répond Donia.

— Drôle de nom ! Ce mot ne veut-il pas dire solidarité ? Il me semble l'avoir entendu dans mon cours d'arabe... Pourquoi un quartier de la solidarité ?

— Je ne sais pas. C'est un quartier populaire, assez pauvre. Peut-être avons-nous besoin de plus de solidarité avec ces gens...

Puis elle enchaîne :

« Et alors, comment trouves-tu mon groupe d'amis ? Te plaît-il ? » me demande-t-elle avec son habituelle candeur, que j'apprécie de plus en plus.

— Assez surprenant et excitant ! J'ai appris de nouvelles choses sur Tunis, sur la politique, pas comme dans mes cours d'arabe, qui sont à mourir d'ennui ! répondis-je en laissant tomber mes gardes pour la première fois depuis mon arrivée ici.

Le regard de Donia s'illumine, mes mots lui plaisent, je le sens.

— Eh bien, je pense que tu ne seras pas déçue, je suis sûre qu'il y aura du nouveau dans les prochains jours!

Donia fait allusion à des choses que j'ignore, je ne veux pas la bousculer, je fais semblant de ne pas saisir tout le sens de sa phrase. Elle allume la radio. Une chanson arabe aux rythmes inconnus nous parvient aux oreilles. «C'est ma préférée», me dit-elle en clignant de l'œil, et en souriant. Je me surprends à aimer le rythme et à fredonner doucement avec elle le refrain. Décidément, Donia n'en finit pas de me surprendre. Quand la voiture s'immobilise devant l'immeuble de tante Neila, la chanson est terminée. Donia et moi nous nous embrassons comme de vieilles amies. Elle me serre légèrement dans ses bras.

«Mon cœur ne se trompe jamais, je le sais, une voix me dit qu'on sera de bonnes amies.»

Je ne réponds rien. Je me contente de la serrer à mon tour dans mes bras. Puis, elle remonte dans sa voiture et démarre. J'entends le bruit de sa voiture qui s'estompe dans le soir. Je pousse la lourde porte de l'immeuble. «EN PANE», puis-je lire en gros caractères tracés d'une écriture tremblotante sur une feuille de carton brun collée à la porte de l'ascenseur. La faute d'orthographe me vole un sourire. Il faut monter les escaliers à pied jusqu'au huitième étage. Je fais une grimace et pose mon pied sur la première marche.

5

Je suis arrivée essoufflée devant la porte de notre maison. Je sentais que mes poumons allaient éclater d'une minute à l'autre. L'air me manquait. Je voulais m'accroupir pour avoir un peu de répit. Mes jambes tremblaient comme deux roseaux dans le vent. Un autre pas, et je m'aplatissais par terre comme un cadavre incapable de se relever. Le chemin du lycée jusqu'à la maison, je l'avais suivi des centaines de fois avec Neila, ne me souciant de rien, parlant des cours, me moquant des gestes cocasses des profs. Ce jour-là, ce chemin m'avait paru le plus long de toute ma vie. Un couloir de la mort. J'avais passé par des rues désertes. Pas d'autobus, pas de voitures qui klaxonnaient, pas de badauds oisifs sur le bord de la route. Les maisons avaient leurs volets fermés. Les tapis, qu'on sortait le matin sur les bords des fenêtres pour les aérer, avaient été retirés plus tôt que d'habitude. Les draps et les vêtements fraîchement lavés qui, à une telle heure de la journée dansaient encore au gré du vent sur les toits des maisons ou sur les balcons, avaient disparu, dérobés par des mains mystérieuses. De loin, au pied des collines qui donnaient sur notre maison, je voyais de la fumée noire monter vers le ciel, comme si on faisait bouillir un grand chaudron en plein air. Que s'était-il passé au cours des dernières heures ? J'ai poussé le portillon de fer forgé et traversé en titubant l'allée qui menait devant l'entrée principale de notre maison. Ma mère a ouvert la porte et m'a aspirée vers l'intérieur. Elle a claqué la porte derrière moi. J'ai failli tomber par terre, mais ses mains m'ont retenue. J'ai vacillé et me suis ressaisie, puis je suis restée plantée là, l'air idiot.

— Qu'est-ce qui se passe ? ai-je demandé à ma mère d'une voix faible.

Il faisait bon revoir le visage rond et grassouillet de ma mère. Ses traits doux et harmonieux me faisaient l'effet d'un sirop apaisant qui glissait dans ma bouche et caressait les parois sèches de ma gorge. Lentement, je retrouvais mes esprits. Ma poitrine apprivoisait l'air à nouveau.

— C'est la révolte du pain ! s'est empressé de me lancer mon père, assis au salon, l'oreille collée à son poste de radio.

— La révolte du pain ? Mais pourquoi ? Il y avait une grande manifestation dans notre lycée, pourquoi les policiers tiraient-ils en l'air ?

En entendant mes paroles, la mine de ma mère s'est décomposée. Elle a froncé les sourcils. Son visage a blêmi.

— J'espère que personne n'a été blessé ou tué, a-t-elle demandé en pinçant les lèvres.

J'ai secoué la tête.

— Mais j'ai vu de la fumée monter vers le ciel, des pneus de voiture qu'on brûlait, peut-être, je ne sais trop…

Dans un effort pour m'expliquer les choses, ma mère a repris, en me tendant un verre d'eau :

— Hédia, la maman de Najwa, m'a dit ce matin que les pauvres des quartiers d'El-Omrane, d'Ibn Khaldoun et d'Ettadamoun ne peuvent plus acheter de pain, de couscous, de pâtes. Avec les dernières augmentations, le prix de la baguette a presque doublé, les gens vont mourir de faim... Quelle politique injuste et quel gouvernement stupide!

Je me suis assise à la table de la cuisine. Une nappe en plastique à carreaux recouvrait la vieille table aux pieds chancelants que papa n'avait jamais arrangée. Ma mère a fermé les volets bleus de la cuisine. L'atmosphère s'assombrissait. Mon cœur aussi. Ma vie ne serait plus la même. J'ai bu quelques gorgées d'eau. Le puzzle se complétait dans ma tête. Jamais je n'aurais cru que les gens sortiraient dans les rues pour exprimer leur colère. D'ailleurs, je n'avais jamais entendu parler de manifestations, sauf dans les livres. L'été d'avant, j'avais lu *Germinal*, d'Émile Zola. J'avais été fascinée par la force de caractère des mineurs. J'avais longuement réfléchi au personnage d'Étienne Lantier. Le meneur de la grève et son rêve de justice et d'égalité, qu'il voulait partager avec les autres mineurs. Mais je pensais que ce genre de choses n'arrivait qu'en France.

En Tunisie, personne ne parlait de luttes semblables. Ou du moins, pas chez nous. À la télé, nous écoutions les directives du président Bourguiba, le Père de la Nation, le combattant suprême. Quand il arrivait que j'allume la télé et que je tombe sur de telles directives, ma première réaction était d'éteindre aussitôt le poste. Si je n'avais rien à faire, je restais parfois à l'écoute, mais sans comprendre ce qui se disait. C'était un charabia, une juxtaposition d'anecdotes historiques, de rires mélangés à des larmes qui tombaient, des reniflements ou des leçons moralisantes. Tout le monde détestait le régime, mais tout le monde faisait semblant de l'aimer pour pouvoir survivre, nourrir ses enfants et faire comme... tout le monde! Papa était comme tout le monde, lui aussi. Il ne disait rien. Il écoutait les nouvelles à la radio, il les regardait à la télé, il marmonnait des insultes sans que personne ne comprenne ce qu'il dénonçait, et la vie continuait. Au lycée, nous formions trois groupes distincts : les enfants de riches, les pauvres et les autres.

Neila et moi faisons partie des autres. Nous n'étions pas riches, mais nous n'étions pas pauvres non plus. Les enfants de riches se faisaient conduire par des chauffeurs jusque devant la porte de l'école. Ils portaient des vêtements signés, pratiquaient des sports d'hiver dans les stations des Alpes ou dans le Jura. L'été, ils partaient à Hammamet, au Cap-Bon, où la plupart avaient des villas. Les pauvres, on ne les voyait presque pas. C'était comme s'ils s'effaçaient, comme si leur présence dérangeait. Je ne sais trop si c'est nous qui ne les voyions pas ou eux qui se faisaient invisibles, de peur de se faire humilier. Ils habitaient dans des bidonvilles, les mêmes où vivaient Mounir et sa famille. Peu avant, ma mère m'avait dit que le gouvernement voulait détruire ces bidonvilles et faire construire des logements sociaux avec de l'eau courante, des égouts et de l'électricité. Une meilleure façon d'accepter la misère. Mais j'ignorais si le projet avait été réalisé. Neila l'aurait su, elle me l'aurait dit. Mounir habitait encore là-bas. Et puis, il y avait nous, les gens comme Neila et moi. Nos parents étaient fonctionnaires de l'État. Nous habitions parmi les riches, mais nous n'en faisions pas partie. Un accident de parcours ou un heureux hasard. Mon père avait toujours eu de la difficulté à franchir les fins de mois. Ma mère ne travaillait pas, elle bouclait son budget comme elle le pouvait pour que nous ayons une vie convenable, «comme tout le monde», disait-elle. Elle cuisinait, rapiéçait les chaussettes trouées de mon père, achetait nos vêtements à la friperie.

— Ne dis surtout pas que tes vêtements sont achetés à la fripe, me répétait-elle religieusement, l'index tirant le bas de sa paupière droite vers sa joue, pour signifier la gravité du conseil.

Chaque fois qu'elle m'achetait une jupe, un chemisier ou un pantalon chez ces marchands de vieux vêtements donnés par des Américains, c'était la même consigne.

— Et si on me demande où je les ai achetés ? répliquais-je naïvement.

Ma mère s'énervait. Elle n'aimait pas mes questions stupides. Alors, elle me lançait un regard noir qui me glaçait le sang.

— Dis-leur que c'est ton oncle qui te les a ramenés de France !

Ma leçon apprise, je ne disais plus mot.

Un jour, Neila m'avait demandé où j'avais acheté ma jupe plissée à carreaux bleu et rouge.

— C'est mon oncle qui me l'a ramenée de France, lui avais-je répondu en baissant les yeux pour fuir son regard.

— Oh, moi aussi ! Mon oncle m'a ramené ce gros chandail beige de France !

Sans rien dire, nous avions compris que nous obéissions aux ordres de nos mères et qu'en réalité nous faisions partie de ces « autres », ni riches ni pauvres. Ceux qui étaient pris en otage dans le milieu. Cette fameuse classe moyenne qui s'appauvrissait de jour en jour, mais qui voulait boucler son budget, sauver la face et vivre comme tout le monde.

Mon père est entré dans la cuisine. Pour la première fois, je remarquais à quel point il paraissait faible et fragile. Ses cheveux fins étaient collés à son crâne comme des fils d'araignée. Son front plissé s'était encore creusé avec les années. Son dos légèrement voûté me paraissait encore plus courbé que d'habitude. Je ne savais pas si c'étaient les événements de ce jour-là qui lui avaient fait cet effet ou si c'était le choc que je venais de vivre qui m'ouvrait les yeux pour que je commence à voir le monde différemment.

— Nadia, pourquoi parais-tu si ébranlée? m'a-t-il demandé. Ce n'est rien, ça va passer, tu verras!

Il mentait, je le savais, il voulait me rassurer. Ma mère faisait semblant de ne rien entendre, elle faisait bouillir de l'eau pour les macaronis, notre dîner de ce soir-là.

Soudain, nous avons entendu un grand boum, une explosion très proche de notre maison. Ma mère a mis la main sur son cœur en levant les yeux vers le ciel.

— Oh, mon Dieu! Que se passe-t-il, encore?

Des coups de feu se sont fait entendre. Mon père a voulu ouvrir la porte de la cuisine, qui donnait sur le jardin, pour s'enquérir de ce qui se passait. Il voulait absolument nous réconforter.

— Ce n'est rien, ce n'est rien, a-t-il répété, ça doit être des tirs de balles de caoutchouc.

Ma mère l'a regardé, l'air mécontent.

— N'ouvre pas la porte, tu veux nous tuer tous, ou quoi?

Papa a rebroussé chemin, il est sorti de la cuisine et est retourné s'asseoir au salon. J'entendais le son de la radio allumée. Des mots froids et incompréhensibles.

— Il y a un couvre-feu, personne ne pourra sortir de la maison après huit heures du soir! nous a-t-il lancé machinalement du salon.

J'ai pensé à Neila. Comment vivait-elle ces moments? Et Mounir, que faisait-il en ce moment? Était-il parmi ces «bandes de voyous» qui manifestaient, comme tout le monde les décrivait? Est-ce qu'il était sain et sauf? Soudain, j'ai eu peur pour lui, il me semblait mieux comprendre la colère qui l'animait tout à l'heure, la frustration qui se dégageait de lui et l'injustice qu'il voulait combattre dans la société. Je l'imaginais comme Étienne Lantier, en train de convaincre ses amis de se révolter et de tenir tête, le regard franc, contre les contremaîtres, contre l'oppression des nouveaux riches qui affichaient au grand jour leur richesse éhontée et volaient l'argent des pauvres. Mes deux amis me manquaient. J'aurais voulu être avec eux, discuter de ce qui se passait, mieux comprendre les choses, connaître qui étaient les bons et qui étaient les méchants dans cette révolte. Je sentais ma tête tourner. Une cassure venait de se produire. Plus rien ne serait comme avant.

Je suis allée dans ma chambre. Najwa, notre petite voisine, était là. Elle venait de temps en temps passer la journée chez nous ou dormir dans ma chambre. C'était comme si elle recevait une récompense pour son bon comportement. Elle avait six ans et commençait l'école. Elle jouait avec sa poupée et reniflait constamment. Quand elle m'a aperçue, elle s'est jetée dans mes bras.

— Nadia, je t'attendais depuis tout à l'heure, viens jouer avec moi, s'il te plaît!

Elle plissait les yeux tout en mettant son doigt à côté de sa tempe dans un geste enfantin pour m'amadouer. J'ai souri. Je l'ai embrassée et lui ai promis de jouer à la poupée avec elle quand je me serais un peu reposée. Ma tête tournait comme une girouette. Est-ce que les écoles ouvriraient le lendemain? Dommage que papa n'ait jamais voulu faire installer le téléphone. J'aurais bien aimé parler avec Neila. Je ne pouvais même pas sortir dehors et filer chez Hassan, l'épicier du coin. Lui, il avait le téléphone. Si je lui donnais une pièce de 100 millimes, il me laisserait téléphoner chez mon amie.

Sans téléphone, je me résignai à imaginer que Neila se portait bien. Plus tard, nous étions assis dans le salon, chacun son assiette de macaronis sur les genoux. Nous regardions les informations et mangions en silence. C'était encore le début du mois, chacun avait droit à une boulette de viande. D'habitude, nous prenions nos repas dans la cuisine autour de la table. Mais ce jour-là, tout était spécial. Au début, ma mère avait refusé de nous laisser manger au salon, puis elle avait laissé faire. Alors, chacun avait rempli son plat de macaronis et s'était installé devant la vieille télé noir et blanc. Najwa était là, elle aussi. Elle ne comprenait pas trop ce qui se passait, mais elle était contente que nous soyons tous réunis. Elle prenait bien soin de ne laisser aucune miette tomber sur les carreaux. Sinon ma mère commencerait à râler et à dire : «Fais bien attention, ma chérie, sinon, je ne te laisserai plus venir chez nous». Mais, ce soir, personne ne faisait attention aux morceaux de macaronis qui s'échappaient de nos assiettes ni aux quelques éclaboussures de sauce tomate qui tombaient sur les fauteuils râpés de notre salon bleu.

Nos yeux étaient rivés sur le petit écran. Les photos étaient bouleversantes : des voitures calcinées, des autocars renversés. Des gens en train de courir pour fuir les policiers et leurs tirs. Des jets de pierres venant de partout et des vitres brisées. De la fumée qui brouillait la vue comme une brume du matin. Des militaires sortis de leurs casernes, leurs tanks garés sur les grandes artères de la capitale. Je ne reconnaissais plus l'avenue Bourguiba. Un véritable champ de bataille. On aurait dit une scène de film de guerre. Assise devant la télé, les yeux fixés sur les images, la tête ailleurs, mon monde venait de s'écrouler. Était-ce bien le pays dans lequel j'avais grandi ? Qui étaient ces gens sortis dans les rues qui défiaient les policiers et les soldats ? Combien étaient-ils ? En regardant ces images, je me rendais compte pour la première fois de ma vie que le cocon dans lequel j'avais vécu pendant ces dix-huit années n'était qu'un écran fragile qui m'interdisait de voir l'autre réalité, celle des pauvres, des misérables, de ceux qui souffraient en silence.

Le silence de mon père était tout autre. Il gardait son impuissance pour lui. Il avait peur de nous contaminer avec ses idées, peur de partager sa rancune ou sa lâcheté. Il avait peur de ma mère. De ses commentaires acerbes. Ce jour-là, j'ai compris l'hypocrisie de ma mère, qui savait que nous n'étions pas riches, mais qui voulait coûte que coûte sauver les apparences et faire en sorte que nous soyons comme tous les autres. Mais les autres, qui était-ce, au juste ? Les autres, c'était aussi un peu nous, non ?

Ce soir-là, en allant dormir, après avoir brossé les cheveux blonds en nylon de la poupée de Najwa et lui avoir enfilé une jupe trop étroite et un morceau de tissu cousu en forme de tube pour lui cacher la poitrine, je me suis glissée en silence dans mon lit. La lumière bleue et vacillante du chauffage au kérosène se reflétait au plafond de notre chambre. Dans l'obscurité, j'imaginais des formes fugaces qui bougeaient et dansaient, telles des ombres chinoises. La respiration de Najwa était lourde. Son nez bouché résonnait comme un tracteur qui peine à démarrer. Je me suis fait une promesse : le lendemain, je commencerais ma quête de vérité. Je ne me contenterais plus d'être une bonne élève, d'obéir à mes parents et à mes professeurs, ou de vouloir acheter un téléphone dès que j'aurai mon premier chèque de paie. La vie était beaucoup plus compliquée que ça. Je venais d'en avoir la certitude.

6

Tante Neila et oncle Mounir forment un drôle de couple. Rien à voir avec le couple bruyant de maman et papa. Tante Neila affiche une tristesse dans ses yeux qui ne la quitte jamais, même quand elle sourit. Comme si elle et la tristesse ne faisaient qu'un. Souvent, depuis que j'habite chez eux, je l'ai surprise assise sur son tapis de prière, le dos incliné, les cuisses repliées sous son ventre, la tête baissée comme une malheureuse prisonnière de guerre. La seule différence, c'est la façon dont elle garde les mains devant elle, ramenées l'une à côté de l'autre. Couvrant presque son visage. Quand elle se relève de sa prière, je n'ose croiser son regard. Je voudrais disparaître, me rendre invisible pour ne pas la déranger.

— Comment était ton cours d'arabe? me murmure-t-elle de sa voix aiguë de gamine.

Elle a les yeux rouges. Je fais semblant que je n'ai rien vu.

— Bof, pas mal, dis-je comme toujours sur un ton nonchalant, je ne sais pas si ça m'est vraiment utile.

— Mais bien sûr que c'est utile, me rassure-t-elle.

D'un geste vif, elle enlève son habit de prière qui laisse voir ses courts cheveux noirs parsemés de mèches blanches.

Elle vient vers moi et m'embrasse sur la joue, comme le ferait maman. Une odeur d'eau de rose la suit partout et colle sur elle comme une ombre fragile. J'aime tante Neila, mais je ne la comprends pas trop.

Oncle Mounir me fait un peu peur. Surtout ses yeux couleur de miel. J'y vois de la dureté. Peut-être y a-t-il eu un incident, quelque chose qui a changé le cours de sa vie. Il porte toujours une veste grise en laine usée par les années. Ses cheveux frisés sont sagement coiffés vers la droite. Une vieille cicatrice lui sillonne l'avant-bras. Grosse, bombée, comme un serpent collé à sa peau. Sa couleur plus foncée que le reste de la peau attire mon regard. C'est d'abord ce que j'ai remarqué chez lui, la première fois qu'il m'a serré la main. J'ai perçu un léger sourire sur ses lèvres quand il a vu mon regard s'attarder sur cette cicatrice. Un sourire en coin que je n'ai pas pu déchiffrer. Amertume, fierté, nostalgie, douleur ? Mis à part cet air un peu mystérieux, oncle Mounir est plus ou moins normal. Il n'élève jamais la voix. Parfois, je l'entends de ma chambre :

— Neila, lance-t-il, prépare-moi donc un café, s'il te plaît.

Il la supplie presque. Tout de suite après, l'odeur forte du café traverse la cuisine, puis le salon, pour arriver jusqu'à ma chambre et me chatouiller les narines. Je ne bois pas de café, mais, chaque fois, son odeur m'enivre et m'éblouit comme un premier rayon de soleil au printemps. Je la respire longuement pour m'en gaver. Le café est la seule chose qu'oncle Mounir demande à sa femme de lui préparer. Je le vois souvent cuisiner. Une *fouta* autour des hanches. Un vieux pull cachant son torse. Il fait frire des pommes de terre coupées en bâtonnets dans l'huile bouillante. La fumée monte comme celle d'un volcan en éveil. Aujourd'hui, il a préparé un *keftaji*.

49

— C'est le repas des pauvres, me lance-t-il pour me faire rire.

Tante Neila sourit. Les rides autour de ses yeux forment des demi-lunes serrées les unes contre les autres pour se tenir compagnie. Toujours cette même tristesse dans le regard. Toujours cette mélancolie qui ne la quitte pas. Elle ouvre la bouche pour faire une remarque, mais elle se ressaisit. Encore ce même regard.

— C'est vrai, tante Neila ? C'est vrai que le *keftaji* est le repas des pauvres ?

— En quelque sorte, c'est la nourriture de la rue. Jeunes, vieux, riches, pauvres, tout le monde en veut, un peu comme les hot-dogs chez vous en Amérique, m'explique-t-elle.

Oncle Mounir continue de lancer les morceaux de légumes dans l'huile bouillante. Les piments verts et rouges se suivent, des morceaux de potiron les rejoignent. La chair des légumes frais brûle au contact de l'huile bouillante. Des bulles d'air se forment. Oncle Mounir est habile. Ses gestes, minutieux et rapides. Le *keftaji* est un délice. Une fois frits, tous les légumes sont finement hachés, mélangés et épicés. Un œuf frit occupe le centre de nos assiettes comme un soleil au milieu du ciel. Maman ne m'a jamais préparé ce plat. C'est un des meilleurs mets auquel j'ai goûté depuis mon arrivée en Tunisie.

Chaque soir, après les informations, oncle Mounir s'assied sur le balcon pour fumer sa cigarette. Je sais qu'il a terminé quand la lumière jaune de l'ampoule nue qui pend du plafond du balcon s'éteint et qu'aucune lumière n'arrive à ma chambre.

Quand tante Neila et oncle Mounir se parlent, c'est plutôt un monologue. Les mots vont dans un seul sens. Oncle Mounir vers tante Neila. Elle l'écoute d'un air détaché, la tête ailleurs, les yeux remplis d'amour. Elle ne s'oppose jamais, elle est là pour lui, comme un pilier porte une voûte. Mais un pilier fragile, avec des fissures invisibles. Maman a toujours un mot, une remarque, un air, quelque chose dans sa voix quand elle parle à papa. Pas tante Neila. Pas devant moi en tout cas.

En rentrant ce soir dans l'appartement, un peu essoufflée d'avoir monté les huit étages, j'ai une seule idée en tête. Aller dormir. La rencontre avec Donia et ses copains, la discussion sur la situation sociale en Tunisie m'ont fatiguée. J'ai besoin de calme pour mieux comprendre les choses.

Tante Neila et oncle Mounir sont assis devant leur poste de télé. L'appartement est presque noir, seul le lampadaire brille dans un coin du salon. Il y a aussi le reflet de l'écran dans toute la chambre. C'est comme une salle de cinéma qui s'allume et s'éteint. Mon entrée change l'atmosphère calme qui baigne le salon.

— Alors, c'était bien, ta rencontre au lac avec tes amis ? me lance, avec un sourire malicieux, oncle Mounir.

— J'espère que tu t'es bien entendue avec Donia et ses amis ? ajoute tante Neila.

Je m'assieds près d'eux sur un fauteuil gris. Mon genou laisse échapper un craquement. Mes muscles encore endoloris ne répondent pas à mon cerveau. Je voudrais étendre les jambes, mais je reste figée. La montée des escaliers m'a exténuée. Je pose une main sur mon genou, pour me donner un massage rapide.

— Oui, j'ai passé un bel après-midi avec Donia et ses amis. La vue sur le lac était magnifique.

Je ne mentionne rien de la blogueuse, de son arrestation, des commentaires politiques entendus. Je fais semblant que tout est normal. Tante Neila paraît rassurée par ma réponse, mais oncle Mounir veut en savoir plus.

— Et ces amis, ils sont venus en BMW, les beaux gosses, des gens bien…

Il ne me parle plus en arabe, mais en français. Il a un fort accent, roule les r. Une pointe de sarcasme couve sous ses mots, mais je ne comprends pas trop où il veut en venir.

— En fait, seule Donia conduit une voiture. Je ne me souviens plus de sa marque. Les autres, je ne sais pas s'ils en ont une. Donia a reconduit l'un d'eux jusqu'à une station de métro, car il allait à la cité Etta… Ettadamoun, je crois…

Ce nom a un effet étrange sur oncle Mounir. Son regard s'adoucit. Tante Neila sourit, elle se porte à ma rescousse :

— Ah bon, c'est un quartier populaire…

Oncle Mounir gratte sa cicatrice. Une certaine nostalgie enveloppe son regard, il laisse tomber son air rancunier de tout à l'heure.

— La cité Ettadamoun, c'est là où les vrais hommes sont formés…

Puis, il se lève et se dirige vers la cuisine. Quelque chose dans sa démarche me fait croire qu'il veut dire quelque chose, mais un obstacle, un mur dur et impénétrable l'en empêche.

Je regarde tante Neila, l'air médusé, les yeux interrogateurs :

— Pourquoi oncle Mounir ne semble-t-il pas aimer les riches ? Pourquoi semble-t-il admirer les pauvres sans même les connaître ?

Tante Neila se rapproche de moi. Toujours la même tristesse, imperturbable, profonde, me dévisage. Elle met sa main sur mon épaule. L'odeur d'eau de rose s'infiltre dans mes narines. Ça me fait du bien. Je lui souris.

— C'est une longue histoire. Ta mère ne t'en a jamais parlé? Je pensais que tu savais tout de nous.

Je tourne la tête de gauche à droite. Maman m'a toujours parlé de ses amis avec admiration et ravissement. C'est chez eux qu'elle voulait que je passe mon séjour en Tunisie. Mais elle ne m'a rien dit de leur passé. Tante Neila me prend soudain la main.

«Tu sais, Lila. Si j'avais une fille, je voudrais qu'elle soit comme toi. Intelligente et candide. Mais *Allah* n'a pas voulu me faire ce cadeau. Peut-être qu'Il m'en donnera dans une autre vie...»

Ses mots me bouleversent. Ma main tremble dans la sienne. Je ne sais pas si je veux m'éloigner d'elle ou plutôt m'en approcher. La serrer dans mes bras et l'embrasser. Effacer le voile de tristesse qui l'entoure. Je reste immobile, incapable de dire un mot.

Oncle Mounir revient de la cuisine avec un plateau rempli d'oranges coupées en quartiers. Tante Neila lâche ma main. Une larme brille au coin de son œil. Elle prend un morceau d'orange et me le tend. L'odeur de l'agrume et son goût piquant me revigorent. Doucement, je reprends des forces. Cette ville me tend un piège. Je le sens de plus en plus. Oncle Mounir et tante Neila ne sont pas seulement des amis de ma mère, ils font aussi partie d'une histoire, d'un passé douloureux pour certains, mais apparemment envoûtant pour maman. Je laisse tomber mon indifférence. La curiosité se fraie un chemin dans mon for intérieur, je ne peux plus la retenir. Il faut que je comprenne. Je m'apprête à leur demander comment ils se sont connus, quand soudain oncle Mounir met son doigt sur la bouche.

À la télé, le présentateur vient de prononcer le mot Tunisie. Ce n'est pas une chaîne locale. Oncle Mounir écoute Al-Jazira, diffusée à partir du Qatar.

Il se tourne vers nous et dit d'une voix grave :

— Il y a des grèves qui secouent le sud du pays. Ben Ali ne doit pas être content !

Je me rappelle le ton nerveux des messages de maman.

— Mais alors, maman avait raison ! Hier, elle était tellement nerveuse et inquiète. Elle m'a dit qu'il y avait des troubles au pays.

Tante Neila hoche la tête.

— Oui, il y a des troubles, mais on n'en parle pas à la télé locale. Ici, à Tunis, on ne sait rien. Les gens continuent de vivre comme si de rien n'était.

Ainsi mes hôtes étaient au courant de ce qui se passe au pays. Donia et ses amis aussi. Même ma mère qui est à des milliers de kilomètres d'ici savait. Il n'y avait que moi qui ne voulais pas savoir. Je fermais les yeux devant un monde que je continuais d'ignorer. Comme dans une première tentative pour me dégager de ce monde que je me suis construis pendant des années, je me hasarde :

— Et les histoires de cyberdissidents, ces blogueurs qui se font emprisonner parce qu'ils écrivent des articles critiquant le régime du dictateur, est-ce que vous en avez entendu parler ? demandai-je fièrement, le visage un peu perturbé comme si je venais de partager avec eux un secret d'État.

Oncle Mounir et tante Neila paraissent étonnés.

— Comment le sais-tu ? Où en as-tu entendu parler ? me demandent-ils en chœur.

— Donia et son ami Jamel, qui vit à Ettadamoun, ils m'en ont glissé quelques mots.

Oncle Mounir et tante Neila me regardent, les yeux pleins d'admiration comme si j'étais leur bébé qui venait de faire ses premiers pas. Je découvre tout à coup d'autres personnes. Un couple qui résiste à sa manière, un couple qui s'entoure de silence pour échapper à un passé.

Mais quel passé se cache derrière leurs yeux ombrés, leurs sourires tristes ? Pour la première fois au cours de cette journée, je me sens à l'aise dans ce pays. J'ai presque envie d'y rester plus longtemps.

7

La révolte du pain ou la révolte du couscous. C'était ainsi qu'on l'appelait. Mais cette révolte m'avait aussi ouvert les yeux, elle m'avait secouée de ma torpeur et m'avait fait sortir de l'indifférence dans laquelle je m'engouffrais chaque jour un peu plus. Le moule qui m'attendait et pour lequel la société me préparait était désormais trop étroit pour me recevoir. C'est la révolte qui m'a fait découvrir le visage des pauvres, des opprimés et des marginalisés. La révolte du couscous m'a aussi fait découvrir Mounir. Le vrai Mounir. Non pas Mounir le garçon modèle qui étudiait le matin et travaillait le soir comme agent de sécurité, non pas Mounir le prince charmant de Neila avec qui elle voulait se marier et fuir la terreur de son père, mais Mounir le militant. Le militant de gauche qui faisait la prière. Le militant mi-communiste, mi-musulman. Le militant qui raffolait des œuvres de Karl Marx, de Jean-Paul Sartre et de Michel Foucault et qui dévorait les écrits d'Al Mawdudi et de Sayed Qutb. Le militant de toutes les contradictions. Cette révolte m'avait révélé cette face cachée. La face cachée de la lune. Un aspect que ni mon père ni celui de Neila ne voulaient confronter. La révolte avait brisé le masque derrière lequel Mounir se cachait depuis que nous nous étions connus. La révolte nous avait rapprochés comme amis, avait bâti une solidarité qui dépassait les taquineries, les blagues et les banalités et avait tissé des liens forts au-delà du simple amour naissant entre Neila et Mounir ou de mon attachement à tous deux, mes meilleurs amis.

La révolte du pain m'avait fait l'effet d'une seconde adolescence. Comme quand j'avais eu mes règles pour la première fois. Une panique s'était alors emparée de moi. Je pensais que mon corps saignerait jusqu'à ce que je sois vidée de tout mon sang. Ma mère avait regardé la culotte blanche que je lui tendais d'une main tremblotante. Je pensais qu'elle allait commencer à pleurer et m'emmener à l'hôpital pour me sauver la vie. Mais quelle fut ma surprise de la voir partir d'un grand éclat de rire!

— Maintenant, tu es une femme, m'avait-elle dit. Tu peux avoir des bébés.

Puis, elle m'a tendu un morceau de tissu blanc. Une sorte de petite serviette en coton.

« Mets cette serviette dans ta culotte pour empêcher le sang de tacher. J'en ai d'autres, je te les donnerai, m'a-t-elle lancé, le sourire encore aux lèvres. Surtout, n'oublie pas de laver tes serviettes souillées de sang et ne laisse pas ton père les voir.»

— Mais pourquoi le sang coule-t-il? Est-ce que j'ai une blessure à l'intérieur? avais-je demandé de plus en plus étonnée par les paroles de ma mère.

— Ton corps se prépare chaque fois pour recevoir un bébé et c'est pour cela qu'il y a un excès de sang. Vous allez étudier ça en classe. Tu verras.

Je n'ai rien répondu et ai exécuté les ordres de ma mère. Je ne lui ai plus posé aucune question. La discussion était terminée. En quelques minutes, mon éducation sexuelle venait de s'achever.

Ce jour-là, j'avais partagé la nouvelle avec Neila.

— Mais où est-ce que tu vis, toi, tu n'en as jamais entendu parler? Mes tantes en parlent tout le temps.

— Tu sais bien que je n'ai pas de tante, sauf ma tante Rafika qui est grincheuse et toujours déprimée, elle ne compte pas, ai-je répliqué.

— Oui, je sais, m'a-t-elle dit d'un air exaspéré, mais tu pouvais lire dans des livres, des magazines... Tiens, a-t-elle ajouté en sortant un magazine de sous son matelas. Prends-le, je te le prête.

Elle m'a tendu un magazine sur lequel apparaissait la photo d'une belle femme. Ses cheveux blonds tombaient en cascade comme des grappes de raisin.

Elle Magazine, ai-je lu lentement.

— Où est-ce que tu as trouvé ça? lui ai-je demandé, de plus en plus étonnée.

— Chez Samia, la coiffeuse de notre rue. J'y suis allée avec ma mère pour « faire nos cheveux ». Elle a toujours une pile de magazines sur la table du milieu. J'adore les photos, mais aussi les histoires qu'on y raconte et, justement, il y a un dossier sur les règles.

— Les règles? ai-je répété, choquée. Tu veux dire les règles avec lesquelles on souligne en classe pour nos cours de géométrie?

Neila a retenu un autre soupir d'exaspération.

— Quand est-ce que tu vas cesser tes bêtises, Nadia? Les règles, les menstruations, le sang qui coule chaque mois. C'est de ça que je parle!

— D'accord, d'accord, je plaisantais, ai-je rétorqué en pouffant de rire et en fourrant le magazine dans mon sac d'école.

En classe, aucun professeur de sciences naturelles ne nous a jamais parlé de règles ou de reproduction. On disséquait pigeons, grenouilles et souris, mais rien sur les humains. Comme s'il n'y avait que des animaux dans notre monde. Vraisemblablement, nous les humains, nous n'existions pas.

Ainsi, j'ai appris les choses de la vie grâce à Neila, aux magazines que nous prenions chez Samia la coiffeuse ou au fameux *Larousse* que Dalia, une fille de notre classe, apportait de temps en temps. On y voyait un homme et une femme nus. C'était un livre sur la reproduction des humains. La mère de Dalia était médecin. Elle lui avait acheté ce livre lors d'un voyage en France. Et c'est comme ça, en feuilletant et en lisant les magazines et les livres et en parlant avec Neila que j'ai fait ma propre éducation. Mais à part ces nouvelles connaissances, j'ai continué à mener la même vie. Croire à tout ce que mes parents me disaient ou me taisaient parfois. Aller à l'école, apprendre mes leçons, regarder la télé, lire des livres et rêvasser.

La révolte du pain avait eu l'effet d'une bombe dans ma tête. Mon monde parfait avait basculé. Je me sentais comme un animal agacé par la pluie qui s'abattait sur lui et qui décide finalement de s'ébrouer. Je remettais tout en question. Mes études, mes parents, mon pays, mes opinions sur les gens, mes lectures et mes professeurs. Comme si la vue des voitures renversées, des flammes rouges montant de pneus brûlés, des policiers tirant sur les manifestants, de la foule envahissant les rues, de politiciens apeurés multipliant les sorties publiques et les annonces m'avaient éveillée d'un profond sommeil, de la léthargie dans laquelle je sombrais graduellement avec le reste de la population.

Mais il y avait aussi le regard de Mounir, celui qu'il avait lorsqu'il m'avait parlé avant que je saute du mur de l'école. Ce regard où l'injustice frôlait l'oppression et où la colère bousculait la folie. Depuis, ce regard ne m'avait pas quittée. J'avais compris. Compris que je ne pouvais plus vivre en ignorant la souffrance des autres, en pensant seulement aux miens et à moi-même. Ce regard m'avait donné la force de revoir ma vie, de critiquer le choix de mes parents et de prendre mes propres décisions.

J'ai passé toute la journée à la maison. Mes parents ne sont pas sortis eux non plus. Najwa était encore enrhumée. Elle voulait constamment que je joue avec elle. Nous habillions et déshabillions sa poupée. Nous lui brossions les cheveux, mais la petite brosse en plastique, au lieu de glisser doucement dans la chevelure artificielle, y restait accrochée. Quand nous forcions un peu, les fils de nylon se détachaient de la tête de la poupée, au grand désarroi de Najwa. Elle commençait à paniquer. Tandis qu'elle était préoccupée par la chute précipitée des cheveux de sa poupée, j'ai profité de son inattention pour sortir de la chambre et aller dans le jardin. C'était l'hiver. Tous les arbres fruitiers, pommiers, abricotiers et pêchers, avaient perdu leurs feuilles. Seules les quelques variétés de cyprès alignés le long de la clôture derrière chez moi avaient gardé leur couleur verte. Leurs aiguilles sèches et brunes jonchaient le sol. J'ai fait le tour de la maison en essayant de voler quelques regards vers l'extérieur. Rien. Il n'y avait pas de voiture dans les rues. Parfois, quelqu'un passait en pressant le pas.

Je suis montée sur la cabine qui abritait les compteurs de gaz et d'eau. C'était ma tour de contrôle habituelle. L'endroit d'où je me tenais pour apercevoir ce qui se passait dans la rue sans que personne ne me découvre. L'épicerie du coin demeurait fermée. Pas de livraison de pain ni de lait. C'était encore la révolte. La révolte du pain. Un peu plus loin, je pouvais voir le camion noir et blanc de la police, qu'on appelait communément la *baga*. Il était immobile. Deux policiers montaient la garde devant le camion. Ils fumaient et discutaient. Leurs collègues s'entassaient à l'intérieur comme des sardines en boîte, alignées les unes contre les autres. Je pouvais voir leurs casquettes au bord gris à travers les vitres. À quoi pensaient-ils ? Aux jeunes voyous qui, hier encore, leur lançaient des pierres au visage ? À leur salaire de misère, qui ne leur permettait pas de vivre convenablement comme les maîtres qu'ils protégeaient ? Ou alors à leurs familles, à leurs épouses qui leur demandaient toujours un peu plus d'argent ou au prix du pain et à la cherté de la vie ? Je ne sais pas. L'air hagard, les deux policiers continuaient à fumer.

J'ai aperçu Hédia, la maman de Najwa, dont le mari venait de mourir d'une crise cardiaque. Elle traversait la rue. Elle était tout de noir vêtue. Un foulard noir lui cachait les cheveux. La peine coulait de ses yeux comme un flot de lave sur les flancs d'un volcan. Elle s'est arrêtée devant l'épicerie. Peut-être voulait-elle acheter du pain ? Il n'y avait pas un chat. Hédia est restée un moment immobile, ne sachant que faire, ses mains croisées devant elle. Puis elle a rebroussé chemin. Il n'y aurait pas de pain pour les enfants ce jour-là. Elle n'est pas venue chercher Najwa. Elle savait bien que sa fille était entre bonnes mains. C'était une bouche de moins à nourrir.

Je m'apprêtais à descendre de ma tour de contrôle quand j'ai vu Neila. Elle se dirigeait vers notre maison. Le visage allongé, les yeux clairs, les cheveux attachés en queue de cheval. Elle est passée devant la *baga*. J'ai vu les deux policiers la suivre du regard. Ils la dévisageaient de la tête aux pieds. Neila ne s'en souciait guère. Elle marchait d'un pas ferme et rapide. Elle voulait me voir. J'en étais certaine. Je suis descendue doucement de la cabine et suis allée lui ouvrir la porte du jardin. Neila a fait un pas en arrière. Ma silhouette qui a brusquement surgi de derrière la porte du jardin lui a fait visiblement peur.

— Comment savais-tu que j'étais là ? Je n'ai pas encore sonné.

— Je t'observais de ma tour de contrôle, ai-je dit en désignant mon refuge secret.

Neila a repoussé une mèche qui lui tombait sur le front. Un voile d'inquiétude s'est glissé sur son visage.

« Pourquoi n'es-tu pas venue hier ? Je t'ai attendue comme d'habitude devant ton immeuble, mais tu n'es pas descendue, j'ai donc dû m'en aller. Après, il fallait voir notre lycée. Les cris de Sonia. La bousculade dans le corridor. Et puis Mounir... »

— Tu l'as vu ? Où ça ? J'ai vu les manifestations à la télé, mais je n'ai pas de ses nouvelles. Il ne m'a pas fait signe depuis hier matin.

Son visage s'est assombri. Elle me cachait quelque chose.

— Entre, lui ai-je presque ordonné.

Neila s'est quasiment laissé entraîner vers l'intérieur. J'ai lâché la porte de fer, qui s'est fermée en poussant un gémissement.

Nous nous sommes assises dans ma chambre. Najwa était dans la cuisine en train de manger. Je l'entendais bavarder avec ma mère qui cuisinait.

Mon père était encore au salon. La radio collée à l'oreille. Il ne bougeait pas. Un bloc de pierre qui respire. Il écoutait attentivement. Une émission après l'autre.

«Dis-moi, pourquoi n'es-tu pas venue en classe hier? Est-ce que c'est à cause de ton père?»

Neila a secoué énergiquement la tête. Cette fois, son père n'était pas la cause de ses tourments.

— J'étais dans les escaliers, je m'apprêtais à sortir de notre immeuble pour te retrouver dehors, comme d'habitude, à côté du réverbère, quand Mounir est sorti de je ne sais où. Il m'attendait. Il m'a dit : «Ne va pas à l'école aujourd'hui, Neila. Il va y avoir du grabuge. Tu sais, les hausses du prix du pain ont soulevé la colère de la population dans tout le pays. Aujourd'hui, cette colère se répandra à Tunis et ses banlieues. Ce ne sera pas joli à voir. Il vaut mieux que tu restes chez toi.» Ses yeux n'étaient plus aussi doux qu'avant. Ce n'était plus le même Mounir.

— Comment le sais-tu? Comment sais-tu que les manifestations s'en viennent ici, non loin de chez nous? lui ai-je répondu, mi-étonnée, mi-irritée que Mounir ne m'en ait pas parlé la veille.

— Mounir était visiblement nerveux, je sentais qu'il voulait s'en aller au plus vite. Il avait peur que l'un des voisins ne le voie en train de me parler. Il restait, bouche fermée, incapable de prononcer un seul mot. Mon regard insistant le dévisageait. Mes mains voulaient le gifler, le secouer de son silence. Le déchirer en deux. Après quelques minutes, il est parvenu à murmurer : «Je ne peux pas t'en parler maintenant, Neila. C'est une longue histoire. Je te la raconterai un jour. Oui, je sais des choses que tu ne connais pas. Ne t'inquiète pas si je ne te donne pas signe de vie dans les jours à venir.»

«Puis, aussi rapidement qu'il est apparu, il a tourné les talons et a disparu. Je ne sais rien de ce qu'il fait ni avec qui il travaille. Nadia, je suis choquée. Il m'a menti tout ce temps. Et moi qui l'aimais et lui faisais confiance. T'en rends-tu compte, Nadia ? Mounir est un menteur ! »

Sa voix étranglée me parvenait entrecoupée. Les yeux de Neila se sont alors remplis de larmes. Le déluge s'apprêtait à s'abattre. Mais j'ai réussi à le retenir. Je me suis approchée d'elle et l'ai prise par les épaules. D'habitude, c'était Neila qui de nous deux était la plus forte. C'était elle qui me racontait tous les commérages du lycée. Elle qui m'avait raconté un jour que Sonia n'était plus vierge. Qu'est-ce qu'on avait ri ce jour-là !

« Vierge ? avais-je alors répété, incrédule. Mais comment connais-tu son horoscope ? Elle ne nous adresse la parole que rarement. »

Neila avait tellement ri de moi qu'elle se retenait pour ne pas pisser dans sa culotte. Elle posait sa jambe droite sur la jambe gauche et se tenait le ventre à deux mains.

« Quelle sotte tu fais ! Mais le mot vierge, ce n'est pas que pour les signes d'horoscope ! Ça veut dire qu'un garçon ou une fille n'ont pas encore eu de relations sexuelles. »

J'avais rougi. Je sentais le sang battre dans ma tête. Ça me faisait un drôle d'effet de parler de tels sujets. Désormais, je me sentais incapable de prononcer un mot de plus.

Neila riait encore de moi et j'ai fini par éclater de rire moi aussi, pour masquer à la fois mon ignorance et ma gêne. Neila savait tout, j'étais naïve. Mais aujourd'hui, fragile dans mes bras, le corps effondré, elle paraissait faible.

— Calme-toi, ma chère. Mounir n'est pas un menteur. Je l'ai vu hier au lycée. Il m'a aidée à sauter le mur pour fuir les manifestants qui ont envahi notre lycée. Mounir n'est pas un menteur. C'est un militant, voilà tout ! lui ai-je déclaré avec ferveur, les yeux brillants comme une gamine soufflant ses bougies d'anniversaire.

Neila s'est dégagée doucement de moi. Elle ne pleurait plus. Son visage s'était recomposé. Un sourire tremblotant voulait percer.

— Comment sais-tu que c'est un militant. Et puis, il milite pour qui?

Ses sourcils s'étaient froncés en attente de ma réponse.

— Je le sais, c'est mon cœur qui me le dit. Il milite pour un groupe politique. Il défend les pauvres. Tu vas voir, il te le dira. Il ne t'a pas menti, il a juste caché son autre face. Est-ce que tu as regardé les nouvelles, hier soir?

Neila a hoché la tête.

«As-tu vu ces images de jeunes gens qui lancent des pierres? Nombreux étaient ceux qui s'étaient caché le visage dans une cagoule. Te rappelles-tu?»

Le visage de Neila s'est ombragé.

— Où veux-tu en venir?

J'ai hésité un moment, puis me suis hasardée.

— Neila, je crois que Mounir est l'un d'eux, ou alors il en connaît quelques-uns.

— Qu'est-ce que tu racontes?

— Je ne raconte pas d'histoires, Neila. Je suis ton amie. Regarde-moi dans les yeux. Mounir n'est pas méchant ou parasite, comme on le répète à la télé ou à la radio… Mounir est un mi-li-tant. Tu comprends? Tu te rappelles le jour où nous l'avons croisé par hasard devant le centre commercial, il doit y avoir un an de ça? Il avait des livres sous le bras. La plupart étaient enveloppés dans du papier journal. Alors que tu parlais avec lui, j'ai pu lire le titre d'un des livres, le papier était un peu déchiré sur le côté. Je suis sûre que c'était *Le Capital* de Karl Marx.

Neila était encore toute bouleversée. Elle n'avait pas fait les liens que moi j'avais faits depuis la veille. Elle n'avait pas compris les choses comme moi. Neila vivait encore dans le monde atrophié de nos parents. Il fallait que je la sauve. Pour la première fois depuis que nous étions amies, je me sentais plus courageuse que Neila, plus motivée et plus forte. La révolte du couscous m'avait sauvée.

Elle m'a dévisagée, puis m'a dit :

— Et c'est qui lui ce Karl *je ne sais quoi*... Comment peux-tu faire le lien entre lui et les agissements de Mounir ? Hein ! éclaire-moi, s'il te plaît, toi l'intelligente...

Elle prenait cet air sarcastique, car elle ne voulait pas croire que Mounir aurait pu faire autre chose que les autres.

— Neila, écoute-moi bien, ce n'est pas le moment des moqueries. Je sais que tu es confuse, mais moi aussi je le suis. Karl Marx est le père du communisme. Je soupçonne que Mounir est là-dedans aussi. Il milite pour le droit des pauvres et contre l'injustice du système...

Elle ne m'a pas laissée continuer.

— Quand est-ce que tu as lu tous ces trucs-là ? Ne me dis pas que toi aussi tu es une militante et que je suis la seule à ne rien savoir !

Les larmes reprenaient de plus belle. C'était comme une pluie de printemps douce, mais soutenue.

— Mais non Neila, arrête tes histoires, je ne suis rien du tout. Je suis comme toi, perdue dans la nature des choses. Mais plus maintenant. Oui, j'ai lu sur le communisme, sur le socialisme et bien d'autres sujets compliqués, j'avoue que je n'y comprends pas grand-chose, mais je connais cette théorie. Qu'est-ce que tu crois que je fais l'été ?

Neila s'est montrée surprise. C'est vrai que l'été on regardait la télé ensemble, on se baladait dans les rues sans vraiment savoir où aller, on cueillait des fleurs de jasmin pour en faire des colliers autour de nos cous, on mettait nos maillots achetés de la fripe et on bronzait sur la terrasse du jardin de mes parents.

«Je lis quand mes parents font la sieste ou que je m'ennuie. Mon père cache dans le placard beaucoup de vieux livres qu'il achète chez les bouquinistes de la rue Zarkoune. Il y en avait un sur le communisme. Je l'ai lu et c'est pour cela que je te dis que Mounir est l'un d'eux.»

Elle secoua la tête. Elle ne me regardait plus. Elle s'est réfugiée dans le passé. De la cuisine, les reniflements étouffés de Najwa me parvenaient comme des rires saccadés. Qu'est-ce que je voulais que Neila m'écoute!

8

— Lila, es-tu sûre que tout va bien en Tunisie? Ici, à la radio et à la télé, on en parle de plus en plus. Il semble que c'est sérieux et que le régime soit vraiment déstabilisé. Veux-tu rentrer à Ottawa?

La voix de maman me parvient sans écho ni interruption. Claire, limpide, elle se loge dans mon tympan pour ne plus en sortir. Mais je ne comprends pas sa panique. Pourquoi cette peur, alors que c'est elle qui a insisté pour que je vienne passer quelques mois à Tunis? C'est étrange, mais je ne sens plus l'urgence de partir. M'en aller maintenant, alors que j'ai commencé à avoir des amis et à mieux connaître oncle Mounir et tante Neila? Ça me semble ridicule. Bizarre. Il y a deux semaines, j'aurais sauté de joie à l'idée de faire mes valises et de rentrer chez moi.

Aujourd'hui, j'ai des doutes. Quelque chose me retient ici. Un aimant invisible.

— Maman, je vais bien! Oui, il y a des émeutes dans le pays. Mais c'est dans les villes et les villages de l'intérieur. Ici, à Tunis, rien à signaler, tout semble normal. Tiens, voilà tante Neila, elle veut te parler.

Tante Neila est entrée au salon. Elle est encore en robe de chambre. Elle me sourit et la vue de son visage m'apaise. Je lui tends le combiné. Elle me fait un clin d'œil en guise de remerciement. Je m'assieds sur le divan, la paume sur ma joue. Un peu découragée, j'écoute la conversation. Le regard de tante Neila brille. J'ai l'impression que sa tristesse habituelle s'est presque effacée. La voix de ma mère est magique. Elle fait des miracles.

— Nadia, ma chère, comment vas-tu? Comme je suis contente d'entendre ta belle voix! Comment va Alex? Et ton travail? Lila m'a dit que tu travailles maintenant pour le gouvernement canadien. Mabrouk, ma chérie, je suis vraiment fière de toi!

Tante Neila marque une courte pause. Ses yeux fixent un point lointain. La fenêtre, le balcon, le sommet lointain de la montagne Boukornine, peut-être l'horizon. Je ne sais pas. Elle écoute ma mère attentivement, en jouant machinalement avec la ceinture de sa robe de chambre. J'imagine une jeune adolescente, frêle, pleine d'optimisme, défiant les structures rigides et les traditions. Une autre tante Neila, une tante rajeunie de vingt ans par le timbre de la voix de ma mère.

«Nadia, ne t'inquiète pas pour Lila. C'est notre fille, tu le sais bien. Non, il n'y a pas de manifestations à Tunis. Enfin, je ne sais pas. Pas encore...»

Soudain, elle a perdu sa jeunesse. Un nuage l'a assombrie. Elle semble de nouveau préoccupée. Son visage est morne. Ses yeux, ternes. Son air, accablé. Par quoi, au juste? Par les années? Par les problèmes, par les chagrins de la vie? Sa bouche minuscule reste entrouverte. Ses joues se creusent. Elle laisse échapper quelques mots incompréhensibles. Ma mère ne cesse de lui parler. Enfin, elle arrive à répondre.

«Mounir? Des nouvelles de lui? Oh ma chère, tu connais trop bien l'histoire. Plus pareil. Ce n'est plus le Mounir de notre jeunesse. Sa fougue, son courage sont partis en poussière. Le régime l'a bien maté. La prison ne lui a laissé qu'un goût amer. L'autre Mounir n'habite plus ici. Et moi, je vis avec l'ombre du passé, ma chère…»

Je sens mon cœur battre la chamade. Un malaise m'envahit. Pourquoi suis-je encore assise au salon? J'aurais dû me lever et aller dans ma chambre. Mais quelque chose me retient. La curiosité? La quête de vérité? Je voudrais me boucher les oreilles. Ne pas entendre les paroles de tante Neila parlant de son mari. Une gêne nous enveloppe. Est-ce possible qu'il ait été en prison? Pourquoi maman ne m'en a jamais soufflé mot? Pas même une allusion. Le néant total. Pourquoi ce silence?

Tante Neila me regarde. J'évite son regard. Je fais semblant de regarder les livres sur l'étagère à côté du divan. Je ne peux même pas lire. Les lettres tournoient dans ma tête. J'oublie tout ce que j'ai appris en arabe depuis que je suis à Tunis. Du charabia. Mon cerveau ne pense qu'à une seule chose. Oncle Mounir. Prison. Que s'est-il passé? Tante Neila continue de me scruter de ses yeux tristes. Elle voulait que je reste. Je l'ai senti. Elle ne veut rien me cacher. Ses yeux meurtris s'abattent sur moi comme une lame tranchante. Je les évite.

«Je te le promets, Nadia. S'il y a quoi que ce soit, je ferai tout mon possible pour trouver un billet d'avion et la renvoyer chez toi.»

Elle hésite quelques secondes.

«C'est ça, elle ira te rejoindre au pays du froid… Mais pour le moment, elle est bien chez nous, n'est-ce pas, Lila?»

Je m'efforce de sourire comme pour faire semblant que tout est normal. Mais ma tête s'évade. Mon esprit vague sur les mots qu'elle vient de prononcer à propos de son mari.

— Bien sûr que je suis bien, arrivai-je à murmurer. Dis-lui de ne pas s'inquiéter pour moi. Je ne suis plus une gamine !

Tante Neila sourit à ces mots.

— Ne te fais pas de souci, ma chère. Appelle-moi plus souvent. Tu sais, ça me fait du bien d'entendre ta voix. *Bi slama ya aziziti*, au revoir, ma chère…

J'imagine la voix de ma mère se dissoudre dans l'espace outre-Atlantique, transportée par les câbles de fibre optique au-dessous de l'océan, puis le silence total.

Je me presse de me lever pour disparaître de la vue et aller me réfugier dans ma chambre. Fuir le regard de tante Neila, fuir la vérité. Je n'ai pas le courage de la regarder à nouveau. Mais elle me rattrape.

— Je sais que tu ne te sens pas rassurée après ce que tu viens d'entendre. Mais c'est la vérité. Elle nous rattrape toujours, n'est-ce pas ?

— Oui, dis-je comme pour banaliser la chose. Je n'avais pas l'intention d'écouter votre conversation… Je suis vraiment désolée.

Déçue de ma réaction, elle fronce les sourcils.

— Désolée ? Mais pourquoi ? D'avoir entendu la vérité ? Il n'y a aucune honte, vois-tu. Oui, j'admets que Nadia, Mounir ou moi ne t'avions jamais parlé de cette arrestation et des sept années que Mounir a passé en prison. Non pas que nous ayons honte de ce passé, mais parce que nous nous disions que tu étais encore trop jeune et que nous ne voulions pas te faire peur ou plutôt te choquer…

La franchise de tante Neila me saisit. Elle envahit tout mon corps. Doucement, ma gêne se dissipe. Je me sens plus à l'aise. Ma curiosité a repris le dessus. Je fais un pas en avant.

— Mais pourquoi la prison ? Qu'a-t-il fait ? Quel crime a-t-il commis ?

— Le crime d'aider les autres à se sortir de l'oppression. Le crime de s'opposer au régime et de combattre l'injustice…

Ça y est, ma curiosité est en marche. Une locomotive en branle. Je ne peux plus l'arrêter.

— Oncle Mounir était donc un prisonnier politique ? Tout comme Nelson Mandela, tu veux dire ?

Tante Neila sourit faiblement en hochant la tête.

— Oui… Non, non, pas tout à fait comme Mandela ! Rien à voir avec l'importance du combat de Mandela. Mais disons qu'il a vraiment payé le prix fort pour avoir aimé son pays et rêvé d'une meilleure vie pour le peuple…

Je me rappelle les propos étranges d'oncle Mounir. Ses propos sarcastiques presque amers envers les gens riches. Ces propos que j'avais interprétés comme de la jalousie ou de l'envie, ces propos, que j'avais mal compris et que j'avais trouvés déplacés, ont plus de sens à présent. L'image s'éclaircit, mes doutes s'évaporent. J'ai indûment accusé oncle Mounir de jalousie, je l'ai jugé sans vraiment le connaître. Un sentiment de malaise m'enveloppe comme une cape trop lourde à porter. Je veux faire mon *mea culpa*. Comme ils ont dû souffrir ! Toutes ces années, tout ce bonheur parti en fumée. Quel gâchis !

Tante Neila a compris mon désarroi. Elle se reprend vite :

« Ne t'en fais pas, ma chère Lila. Ne te sens pas coupable. C'est la volonté de Dieu. On n'y pouvait rien ! »

Je ne comprends pas cette réaction. Ce fatalisme. Cet abandon. Cette soumission au destin. Je me rebiffe, secouée par ses paroles, et déclare fièrement :

— Excuse-moi de te contredire… Il n'y a rien de mal à s'opposer à un régime autoritaire. Dieu ne voulait certainement pas qu'oncle Mounir soit emprisonné. C'est de l'injustice pure. Ça saute aux yeux !

Devant mon emballement soudain et mon déchaînement inattendu, tante Neila reste bouche bée. Je continue :

« C'est vrai que je ne vis pas ici et que c'est de mauvais gré que je suis venue à Tunis pour soi-disant améliorer mon arabe et mieux connaître mes racines. Je n'ai pas l'intention de changer le monde, ni de faire de la politique, mais ça ne veut pas dire que je dois accepter l'injustice. En fait, je pense que l'injustice n'a pas de race ni de couleur. Dès qu'on la voit, il faut la dénoncer, il ne faut pas la justifier. Même si on est croyant, on ne doit pas accepter l'injustice comme une fatalité prête à tomber sur nos têtes à tout instant. »

Tante Neila s'approche de moi. Ses yeux cherchent les miens. Ils brillent. Ils me dévorent. Pour un moment, je sens qu'elle va parler. Me dire qu'elle n'est pas d'accord, m'expliquer qu'il faut prendre son mal en patience. Contrer le flot de paroles qui viennent de jaillir de ma bouche. Elle reste un moment figée. Immobile dans le temps. Mes mains tremblent. Je veux les empêcher de trembler. Les immobiliser. Leur demander de ne pas me trahir, de me donner une chance. Tante Neila dépose un baiser délicat sur ma joue. Puis, comme pour exprimer ce que les mots ne peuvent pas, elle me serre dans ses bras. Une étreinte sans fin. Tout mon corps est prisonnier de ses bras. Les battements de son cœur me parviennent comme un écho dans une vallée déserte. D'abord faibles, puis bruyants.

Une seconde, deux secondes, trois. Sa respiration régulière me berce doucement. Elle murmure :

— Tu as raison ma chérie. Oh combien tu as raison! Si seulement je pouvais mieux accepter le passé…

9

Au début, Neila était dans le déni. Elle refusait de croire que Mounir était un militant et qu'il avait participé aux émeutes des jours passés. Moi aussi, j'étais dans le déni, mais d'une autre manière. Je replongeais dans l'insouciance des années passées pour m'enfuir de ma nouvelle réalité. Les images tournaient sans cesse dans ma tête. Najwa était rentrée chez elle. Sa mère était venue la chercher. Seule dans ma chambre, je passais en revue les épisodes heureux de ma vie. Je voulais tellement m'y accrocher.

Je me revoyais, le cœur palpitant de bonheur, les yeux pétillant d'excitation. Neila et moi regardions passer les voitures et les taxis dans les rues sinueuses de Tunis. Nous étions dans l'autobus. Un vieil autobus cahotant et titubant, peint en jaune et blanc, qui crachait des volutes de fumée. Peu importait l'état délabré des sièges ou la saleté par terre. Nous pensions à une seule chose. Pouvoir enfin aller voir le nouveau film français dont tous nos camarades parlaient : *La Boum*. Au début, mon père n'a pas voulu que j'aille au cinéma.

— Il y a beaucoup de voyous agglutinés devant les salles de cinéma, m'a-t-il lancé en pleine figure.

Nous prenions le repas du soir autour de la table. Un bouillon de légumes et un tajine aux œufs et au poulet. Quelques morceaux d'oignons flottaient dans mon bouillon. Je détestais les oignons. Du bout de ma cuillère, j'essayais de les retenir sur le bord de mon assiette. Mais dès que ma cuillère bougeait un peu, ils replongeaient en cascade. J'avais une boule dans la gorge. Je ne savais pas si c'étaient les oignons ou les paroles de mon père qui me mettaient dans cet état. Ma mère a finalement poussé un soupir, puis s'est adressée à mon père :

— Et alors, des voyous ? Il y en a partout. Nomme-moi un endroit à Tunis où il n'y a pas d'hommes qui embêtent les femmes, leur lancent des regards ou des paroles obscènes ?

J'ai rougi. Parfois, le franc-parler de ma mère me laissait perplexe. Mais cette fois, ses paroles m'encourageaient à insister.

— Papa, s'il te plaît, laisse-moi y aller. Tous mes amis y sont allés. Il n'y a que Neila et moi qui ne l'avons pas encore vu, ce film.

Je mentais. Je n'étais pas certaine que tous mes camarades l'avaient vu, mais je savais que Neila et moi voulions le voir ensemble. J'oubliais les oignons, je les avalais maintenant sans m'en rendre compte.

Papa sentait qu'il perdrait la bataille. Maman et moi contre lui. Il ne pouvait rien faire.

— Bon, d'accord, vas-y. Mais à une condition. Je viendrai vous chercher à la sortie du film. Dans quelle salle le film passe-t-il ?

— Au Colisée ! me suis-je exclamée la voix remplie d'excitation.

Je lisais la satisfaction sur le visage de ma mère. Mon père a fini son repas, s'est lavé les mains dans l'évier de la cuisine, puis s'est installé au salon. Son fauteuil l'attendait. En vitesse, j'ai avalé le reste du tajine et l'ai fait descendre d'un verre d'eau.

Deux jours plus tard, nous étions en route pour voir le film, dont l'affiche était placardée sur les murs de plusieurs lieux publics de la ville. Elle montrait une adolescente souriante dansant un slow avec un garçon qui nous tournait le dos. Leur photo se trouvait dans l'«o» du mot boum. Je savais ce que signifiait «la boum». Sonia en avait récemment organisé une dans le garage de ses parents. Contre toute attente, elle nous y avait invitées. Neila et moi ne savions pas pourquoi, mais nous y étions allées. Et bien sûr que nous n'en avions pas soufflé un mot à nos parents. Garçons et filles fumaient dehors. À l'intérieur, il faisait noir. Je ne pouvais rien voir. Des jeunes dansaient sur les rythmes endiablés de chansons américaines.

Dans un mouvement brusque, Neila est allée danser, me faisant sentir encore plus étrangère. Neila bougeait dans tous les sens, elle m'a fait signe de la main pour que je la rejoigne. J'ai fait non de la tête. Une boule lumineuse tournait au-dessus des danseurs, lançant des éclats sur les murs du garage. De temps en temps, je discernais quelques visages familiers. Lentement, j'ai fait marche arrière et suis sortie de cet endroit. Je me suis retrouvée avec le groupe de jeunes qui fumaient. M'enfuir d'un endroit si bizarre, pour me retrouver dans un autre encore plus étrange! Je souriais un peu malgré moi. C'était ma façon de masquer ma gêne, d'oublier que je n'étais pas à l'aise et que je voulais m'en aller. Quelques minutes après, Neila est venue me rejoindre. Les joues rouges, le visage essoufflé. Je trouvais qu'elle avait l'air ridicule. Ses vêtements démodés, son chemisier vert et sa jupe plissée. Alors que toutes les autres filles étaient habillées à la mode : des blousons en cuir, des chaussures mocassins, les chaussettes Burlington dernier cri, les minijupes, les jeans Levi's délavés.

Elle voulait rester ici, je voulais partir. Son regard fuyait le mien. Neila ne me regardait jamais dans les yeux quand elle était en colère contre moi.

Le groupe de fumeurs à côté de nous venait de rentrer dans le garage pour danser. Un gros rire a déchiré le silence lourd qui s'installait entre Neila et moi.

Neila est restée. J'ai quitté les lieux. Mais tout a été oublié le lendemain matin, sur le chemin de l'école. Nos disputes étaient éphémères, pareilles à des gouttes de pluie au Sahara. Elles duraient quelque temps, puis aucune trace ne restait. Tout était asséché. Seule notre amitié survivait.

Nous étions presque arrivées au centre-ville. Il ne restait qu'un seul arrêt. Soudain, le chauffeur a donné un brusque coup de frein. Tous les passagers ont été projetés vers l'avant. Nous avons glissé de nos sièges et sommes presque tombées tête première devant les autres passagers. Le chauffeur a vite ouvert sa fenêtre et a laissé échapper un juron.

— Espèce de bâtard, tu as failli nous écraser tous ! a-t-il lancé au conducteur de la Fiat immobilisée à côté de nous.

Neila et moi, le visage effrayé, avons regagné lentement nos sièges. Tous les passagers s'étaient levés. Une foule s'est agglutinée autour du chauffeur pour le féliciter de ses réflexes rapides et de sa dextérité. Un brouhaha montait de la petite foule. Les yeux brillaient, les langues se déliaient, les coudes se frôlaient. Les odeurs se mélangeaient. Chacun y allait de sa suggestion :

«Pourquoi ne pas emmener ce chauffard au poste de police?» proposait un passager.

«J'ai envie de le tabasser, il a besoin d'une bonne correction pour lui apprendre à bien conduire», vociférait un autre passager.

Une vieille dame en *safsari*, couverte d'un voile blanc qui lui enveloppait tout le corps, en retenait un pan du bout de ses lèvres. Le reste lui descendait sur les épaules, laissant voir sa vieille robe rapiécée. Elle n'arrêtait pas de lancer des louanges à Dieu et au chauffeur habile :

«Qu'*Allah* te protège mon garçon, qu'*Allah* te bénisse, tu nous as sauvé la vie, qu'*Allah* te préserve pour tes enfants...»

Elle continuait à murmurer ses prières tout en rajustant son *safsari*. Des voix s'élevaient pour montrer leur accord. Neila et moi ne comprenions pas ce qui se passait. Un gars costaud est descendu de la petite Fiat. Il était furieux. On le voyait sur son visage. Il s'est dirigé vers la porte avant de l'autobus. Les deux hommes se regardaient comme deux coqs prêts à se battre. Le chauffeur de notre autobus s'est levé, les passagers derrière lui, formant un bouclier pour le protéger. Neila et moi tremblions. Nous nous sommes regardées et alors que tout ce beau monde cherchait la bagarre, nous avons filé par la portière arrière qui, par je ne sais quel miracle ou par quelle mégarde, était restée béante.

Une fois dehors, nous nous sommes mises à courir sans regarder derrière nous. Nous ignorions si le chauffard avait été tabassé par la foule. Nous nous en fichions. Nous voulions voir *La Boum*. Heureusement, la salle de cinéma n'était pas loin. Il fallait traverser une partie de l'avenue

Bourguiba pour arriver devant le centre commercial Le Colisée. La salle de cinéma portait le même nom.

— Quelle heure est-il ? me demanda Neila au milieu de la course.

— Il est 3 heures moins 10. Il nous reste à peine 10 minutes avant que le film commence.

C'était insolite. Deux jeunes filles en train de courir sur la plus grande artère de la ville. Les passants nous regardaient, le regard hébété, en tournant la tête d'un air désapprobateur.

Enfin, haletantes, toussotantes, chancelantes sur nos pieds qui ne portaient plus nos corps, nous sommes arrivées devant la grande salle du Colisée.

Dans la salle, il faisait déjà noir. Les publicités, diffusées à tue-tête, nous ont réconfortées.

« Tu ne diras rien à papa de l'incident de l'autobus », ai-je murmuré à Neila.

— Tu es malade ou quoi ? Tu me connais, je ne suis pas une moucharde. Pas un mot, c'est promis ! a-t-elle répondu, le visage souriant, oubliant déjà notre mésaventure.

Notre excitation ne faisait que commencer.

Sophie Marceau, la vedette du film, avec ses amis et ses parents, nous a transportées dans un autre monde. Nous étions emportées par la musique romantique du film, les baisers échangés entre les jeunes acteurs. Ce film nous ensorcelait. Pourquoi les aventures d'une adolescente vivant dans un autre monde, dans une autre culture, nous intéressaient-elles tant ? Nous étions fascinées par les émotions que pouvait ressentir une jeune fille pour un jeune homme. Est-ce que ça pouvait nous arriver, à nous aussi ? Je me sentais comme Sophie Marceau, une héroïne en quête d'amour et d'aventures.

À la sortie du film, papa nous attendait, portant son manteau brun, un parapluie dans la main, les traits fatigués. Je l'ai repéré dès que Neila et moi avons franchi la porte et que nous nous apprêtions à descendre les beaux escaliers en marbre.

Papa nous a fait signe de la main. Pas de sourire, pas d'expression. Un visage indifférent, impénétrable. Il nous attendait. C'est tout. Une bande de jeunes sortaient en même temps que nous. Des *zoufris*[6], ou des voyous, comme papa les appelait. Ils mangeaient des *glibettes*, des graines de tournesol salées, dont ils crachaient l'écorce noire d'un mouvement rapide et précis. Neila les regardait. J'ai baissé les yeux pour éviter le regard de mon père qui les épiait du coin de l'œil.

— Alors, comment était-il, ce film? a-t-il demandé d'un ton monotone.

— Magnifique! avons-nous répondu en chœur.

— Oui, nous avons vraiment aimé! a ajouté Neila pour marquer son appréciation.

Papa n'a rien dit de plus. Il regardait encore la bande de jeunes qui s'est dispersée bruyamment.

«Oncle Ali, toi qui as étudié à Paris, est-ce que la ville est aussi belle que les images du film?»

— Paris était magnifique à mon époque. Maintenant, je ne sais plus. Probablement est-elle encore très belle!

Papa s'est tu. Je ne disais rien. Neila me taquinait en désignant l'un des garçons de la bande.

— Regarde le garçon, là-bas, ne trouves-tu pas qu'il ressemble au copain de Vic?

---

6. En dialecte tunisien, terme signifiant originellement «les ouvriers», mais couramment utilisé pour parler de voyous, d'impolis.

Je l'ai frappée du coude. J'avais peur que papa ne l'entende.

Neila a pouffé de rire. *Dreams are my reality...* Je fredonnais le refrain de la musique du film. Quelques mots me revenaient, je chantais faux.

— Tu chantes en anglais, maintenant, m'a demandé Neila, l'air moqueur.

Dehors, il faisait noir. Les lumières brillaient sur l'avenue Bourguiba. Quelques gouttes de pluie nous tombaient sur la tête. Papa marchait à nos côtés, il a ouvert son parapluie. Il ne se doutait de rien. Son monde était en ordre, peu importait le nôtre. Nous n'étions plus des gamines qu'il devait protéger du regard insolent des *zoufris*. Nous étions des adolescentes en effervescence. Nous voulions tout savoir, même sur les *zoufris*.

10

Depuis que je sais qu'oncle Mounir a passé sept ans en prison, ma vie en Tunisie n'est plus la même. Je vis hantée par ce drame. Je ne veux plus quitter la ville avant d'en savoir un peu plus sur son passé, mais je veux aussi aller à la découverte de ma mère et de tante Neila. Pourquoi a-t-il été arrêté, comment a-t-il vécu son emprisonnement? Comment maman et tante Neila ont-elles réussi à surmonter cette épreuve?

J'ai un peu honte de mon égoïsme et de la vie superficielle que j'ai vécue ces deux dernières semaines. J'ai regardé les gens autour de moi d'un peu haut. Que puis-je vraiment apprendre de ces gens et de ce pays? Certes, apprendre l'arabe est la raison première de mon séjour ici, mais je ne sens pas que je fais des progrès réels. Mon prof à l'Institut des langues vivantes est le plus ennuyeux et ennuyant que j'aie jamais eu. Il prononce un mot, puis il sourit. *Kitab*. Sourire. *Tawila*. Sourire. Et ainsi de suite jusqu'à la fin de la leçon. À la fin de son cours, j'en ai tellement assez de ces sourires que j'ai envie de pleurer tout le reste de la journée. Quand nous sommes en groupe pour pratiquer les mots appris, je me retrouve avec d'autres filles, des Allemandes pour la plupart. Elles viennent en Tunisie pour l'aventure. Elles cherchent des jeunes hommes forts et vigoureux pour s'amuser. Du sexe à bon marché. Pour joindre l'utile à l'agréable. Apprendre une langue et avoir du plaisir. Et du plaisir, elles en trouvent à foison. C'est de ça que nous parlons pendant les cours. Elles me racontent leurs innombrables aventures. Nous parlons en anglais. Les connaissances de M. Latif en anglais sont plutôt rudimentaires et ne lui permettent pas de comprendre ce qui se dit. Dès qu'il vient de notre côté, nous faisons semblant de pratiquer les mots appris. *Ana ouhibou al loughat al arabyia*, répète Wenda, l'une des filles de mon groupe. Oui, c'est bien ça, elle aime bien l'arabe, la Wenda. Surtout les gros mots et les jurons que son copain tunisien lui apprend et qu'elle nous répète en pouffant de rire quand nous travaillons en équipe. M. Latif sourit encore. Il est fier des efforts de Wenda.

Je ne dis rien à maman ni à tante Neila. Je leur dis que tout va bien, que je profite des cours et que je fais des progrès. Dans les faits, j'apprends beaucoup plus sur la sexualité des Allemandes que sur l'arabe littéraire. Ça, c'est sûr. Mais il n'y a aucune issue. Comment pourrais-je quitter l'Institut des langues vivantes? Et que dire à maman? Elle serait chagrinée et déçue. Alors, je continue d'aller chaque matin à l'Institut et à faire semblant d'apprendre.

Ma rencontre avec Donia, Jamel et les autres copains a changé mes projets et me donne une bonne excuse pour faire autre chose. En quelques jours, j'ai appris plus de mots et d'expressions locales qu'avec M. Latif. C'est vrai que je n'apprends pas les règles grammaticales, mais au moins, je ne parle que l'arabe. Quand je ne comprends pas toutes les expressions, Donia se montre excellente interprète avec moi. Comme lors de notre première rencontre au café du lac. Ce n'était pas mal. J'ai presque tout compris. Aujourd'hui, elle m'a invitée chez elle. Malgré mon enthousiasme, mes craintes sont toujours là.

— Penses-tu que je dois aller chez Donia, tante Neila?

C'était quelques jours à peine après l'incident du téléphone, alors que j'en avais appris un peu plus sur le passé d'oncle Mounir. La plaie était encore nouvelle. Béante, fragile, frémissante. Tante Neila s'apprêtait à sortir pour faire des courses. Elle était devant la porte de l'appartement, un couffin en osier dans la main, son sac sur l'épaule. Elle portait un imperméable vert olive. J'ai remarqué une grosse mèche blanche sur ses cheveux noirs. C'est drôle, mais je n'avais jamais remarqué cette mèche blanche avant de parler de l'emprisonnement d'oncle Mounir, de l'injustice et de la politique. Est-ce que maman a aussi des mèches blanches comme celle-là? Je ne sais pas. Le temps glisse sournoisement. Tunis me le fait découvrir. On dirait que je vois les choses différemment. Tante Neila avait mis du khôl sur ses paupières. Le noir faisait ressortir la tristesse de son regard. Je la voyais qui dansait sur ses yeux.

— Pourquoi pas? De quoi as-tu peur? m'a-t-elle répondu avec la même simplicité que d'habitude, comme si rien ne s'était passé.

— Je n'ai pas peur d'aller chez elle, je ne veux pas faire d'erreurs, c'est tout... ai-je bredouillé.

Elle a haussé les sourcils, étonnée par ma réplique.

— Des erreurs, tu en feras. Moi, j'en ai fait toute ma vie, et ta maman aussi. N'aie pas peur, Lila. Tout ira bien, tu verras...

Puis, elle m'a souri, a ouvert la porte et s'en est allée. Je suis restée un moment, ébranlée par ses paroles. On aurait dit une autre tante Neila. Pas celle qui me dit toujours de me méfier des gens dans la rue. Mais une femme qui veut que je sorte de mon cocon pour aller vers le vrai monde.

À mon arrivée chez Donia, c'est le portier qui m'ouvre. Un vieux monsieur, le teint foncé, un burnous sur les épaules. Un visage que le soleil et la pluie ne cessent de caresser. Des rides sur le front, des rides sur les joues, des rides sur les mains. Il est fripé comme un chiot qui vient de naître.

Je suis choquée par la richesse qui se dégage des lieux.

— Viens par ici, me dit-il dans un accent que j'ai du mal à saisir. Madame Donia m'a prévenue que tu allais venir. Viens, je vais te conduire jusqu'à la porte d'entrée.

Il referme le grand portail en fer blanc, tout en me parlant et en ajustant son burnous qui tombe du côté gauche. Je le suis timidement.

Le jardin se prépare pour l'hiver. De grands vases en argile longent l'allée comme des sentinelles. De leurs gros ventres sortent des plantes grasses qui ont encore une couleur verte. Certaines se tiennent droites, mais d'autres sont couchées. L'allée est blanche, étincelante de propreté. À la fin de l'allée, une grande porte en bois massif. Le gardien appuie sur une sonnette et en quelques secondes une jeune femme portant un tablier semblable à celui des soubrettes dans les vieux films à la télé nous ouvre la porte.

— Bonjour Am Salem, attends une minute, je vais appeler madame Donia.

Je trouve ridicule que tout le monde emploie le mot «madame» pour parler de Donia, comme si c'était une vieille dame. Je me retourne et constate avec étonnement qu'Am Salem, le gardien, a furtivement disparu. Sa mission est terminée. Il doit retourner à son poste de surveillance. Je me tiens debout, un peu grisée au milieu de cette belle maison. La jeune fille en tablier blanc part aussitôt appeler Donia. Je suis abasourdie par tant de richesse et tant de luxe. Des lustres pendent des plafonds. Des miroirs à encadrement doré ornent les murs. Une chaise antique par-ci, une commode en bois de rose par-là. Comment peut-il y avoir tant de richesse dans un pays aussi pauvre? Que penserait oncle Mounir s'il me voyait dans cette maison, parlant avec les gens qui y vivent? Je me promets de lui poser la question ce soir.

J'entends des pas se diriger vers moi. C'est elle. Celle que tout le monde appelait madame. Donia me prend dans ses bras.

— Contente que tu sois venue, ma chère! Comment vas-tu?

— Je vais bien, et toi?

Le visage de Donia s'assombrit aussitôt. Ses yeux se voilent. Depuis que je la connais, je ne l'ai jamais vue aussi bouleversée.

Emportée par la curiosité, je m'avance.

«Qu'est ce qu'il y a, des problèmes?»

Donia met un doigt sur sa bouche, m'intimant l'ordre de me taire. Puis elle regarde à droite et à gauche pour s'assurer que personne ne nous écoute. Elle s'approche de moi, me prend l'épaule.

— Viens dans ma chambre, me chuchote-t-elle à l'oreille.

Que se passe-t-il? Le visage blême de Donia, son comportement bizarre me donnent la chair de poule. Ma curiosité grandit. Je la suis dans ce palace digne des mille et une nuits. Des chandeliers, des tableaux, des statuettes ornent les murs et les coins. J'ai l'impression de me balader dans un musée. Donia ouvre une porte en bois sculpté avec des arabesques.

«Voici ma chambre!»

Je suis projetée dans le film de Disney, *Aladin et la lampe merveilleuse*. Un lit de princesse se trouve au centre de la pièce. Des rideaux en mousseline blanche drapée tombent du plafond. Donia s'assied sur un divan rose pâle en velours et me tend une belle chaise assortie. Je m'assieds sans mot dire.

« Voici mon royaume, me souffle-t-elle d'un air un peu rassuré. »

— C'est tellement beau et original chez toi !

Je tourne encore la tête pour admirer la sérénité qui se dégage de cette chambre.

Ses yeux brillent, elle est ravie du compliment.

— Merci, murmure-t-elle, surtout venant d'une Canadienne comme toi !

Je rougis, mais Donia ne s'en rend même pas compte. Les yeux mi-clos, elle continue :

« Sais-tu pourquoi je voulais que tu viennes chez moi, Lila, ici même dans ma chambre ? Parce que j'ai senti en toi une bonté immense et une innocence que je ne trouve pas chez mes amis d'ici. Je sens que je peux te faire confiance comme à une amie d'enfance. Tu vois, Lila, tu viens de loin, tu ne connais pas les préjugés de cette société. Les riches, d'un côté, les pauvres, de l'autre, et le poids des traditions qui nous tirent vers le passé. Et puis quoi encore ? »

Donia s'arrête quelques secondes, cherchant ses mots, son front laissant place à une inquiétude que je n'ai jamais remarquée auparavant, puis elle reprend de plus belle :

« Tu vois, je te fais confiance comme à une sœur. Tu es comme la sœur que je n'ai jamais eue... »

Mon cœur bat. Je ne sais pas si je dois être contente de ces aveux, de cette confiance que me témoigne Donia, ou plutôt nerveuse devant la responsabilité dont elle m'accable. N'est-ce pas en fait une lourde responsabilité que d'être la confidente ou la sœur de quelqu'un qu'on ne connaît que depuis quelques jours ? Mon cœur se déchire. Mais je choisis de continuer à écouter Donia.

« Tu as vu Rim et Farah ? Leur comportement au café, l'autre jour ? Crois-moi, je ne suis pas en train de te raconter des ragots ou des mensonges. Mais je ne peux pas m'empêcher de te dire qu'elles ne comprennent rien à la vie... Elles sont superficielles, ne s'intéressent qu'aux garçons, à la mode et aux apparences. Tant mieux pour elles ! Tu me diras que c'est peut-être leur droit... Soit. Mais moi, je ne veux pas de ça, je veux aller au fond des choses, discuter de politique, d'idéaux, aller vers les gens, les comprendre, soulager leur douleur... Et toi, il me semble que tu es tout le contraire de ces filles-là. J'aimerais t'offrir mon amitié... J'aimerais qu'on accomplisse des choses ensemble... »

Je regarde Donia sans bouger. Où veut-elle en venir avec son discours ?

— Merci, Donia, pour tes mots gentils et sincères, mais je ne comprends pas vraiment ce que je peux faire ici, en Tunisie, dans un pays que je connais à peine, avec des gens qui me prennent toujours pour une étrangère... Je ne connais presque rien de la politique d'ici... Ma vie semble ailleurs... loin, très loin d'ici...

Elle sourit d'un air un peu exaspéré.

— Oh, ne sois pas pessimiste, ma chère Lila, tu peux faire des miracles ! Tu peux m'aider dans ma quête de justice... Tu peux te joindre à moi et Jamel... On pourra changer le monde...

Elle s'arrête net et remet en ordre une boucle de sa crinière. Son visage rayonne. La tristesse de tout à l'heure a disparu. Je n'arrive pas à décrire cette nouvelle Donia qui se tient devant moi. Ce n'était plus la même jeune fille à l'air calme et généreux qui m'a sauvée d'Am Mokhtar.

Je suis désormais en face d'une fille forte, sûre d'elle, prête à affronter les défis et à les relever. Une fille qui m'offre sa main tendue. Un pacte qu'on me propose de signer.

Mais quelque part, derrière cette force et cette énergie, une crainte quelconque subsiste. On dirait un bout de ficelle qui se dandine et qui s'accroche toujours au bouton d'un manteau. Un petit quelque chose qui l'empêche de décoller. Je ne sais pas bien de quoi il s'agit.

— Et comment penses-tu que je pourrais t'aider ?

Donia sourit. C'est la question qu'elle attendait depuis le début de notre conversation.

— Lila, tu vois cette maison que j'habite, ces murs ornementés, ces beaux tableaux, ces rideaux, ces tissus et tous ces meubles ? Toute cette richesse et cette extravagance ne m'impressionnent guère. Tout cela appartient à mes parents. C'est leur vie, ils ont sué sang et eau pour en arriver là. Mes parents me donnent tout et je leur en suis reconnaissante, mais il y a quelque chose qui me manque dans tout cela... Un sens à ma vie, une quête du bonheur, le partage avec l'autre, un sens de justice. Tu comprends ? Est-ce que tu t'es jamais sentie ainsi ? Ne cherche-t-on pas, tous, les choses qu'on n'a pas entre les mains ? L'invisible, le bonheur insaisissable ?

Elle hésite un moment, puis continue :

« Je veux aider les gens autour de moi, je ne veux pas vivre dans un pays où règne l'injustice... »

Un tourbillon d'idées tournoie dans ma tête. Donia avait raison. J'ai toujours regardé loin de chez moi. Je voulais autre chose que ce que mes parents m'offraient. Mais les pauvres ? Franchement, je n'ai pas pensé à eux. Et encore moins aux pauvres d'ici. Comment changer le monde, n'est-ce pas là du pur idéalisme ?

— C'est bien beau, tous ces sentiments, mais que veux-tu faire concrètement? Ce pays est mal foutu. Tu penses que c'est facile de changer des choses? Tu veux faire de la politique? Tu risquerais peut-être la prison. Comme la blogueuse dont Jamel parlait l'autre jour au café. Je ne sais pas. Dis-moi, Donia, es-tu en train de jouer avec le feu?

Donia secoue la tête, elle n'est pas d'accord avec mes propos.

— Oui, tout le pays est corrompu, mais veux-tu que je reste dans cette belle maison à me tourner les pouces? Je pourrais le faire, mes parents ne diraient pas un mot. Je serais comme les autres…

Elle s'arrête un moment, puis continue à voix basse :

«Avec Jamel, j'ai commencé à écrire un blogue. Nous écrivons des histoires fictives. Des satires. Des articles pour dénoncer l'injustice et pour nous moquer de cette dictature qui nous empêche de respirer.»

Dans ma tête, les choses deviennent plus claires. Une image danse devant mes yeux. Je la discerne un peu mieux. Jamel et Donia font la paire. Le fils de prolétaires et la fille de bourgeois se tendent la main pour se débarrasser du dictateur. Quel beau rêve! Et moi dans tout ça?

Je cherche à mieux comprendre.

— Si Jamel est avec toi, alors pourquoi as-tu besoin de moi? Il ne me reste que quelques semaines, puis je rentre au Canada. Je ne suis pas aussi importante que tu le penses pour ce travail de dissidence.

— Jamel est mon héros. Il est né pauvre dans la cité Ettadamoun, une sorte de bidonville, un peu comme une mini favela du Brésil, mais je suis fière de lui parce qu'il a su se servir de son intelligence. D'autres garçons n'ont pas eu cette chance. D'autres sont encore dans les rues. Les filles travaillent comme prostituées, ou au mieux comme caissières dans les supermarchés ou ouvrières dans les usines de textiles. Les garçons, comme passeurs de drogue ou marchands ambulants. Certains vont un jour tenter leur chance dans des embarcations de fortune pour Lampedusa en Italie, tandis que les autres finiront en délinquants. Des *zoufris*, quoi.

Je reste figée. Ma vie confortable au Canada m'a tout donné. Le calme. La tranquillité. Une maison pas aussi belle que celle de Donia, mais néanmoins confortable. Une éducation. Un climat froid, que j'apprécie d'ailleurs, mais aussi de la chaleur. Celle de mes parents, de mes amis. Même mes crises existentielles, mes questions sur mon identité, j'ai pu les apprivoiser. La preuve, je suis ici à Tunis en train d'améliorer mon arabe... Enfin, presque. Mais qu'en est-il de l'injustice? De la richesse des uns et de la pauvreté des autres? De la corruption du régime? Et de l'histoire d'oncle Mounir et de tante Neila? Comment inclure tout cela dans ce nouveau moi, ce nouveau chemin qui me fait signe de la main et m'invite à embarquer?

«Lila, où es-tu partie? À quoi penses-tu? Mes histoires t'ennuient, c'est ça?»

— Non, pas du tout, je pensais un peu à toutes ces coïncidences. Ton histoire, celle de Jamel, la mienne, et plein d'autres. Je ne sais pas quoi en faire. Peut-être qu'il y a un fil conducteur entre elles. Mais, Donia, tu n'as pas répondu à ma question. Comment et pourquoi penses-tu que moi, je peux t'aider?

Donia toussote un peu et incline son torse dans un mouvement pour se rapprocher de moi.

— Je te l'ai déjà dit, Lila. Quelque chose en moi me dit que tu n'es pas comme les autres filles. Tu peux m'aider à faire des recherches sur le net, écrire des articles et envoyer des messages sur les réseaux sociaux pour encourager les jeunes à ne plus accepter le statu quo. Tu peux m'aider quand je vais avec Jamel dans le quartier Ettadamoun pour donner des cours particuliers de maths, de français et d'anglais aux élèves qui ont du mal à suivre à l'école. Je suis sûre que tu vas tout de suite aimer cela...

Je regarde dehors. La grande porte-fenêtre de la chambre de Donia donne sur le jardin. Je vois quelques oiseaux voler dans le ciel. Monter et descendre. De haut en bas. Mon cœur fait le même mouvement. De haut en bas. Un yoyo. Mais sans joie. Mon enthousiasme monte et descend. Il faut que je parte, que je me retrouve seule.

« Hein, qu'en penses-tu ? » me lance Donia.

— Je ne sais pas. Je me sens confuse... J'ai besoin de réfléchir à tout ça. Je me sens un peu perdue. Tu sais, Donia... Avant tout, je suis venue ici pour faire plaisir à ma mère et travailler mon arabe... mais depuis quelques jours, je sens de plus en plus le besoin de savoir s'il faut que je reste ou, au contraire, s'il vaudrait mieux que je reparte au plus tôt. Est-ce que je me lance dans cette aventure ? Est-ce que ça en vaut vraiment la peine ?

— Certainement, s'empresse de répondre Donia.

Je la tiens par la main. Nous sommes comme deux gamines se retrouvant seules en classe, loin des regards curieux. Tunis nous couve sous ses bras. Soudainement, je laisse tomber sa main et je me lève.

— Je dois partir.

— Mais, je ne t'ai même pas offert quelque chose à boire, un thé, un café...

Donia veut aller me chercher quelque chose, mais je la retiens.

— Merci, Donia. Je dois absolument partir. Ça sera pour une autre fois.

Elle me sourit. Cette fois c'est elle qui pose sa main sur la mienne.

— Oui, une autre fois, me dit-elle. Tu reviendras, n'est-ce pas?

— Je le promets.

Donia me paraît de nouveau triste. Le même regard qui m'a accueillie devant la porte. Le voilà de nouveau devant moi. La fougue, la joie, la ferveur et l'exaltation de tout à l'heure ont disparu, engouffrées sous des couches de retenue et de prudence. Donia me conduit en silence jusque devant le grand portail en fer du jardin. Je sens sa main chercher la mienne. Nous restons ainsi un moment. L'une en face de l'autre. Nos mains l'une sur l'autre.

— Je t'enverrai un texto. À bientôt!

Je m'entends répondre :

— D'accord!

Le lourd portail se referme derrière moi. Je ferme les yeux pour une fraction de seconde, comme pour enregistrer chaque moment, chaque mot, chaque image de notre étrange conversation. Une voiture roule à grande vitesse, elle a failli m'écraser. Finir ma vie ici, et de cette façon! Quel gâchis! Je recule et sors de ma rêverie. Je presse le pas. J'ai tellement besoin de me retrouver chez tante Neila!

11

« Et maintenant, après que la paix sociale est reve-
nue grâce aux efforts du peuple tunisien… et après
ce bouleversement, on revient à la case départ…
comme avant, sans les augmentations du pain, de la
semoule ou du macaroni… »

Nous étions encore une fois réunis au salon. Nos yeux
fixaient le poste de télé. Les images en noir et blanc nous
parvenaient au ralenti. Nous étions tenus en otage par la
météo qui affectait la réception des ondes. S'il faisait beau,
les images étaient claires et limpides. Elles défilaient les
unes après les autres en continu. Douceur de vivre. Mais si
le vent de l'est se levait, alors notre antenne se mettait aussitôt à tourner, emportée dans une farandole. Est, ouest,
nord, sud, tous les points cardinaux se mélangeaient. Les
images ne tardaient pas à s'embrouiller, à zigzaguer et finalement à disparaître. Tordues, coupées, blanches d'un côté
et entièrement noires de l'autre. Le son nous parvenait par
bribes. « Aujourd'hui… sont bonnes… Nous… merci… »
Des mots glanés ici et là, qui n'avaient plus aucun sens.

J'étais assise, le dos bien droit sur ma chaise, les doigts croisés sur mes cuisses et les oreilles dressées pour ne perdre aucune parole. Ce n'était pas dans mes habitudes d'écouter les discours politiques. Mais cette fois, c'était différent. Ma Tunisie avait changé, et moi aussi. Mon père à ma gauche, l'air déprimé, regardait sans parler. Je voyais les veines gonflées de ses mains, comme une carte routière. Ma mère à l'affût, prête à attaquer chaque nouveau mot prononcé par une tirade d'injures.

— Espèce de vieux renard, pourquoi es-tu encore en vie? répliquait-elle aux paroles du président Bourguiba.

Bourguiba, lui, se foutait éperdument de ma mère et de ses injures de bonne femme. Il était à la télé. Il était invincible. Il se sentait investi d'une mission divine. Le vieux père parlait à ses enfants. Car nous étions tous ses enfants. Voilà ce qu'on nous disait toujours. Le Père de la Nation s'adressait à ses enfants pour leur annoncer la bonne nouvelle. Il parlait des émeutes du pain et venait d'un seul coup d'annuler les augmentations récentes. « Retour à la case départ », avait-il dit. Pour le peuple, peut-être, mais certainement pas pour moi. Retour à la case départ pour le prix du pain et des céréales, tant mieux pour le peuple. Tant mieux pour monsieur ou madame Tout-le-monde, mon père, ma mère, leurs amis, ces pauvres fonctionnaires qui pourront chaque jour prendre leur couffin et aller acheter des baguettes et du couscous pour nourrir leur famille, tant mieux pour les ouvriers des chantiers de riches, qui pourront manger du pain et boire du coca-cola, qui leur brûle l'œsophage et leur fait passer des rots sonores pour se soulager. Tant mieux pour les riches qui pourront économiser leurs dinars et exploiter davantage leur bonne, leur jardinier et leur chauffeur. Tant mieux pour tout ce beau monde. Mais pas pour moi. Ce « bouleversement » ne pouvait se faire sans heurts. Ce «bouleversement» m'avait ouvert les yeux sur une réalité que j'avais niée pendant des années.

Ce «bouleversement» n'était pas anodin. Il ne s'agissait pas des pauvres contre les riches ou de pain contre un morceau de viande. Ce «bouleversement» était venu me chercher par les tripes. Réveiller ce qu'il y avait de plus profond en moi. Il m'avait permis de lever le voile sur ma vie, sur mes parents et sur mes amis. Je ne voulais pas revenir à la case départ. Égoïste ou gâtée? Je ne sais trop. Mais moi, j'avais décidé de continuer les émeutes du pain chaque jour de ma vie.

— Pauvre type, ce Bourguiba, il est très mal conseillé, s'est enfin exclamé mon père.

— Pauvre? Tu appelles cet homme pauvre? répondit ma mère. Il n'a que lui-même à blâmer. Il s'accroche au pouvoir comme un timbre à une enveloppe. Il n'a qu'à le quitter! Que le vent l'emporte!

Papa se taisait. Il n'avait jamais pu confronter ma mère. Elle a poussé un soupir, puis a continué :

«Bourguiba ou un autre, c'est du pareil au même. Au moins, le prix de la baguette redescend...»

Voilà l'essentiel, selon ma mère. Je suis certaine que ce soir-là, des milliers de gens ont eu la même réaction qu'elle. Ce qui importait, c'était l'argent. Combien on en gagne, combien il en reste et combien on peut en accumuler. La dignité, l'égalité, la justice. Tout ça, c'était pour les intellectuels, les philosophes et les fous. Le bon peuple voulait manger et vivre, et c'est tout!

Najwa a reniflé. Elle a essuyé son nez du revers de sa manche.

— Ne fais pas ça, a crié ma mère avec une grimace de dégoût, utilise ton mouchoir!

— Je ne le trouve pas, a encore reniflé Najwa. Je crois que je l'ai perdu...

— Empruntes-en un à Nadia. La prochaine fois, tu feras attention à tes choses. L'argent ne pousse pas dans les arbres... Ta mère ne peut pas toujours tout acheter, acheter...

Najwa s'est enfuie dans ma chambre en galopant comme une délicate gazelle du Sahara. Elle ne comprenait rien à ce que maman racontait. Elle était contente de venir passer encore une soirée chez nous.

Papa s'est enfoncé encore plus dans son fauteuil. Comme un bateau qui se noie dans des eaux profondes. Maman s'est levée et s'est empressée de rejoindre Najwa. L'histoire du mouchoir perdu ne faisait que commencer.

Je suis restée à côté de mon père. Je voulais lui parler. Commencer une nouvelle page avec lui, apprendre de lui et sentir réellement sa présence. Ne plus voir seulement son fantôme.

— Papa, que penses-tu de tout ça? Es-tu d'accord avec les revendications des jeunes qui sont sortis dans la rue?

Il semblait amoindri et fragile. Son regard s'est posé sur moi. Je sentais sa peine, son humiliation et sa douleur intérieure. Bizarre, mais je n'avais jamais senti ça auparavant. Le «bouleversement» dont parlait Bourguiba m'avait apporté cette nouvelle vision. Je voyais plus clair.

— Que veux-tu que je te dise? Je crois que nous entrons dans une nouvelle phase. Le pays ne sera plus jamais comme avant. Je le sens, mais je ne peux pas te l'expliquer.

Il hésitait. Comme s'il regrettait déjà ces mots audacieux qui sortaient de sa bouche.

« Occupe-toi de tes études, c'est la chose la plus importante. Tu as un examen à passer à la fin de l'année. Ne laisse pas ces choses-là te distraire… »

Dommage qu'il n'ait pas continué sur sa première lancée. Papa s'était vite rattrapé. Au début il m'avait parlé comme un ami, comme à une adulte, mais il avait tout de suite viré de bord, était retourné à son rôle traditionnel, à sa passivité, à son monde, duquel j'étais désormais exclue. Un monde où avait vécu la petite Nadia, l'enfant, mais pas la jeune fille que j'étais devenue, l'adulte qui se cherchait.

Je suis allée dans ma chambre. Ma tentative venait d'échouer. J'étais résolue à tenter de nouveau ma chance, mais mes parents me semblaient de plus en plus lointains. Loin de mes pensées, loin de mes idées, loin de mes questionnements et de mes aspirations. Un mur se construisait. En fait, il était déjà en construction depuis des années. C'était seulement au cours des derniers jours que j'avais bel et bien constaté son existence. Je me rendais à l'évidence. Un mur de plus en plus épais et haut séparait nos vies. Je ne savais pas s'il fallait le détruire et laisser les pierres dégringoler l'une après l'autre ou alors prolonger le mur un peu plus chaque jour. Je me suis réfugiée dans les études. Il y avait bien sûr Neila. Mais ce n'était pas pareil. J'avais besoin de mes parents. De parler avec eux des choses de la vie, de politique, de mes craintes, de mes ambitions. Mais c'était demander l'impossible. Nous baignions dans la banalité. Nous y étions trempés jusqu'aux os. Elle dégoulinait de nos cheveux, de nos peaux et de nos habits. « Mange, dors, et étudie », c'était le leitmotiv implicite de mes parents. Je l'avais compris très jeune et je ne l'avais jamais remis en question. Ce jour-là, j'osais enfin dépoussiérer un peu les choses. J'osais réfléchir autrement. Non pas pour apprendre par cœur des notes de cours, mais pour poser des questions, pour comprendre, pour saisir ce qui venait de se passer. Pour savoir pourquoi Mounir était parti avec les *zoufris*? Après tout, en était-il vraiment un? Qui décidait de ces catégories? La société? Mes parents? Le gouvernement? La collectivité?

Mes pensées pesaient lourd dans ma tête. Je penchais la tête de gauche à droite, je la hochais de haut en bas. Je voulais dissiper ces gros nuages qui s'accumulaient lentement et brouillaient ma vision.

Les paroles de ma mère arrivaient jusqu'à moi :

— Cherche dans ton sac, disait-elle à Najwa, peut-être que tu le retrouveras. Ta mère n'aura pas à t'en acheter un autre, la vie est trop chère ces temps-ci.

Najwa reniflait de plus belle et a déclaré de sa voix désespérée :

— Il n'y a rien, tata Fatma, je ne trouve rien, je crois que mon mouchoir est tombé de ma poche, l'autre jour dans la cour d'école, quand je jouais au «lastique».

Maman a poussé un cri qui ressemblait beaucoup au rugissement du lion du jardin zoologique du Belvédère, que j'avais entendu alors gamine, lors de nos visites et qui me faisait tellement peur.

— Pourquoi joues-tu toujours au «lastique», quand est-ce que tu vas grandir et te tenir sage comme une grande fille...

Maman a quitté la chambre en trombe, sans même me jeter un coup d'œil. Najwa retenait ses larmes, puis, dès qu'elle m'a aperçue, elle s'est lancée vers moi et a mis ses bras menus autour de ma taille. Elle m'a demandé d'une voix tremblotante :

— Nadia, tu ne jouais pas au «lastique», toi aussi, quand tu avais mon âge?

Je lui ai souri. J'ai essuyé ses yeux humides. Elle s'est assise sur mon lit. Son nez coulait. Mais ma mère n'était pas là pour la gronder. Elle attendait ma réponse, sa main tiède jouait avec la mienne.

— J'adorais le «lastique». Mais je n'étais pas bonne à ce jeu. On y jouait tous les jours dans la cour, à la récré. Il y avait une fille qui était championne. Moi je sautais jusqu'au niveau de la taille, pas plus. Mais cette fille-là, vois-tu, elle pouvait sauter jusqu'à la tête et même parfois très haut, on appelait ça «le ciel». On levait les bras en l'air et elle pouvait quand même sauter à travers le ruban élastique, elle était extraordinaire, personne ne pouvait la battre!

Le visage de Najwa s'est détendu, ses yeux scintillaient comme deux chandelles dans le noir. Les reproches de maman semblaient bien loin. Soudain, elle s'est penchée un peu plus vers moi, de peur que quelqu'un l'entende, et m'a chuchoté doucement dans l'oreille:

— Moi aussi, j'adore jouer au «lastique», et tu sais quoi, je partage un secret avec toi: je peux sauter jusqu'à la poitrine...

J'ai ri. Un rire nerveux. Pauvre Najwa, je ne savais pas comment elle pourrait trouver son chemin. Son père décédé. Sa mère élevant toute seule ses enfants. Le pays en dérive. Je me revoyais dans la cour de mon école. L'hiver. Les doigts rouges, enflés par des engelures qui me torturaient tout l'hiver. Un ruban élastique long d'à peu près trois mètres, attaché comme un anneau autour de mes jambes, et moi, me tenant bien droite. Neila, à quelques mètres de moi, se tenait droite, elle aussi, l'autre bout de l'élastique derrière ses jambes. Les yeux dans les yeux, nous nous faisions des grimaces et éclations de rire. Le pan de nos jupes à carreaux, achetées à la friperie, se voyait en dessous de nos tabliers bleu marine. Neila avait deux longues tresses. Des jambes maigrichonnes, comme deux béquilles. Les petits poils sur sa peau, hérissés par le froid, des chaussettes rouges lui arrivant aux chevilles. Mes cheveux étaient attachés en queue de cheval qui se balançait dans le vent comme pour chasser des mouches invisibles. De temps en temps, je me frottais les doigts rougis et déformés.

Toute la cour était parsemée de groupes semblables au nôtre. Les plus jeunes préféraient la corde à sauter. C'était comme un minichampionnat. On ne voyait que des filles sauter dans les airs, puis retomber sur deux jambes ou parfois par terre. Jusqu'à ce que la grosse cloche se mette à sonner et que nous courions dans tous les sens pour nous mettre en rang et regagner nos classes. Dans un rapide tour de main, le «lastique» glissait de nos jambes, roulait en boule dans nos mains et était caché dans la poche du tablier d'école. Chaque jour, la même scène se répétait. Parfois, mais très rarement, nous marchions dans la cour. Bras dessus, bras dessous, ou les bras autour des épaules. Nous nous racontions des histoires. Des histoires que nous avions glanées à la maison, racontées par une tante trop bavarde ou une douce grand-mère, ou lues furtivement dans des livres oubliés par des adultes nonchalants sur une étagère ou sagement rangés sous un oreiller. Nous marchions sans but précis dans la grande cour. Nos vieux souliers écrasaient les petits cailloux qui volaient un peu plus loin et retombaient.

Doucement, Najwa est venue s'allonger à mes côtés. Elle contemplait le tableau accroché dans notre chambre. Une mauvaise réplique bon marché de *Jeunes filles au piano* de Renoir. Je l'avais reçu en cadeau d'anniversaire quelques années auparavant.

— J'aime cette image, Nadia, m'a soufflé Najwa sans même me regarder. C'est comme toi et moi. Peut-être qu'un jour je pourrais jouer au piano comme cette fille sur le tableau.

— Jouer au piano ou jouer au « lastique », lui ai-je dit en la taquinant et en lui chatouillant les pieds, il faut choisir...

Najwa s'est recroquevillée. Elle se tenait les pieds pour échapper à mes tortures innocentes. Son visage rayonnait. À travers ses rires, elle a réussi à me dire :

— Les deux : le piano et le « lasti... ».

Soudain, la voix de mon père nous est parvenue, nous arrachant de nos jeux innocents :

« Demain, il y a école, ils viennent de l'annoncer à la radio. Dépêchez-vous d'aller dormir ! »

Nos mines ont changé. Najwa est allée mettre son pyjama. Il fallait que je révise mes notes de cours. Je n'avais rien étudié depuis deux jours.

Déjà, j'appréhendais le retour à la normale.

12

C'est décidé. Je vais aller avec Donia à la cité d'Ettada-moun. Après notre conversation, je n'ai pas pu dormir de la nuit. Les paroles de Donia m'ont envahi la tête qui est vite devenue un champ de bataille. Soldat contre soldat. Idée contre idée. Les belligérants s'affrontent, puis chacun se retire dans son coin pour chercher un peu de répit et reprendre de plus belle. Je suis restée éveillée jusqu'au petit matin. Les haut-parleurs attachés au minaret de la mosquée du quartier, l'appel à la prière m'est d'abord parvenu très fort, puis s'est éloigné. *Allahou Akbar. La Ilaha ilaAllah.* La voix est disparue dans le ciel encore noir. Je discernais chaque mot, je déchiffrais chaque syllabe, je comprenais chaque phrase. Mes paupières lourdes se renfermaient. Mes cils se rencontraient. Finalement, mon corps s'est laissé aller au sommeil. Le champ de bataille a disparu.

Quand je suis rentrée chez tante Neila, après ma rencontre avec Donia, je n'avais qu'une seule envie : faire mes valises et partir. Rentrer à Ottawa. Oublier ce monde compliqué. Retrouver ma routine quotidienne. M'enfuir dans la banalité. Comment en suis-je arrivée là ? Est-ce que je dois obéir à ma mère et la laisser guider ma vie ? Je n'aurais pas dû accepter ce voyage. J'ai trouvé tante Neila et oncle Mounir dans la cuisine. Lui, il coupait une baguette en tranches régulières pendant qu'elle servait de la soupe dans de jolies soucoupes bleues.

— On t'attendait d'une minute à l'autre, s'est-elle exclamée.

Oncle Mounir se contente de me sourire. Il continue d'enfoncer les dents pointues du couteau dans la baguette. Les tranches de pain s'accumulent. Il les met dans un panier en osier. Du rebord de la main, il ramasse toutes les miettes en un petit tas, les met dans sa paume et les porte à sa bouche. La tête renversée, il avale les miettes de pain et paraît content de son geste.

« Viens, mets-toi à table avec nous. Nous avons de la soupe, des bricks au thon et une salade. Un menu de ramadan sans qu'on soit au mois saint. C'est comme ça, je ne savais pas quoi cuisiner... »

Je me force à m'asseoir à table avec les amis de ma mère, qui sont devenus mes amis, ma famille d'accueil. Le cœur gros, les idées confuses.

« Qu'est-ce qu'il y a ? Tu ne sembles pas en forme, m'a demandé tante Neila, le visage déjà inquiet. Tu semblais pourtant très bien ce matin... »

Oncle Mounir vient juste de mettre le panier de pain sur la table. Il tend le bras pour attraper une bouteille en verre remplie d'un liquide jaune verdâtre.

— C'est de l'huile d'olive extra-vierge, naturelle, fraîchement pressée. Un ami me l'a donnée ce matin, en cadeau. Elle vient de son moulin à huile d'olive. Un lieu centenaire. Je peux t'y emmener un de ces jours, si tu veux.

Tu verras les grosses meules en pierre pour broyer les olives. Les scourtins, ces gros tapis épais comme des paillassons avec un trou au milieu. Un travail millénaire que tu aimeras, j'en suis sûr. Chez vous, en Amérique du Nord ou plus proche d'ici, en Europe, on appelle ça un produit biologique. On le vend très cher. Mais moi, je le reçois en cadeau. Tiens, goûtes-en avec un peu de pain, tu verras, c'est succulent!

Je reste bouche bée, ne sachant que répondre à ce déluge d'informations inattendues dont oncle Mounir m'inonde le cerveau. Tante Neila lui lance:

— Laisse-la donc tranquille! Les leçons d'histoire, laisse ça pour une autre fois…

Je soupire:

— Non, non, j'aime bien apprendre des choses. Sauf, que je ne sais plus où donner de la tête. J'ai l'impression que je suis sollicitée par tout le monde pour apprendre plein de choses sur ce pays…

Oncle Mounir ouvre la bouteille et en verse un peu dans une assiette. On dirait qu'il manipule la chose la plus précieuse au monde. Il trempe un morceau de pain dans l'huile couleur or. Il me le tend, la mie imbibée d'huile.

— Tiens, donne-moi ton avis!

Tante Neila paraît agacée. Oncle Mounir feint de ne rien voir.

— Est-ce qu'il y a un problème avec ton amie Donia? Tu m'avais dit que tu allais la voir. Tu hésitais un peu, n'est-ce pas?

Je ne sais pas si je vais mettre le morceau de pain trempé dans ma bouche ou répondre à tante Neila. Je reste un moment à les regarder, puis me décide à goûter le bout de pain. Le goût est fort. L'acidité et la douceur se marient dans un amalgame étrange. Un peu comme la gentillesse de tante Neila et la désinvolture prononcée d'oncle Mounir. Je ne sais pas comment réagir à ce mélange.

— Hein, qu'en penses-tu? C'est miraculeux, n'est-ce pas?

Je continue à mâcher lentement. Les saveurs opposées se dissolvent une à une. Comme mes idées qui tombent l'une après l'autre.

— Je ne sais pas. Oui c'est bon, mais il y a un arrière-goût. Quelque chose d'un peu fort, d'un peu amer, qui me reste au fond de la bouche.

Pour la première fois, oncle Mounir paraît un peu déçu. Déjà, je regrette ma réponse. Je m'empresse de me rattraper :

« C'est bon, très bon même, mais il y a ce goût... »

— Mais c'est ça, le hic! Toute la saveur de l'huile d'olive réside dans ce goût amer. C'est justement là qu'est toute la saveur. C'est le goût de l'authentique, ce que recherchent les gens depuis des siècles. La pureté...

Tante Neila n'en peut plus, elle ordonne :

— La soupe va refroidir. Allons, mangeons!

Après le pain à l'huile d'olive, je n'arrive plus à faire passer aucune bouchée.

J'ai la gorge nouée.

Il y a un long moment de silence. Je n'ose pas regarder mes amis. Puis lentement, tante Neila me pose la même question :

« Qu'y a-t-il, ma chère, tu as le mal du pays? Tes parents te manquent? Tu n'aimes pas tes nouveaux amis tunisiens? Donia t'embête ou quoi? »

— Je ne sais pas. Je me sens tiraillée de partout. J'aimerais retourner à Ottawa. Mais je commence à mieux aimer la vie ici. Donia est très sympathique, mais elle me demande de l'aider et je ne sais pas si je suis capable de le faire…

— L'aider ? s'écrient-ils en déposant simultanément leur cuillère sur la table.

Je remarque de légères traces de soupe sur leur bouche. Étrangement, je vois la main d'oncle Mounir trembler. Je ne sais pas si j'ai commis la plus grosse gaffe de ma vie. Mais il faut bien que la famille à qui ma mère m'a confiée sache ce qui se passe. Surtout que les choses commencent à se compliquer.

— L'aider dans sa lutte contre l'injustice, contre la dictature. Dans son blogue, dans son travail avec les jeunes défavorisés de la cité Ettadamoun…

Les visages de mes hôtes se figent. Oncle Mounir se lève de son siège. Tante Neila ne dit toujours rien, elle ferme les yeux.

— Lila, veux-tu venir sur le balcon un moment ?

Je ne comprends pas la réaction de mes hôtes. À ce point-là, ils ont peur du régime dans lequel ils vivent.

— D'accord, j'arrive…

J'ai encore le goût de l'huile d'olive dans la bouche. Tante Neila ne bouge pas. Elle est ailleurs. Les yeux toujours fermés. On dirait qu'elle médite sur sa vie.

D'un pas lent, je suis oncle Mounir au balcon. Il pousse la vitre de la porte-fenêtre qui gémit, avant de glisser sur l'autre moitié. Comme une chatte curieuse, je mets un pied dehors, puis un autre. Un vent humide me frappe au visage. Je frissonne. C'est drôle, je me sens revigorée. Le froid me rafraîchit. Le froid me transporte au Canada, je me sens chez moi. Dans mon milieu. Deux chaises en fer forgé et une table sont installées dans un coin. Une vieille boîte de tomate en acier est remplie de mégots. Oncle Mounir sort toujours après les repas fumer sa cigarette ici, parfois, il y lit pendant des heures. Je le vois de ma fenêtre qui donne sur le balcon.

— Assieds-toi, m'ordonne-t-il presque.

J'obéis. Je commence à avoir peur. Je ne sais pas ce qu'il va me dire. Je veux crier à tante Neila. Mais elle ne viendrait pas à ma rescousse.

Il tire une chaise vers lui et s'assied, met une cigarette entre les lèvres sans l'allumer.

Les mains croisées devant moi, j'attends le verdict.

13

Mounir a été arrêté par la police. C'est Mohamed, son jeune frère qui nous l'a dit, à Neila et à moi. La veille, alors que Neila et moi marchions dans l'une des rues menant au lycée, nous l'avons rencontré, son cartable sur le dos attaché par deux rubans de fortune comme deux bretelles, les mains dans les poches. Son pantalon avec deux grosses pièces aux genoux lui arrivait à la cheville. Un chapeau en laine surmonté d'un pompon lui couvrait les cheveux. Nous connaissions bien Mohamed. Nous le voyions parfois assis, les pieds ballants, sur la charrette de son père tirée par un âne. Son père allait d'une maison à l'autre vendre de la terre noire ou du fumier de mouton pour les jardins des maisons du quartier. Une fois, nous l'avions vu avec Mounir. Ils allaient ensemble rencontrer la maîtresse d'école de Mohamed, qui insistait pour qu'il prenne des cours particuliers. Mohamed était toujours souriant. La bouche entrouverte, laissant paraître ses petites dents jaunes. Mais ce jour-là, il marchait comme un adulte, tête baissée, visage bouleversé. Son innocence avait disparu. Désormais, il était devenu comme tous les autres, résigné.
— Comment ça va, Mohamed ? lui a demandé Neila.

Sa voix tremblait légèrement, elle n'avait plus de nouvelles de Mounir.

Mohamed s'est approché de nous. Il gardait les yeux baissés, comme s'il cherchait quelque chose par terre.

— Je vais très mal, a-t-il répondu. Très mal, a-t-il répété en balançant la tête, sans même oser nous regarder en face.

Nous nous sommes arrêtées. Neila a mis la main sur son cœur. Son visage a blêmi.

— Pourquoi, qu'est-ce qui s'est passé? a-t-elle demandé en retenant Mohamed par la main et en l'empêchant de faire un autre pas.

J'ai pu enfin le regarder dans les yeux. Ils étaient rouges. Son nez aussi. Il avait trop pleuré. On pouvait le deviner. Mohamed a balbutié des mots incompréhensibles. J'ai cru comprendre « police ».

Neila, la main retenant encore celle de Mohamed, le regardait avec des yeux suppliants. Je ne l'avais jamais vue de la sorte. Même pas quand elle parlait de son père et des coups violents qui s'abattaient sur elle.

« Mounir, a-t-elle murmuré, que lui est-il arrivé? »

— La police est venue hier soir. Très tard. Je dormais avec mes frères et sœurs. Mounir était dans la même chambre que nous. Il m'a embrassé avant que je m'endorme. Il m'a même dit : « N'arrête jamais tes études, quoi qu'il arrive ». Je lui ai souri et je l'ai embrassé moi aussi. Soudain, au beau milieu de la nuit, j'ai entendu des coups frappés à la porte, suivis des cris de ma mère. Je me suis réveillé. Tous les autres se sont levés, eux aussi. Mounir se tenait à côté de mon père. Ma mère pleurait. Je tremblais de peur. Puis j'ai vu une dizaine de policiers devant moi. Je ne savais comment ils étaient entrés ni d'où ils étaient sortis. Ils ont encerclé notre maison. L'un des policiers, le plus gros et le plus grand, leur chef, je crois, s'est avancé vers Mounir...

Mohamed s'est interrompu. Les mots ne sortaient plus de sa bouche.

Neila, le visage éperdu, les yeux en larmes, a supplié Mohamed :

— Continue, s'il te plaît, qu'est-ce qu'ils lui ont fait ?

Mohamed a tourné la tête dans un geste désespéré. Il ne voulait pas nous regarder en face. Sa bouche s'est déformée. Plus de sourire. La tristesse. Pour toujours.

— Le gros policier a attrapé Mounir par la nuque. Puis devant tout le monde, il l'a gif... Il l'a giflé. Mon père les suppliait. Il leur disait qu'il devait y avoir une erreur, que Mounir n'était pas un voyou, un garçon de la rue... C'est un étudiant, disait mon père. Il va devenir avocat. Ma mère pleurait. Elle poussait des gémissements. Nous pleurions en silence. L'un des policiers, un jeune qui devait avoir l'âge de Mounir, s'est avancé vers mon père. Il a aboyé comme un chien : « Toi le vieux, tu fermes ta gueule ou alors on sait comment s'occuper de toi ! » Et alors mon père s'est tu et ma mère aussi. J'avais tellement peur que j'ai pissé dans mon pantalon.

— Et Mounir, qu'est-ce qu'ils lui ont fait ? s'est empressée de demander Neila.

— Ils l'ont emmené dans la *baga*. Quand nous sommes sortis pour voir ce que les policiers faisaient de Mounir, j'ai vu qu'il y avait trois camions devant notre maison. Les voisins étaient dehors, eux aussi. Notre voisin, Am Omar, est venu conforter mon père. Le policier qui retenait Mounir n'arrêtait de l'insulter : « Espèce de vaurien ! Tu penses que tu as grandi, que tu es un homme. Je te montrerai comment devenir un homme. Tu verras... » Puis les policiers sont revenus, ils ont pris tous les livres que Mounir gardait sur sa table. Ils les ont mis dans un sac et sont repartis.

Les coups lui pleuvaient dessus. Ma mère s'est évanouie. Heureusement qu'elle n'avait pas entendu tous les gros mots et les insultes.

— Et ta mère, comment va-t-elle à présent? ai-je fini par demander à Mohamed.

— Elle pleurait toujours quand je suis sorti ce matin. Elle n'a pas pu se lever. Ma sœur Hasna est restée avec elle. Elle n'est pas allée à l'usine.

Sans nous en rendre compte, nous avions continué à marcher. Nous étions à quelques mètres de l'école primaire de Mohamed. Les élèves étaient attroupés devant la grande porte bleue en attendant qu'elle ouvre.

Mohamed ne voulait plus parler. Il s'est tu.

Neila lui a demandé :

— Sais-tu où ils l'ont emmené?

Mohamed a secoué la tête. Son regard fuyait le nôtre. Puis brusquement, il nous a presque chuchoté :

— Mon père a dit ce matin qu'il irait voir au poste de police d'El Menzah 6. Peut-être qu'il en apprendra davantage.

Mohamed a sorti l'une de ses mains de sa poche et nous a fait un signe timide. Son cartable pendait derrière son dos. Il portait la misère derrière lui.

Nous avons continué notre chemin en silence. Neila s'essuyait les yeux avec son mouchoir.

— Qu'allons-nous faire? ai-je demandé pour briser le silence.

— Rien. Je n'en sais absolument rien. Tu penses qu'il s'en sortira? m'a-t-elle demandé, les yeux pleins de questionnement.

— Oui, pourquoi pas. Il n'a rien fait de mal.

— Mais, est-ce que tu te rends compte que c'est la police ? La po-li-ce ! Tu crois qu'il va s'en sortir ?

J'ai haussé les épaules.

— Et alors, la police, est-ce que c'est Dieu ?

Je m'énervais. Neila se livrait trop facilement à la fatalité. Elle allait sombrer dans la déprime.

— Oui, c'est presque Dieu, m'a-t-elle lancé. Ma mère m'a dit l'autre jour qu'il ne faut jamais faire des histoires avec la police. Elle m'a aussi dit qu'il faut éviter de faire de la politique, que c'est pour les riches, ceux qui ont du pouvoir, car eux seulement peuvent gouverner. Nous, on est des *khobzistes*[7], on mange notre pain, voilà tout !

Il y avait toujours une pointe de fierté dans les yeux de Neila, comme toutes les fois qu'elle me racontait une histoire pour me montrer mon ignorance. Mais cette fois, ce n'était plus pareil. Je n'étais plus impressionnée par les histoires des autres. Les ragots des gens, leur peur viscérale du régime.

— Il s'en sortira, tu vas voir. Viens, dépêche-toi, sinon on sera en retard. Je suis sûre qu'aujourd'hui Botti monte la garde, on ne pourra pas sauter par le muret.

Elle m'a suivie. Neila traînait les pieds. Je ne savais que lui dire. Elle avait l'air si misérable ! Une autre Neila. Une Neila vieillie de dix ans. Neila la joyeuse, l'optimiste, celle qui me racontait des blagues salées ou me donnait des cours d'éducation sexuelle, cette Neila-là n'habitait plus dans ce corps qui marchait à mes côtés. Je voulais la secouer, l'entourer de mes bras, la réconforter, lui répéter que Mounir serait bientôt relâché, qu'il avait été arrêté

---

7. Terme utilisé à l'époque en Tunisie pour signifier littéralement « ceux qui gagnent leur pain ». Ce sont les gens sans histoire qui gagnent simplement leur vie et ne s'impliquent pas politiquement.

pour une bonne cause. Qu'il n'était pas un criminel, mais plutôt un militant politique, un rêveur qui voulait changer son pays pour le mieux. Mais, les mots refusaient de sortir de ma bouche.

Finalement, nous sommes arrivées dans la grande cour du lycée. Il n'y avait pas grand-chose de changé. Et pourtant, le jour des émeutes, je pensais que tout le lycée allait s'écrouler. À part quelques vitres brisées qui étaient maintenant retenues par des cartons renforcés avec du ruban adhésif, rien n'a attiré mon attention. Les portes grises des toilettes, l'odeur âcre, les longs couloirs qui semblaient ne jamais finir, la peinture écaillée des murs, le bureau des surveillants sombre comme une tombe : tout était en ordre, tout était à la même place. Les surveillants, pour l'occasion, étaient alignés comme des rats devant la grande porte d'entrée, prêts à l'attaque, les oreilles et le nez pointu testant l'air. Botti, le ventre bombé, portant une ceinture qui faisait ressortir encore plus son embonpoint, était le chef de la bande. Une main tenant un sifflet et l'autre se balançant d'avant en arrière. D'avant... en arrière. D'arrière... en avant... Il semblait encore plus méchant que d'habitude, les yeux plissés ne laissant voir que deux fentes menues. Ses joues comme deux pommes de terre jaunes étaient séparées par un nez presque invisible. Il voulait peut-être se venger de ceux qui avaient participé aux émeutes. Un peu plus loin, il y avait les élèves dans la cour. Toujours les mêmes cliques, les mêmes groupes, les mêmes rires, les mêmes exclamations. Rien n'avait changé. Nos vies reprenaient leur cours. Mais s'étaient-elles vraiment arrêtées ? Nous revenions à la case départ, tout comme avant les augmentations du pain. Neila et moi marchions dans la cour sans but précis. La main dans la main, nous étions des revenantes parmi les vivants. Nous avions enterré nos beaux souvenirs, notre indifférence, Neila était entrée en deuil prématuré et moi, j'étais entrée en ébullition. Je remettais tout en question, je ne voulais plus de la vie hypocrite et futile que j'avais menée jusque-là. Le cœur palpitant, je sentais le changement couler dans mes veines. Le sang circulait à une vitesse folle.

Dans la classe, nos professeurs m'ont semblé avoir le visage figé dans le temps. Ils n'ont pas soufflé mot des émeutes. Personne n'a parlé du jour où les cris des manifestants ont envahi notre cour et nous ont fait sortir, pris de panique, ne sachant où donner de la tête. Ce jour où les pauvres sont devenus rois pour 24 heures. Ce jour où le monde cohérent que je m'étais construit depuis dix-huit ans s'était effondré. Rien. Pas un mot. Pas une remarque. Pas un sourcillement. Retour à la case départ, avait déclaré le Père de la Nation, et ses enfants avaient sagement obéi. Nous avions repris nos places, ouvert nos cahiers et nos livres au même endroit où nous les avions fermés et jetés à la hâte dans nos sacs pour fuir la bagarre. Fuir les fauteurs de troubles. J'étais contente que Neila soit à mes côtés. Mais chaque fois que je tournais la tête vers elle, ses yeux étaient ailleurs. Partis voyager, à la recherche de son amour perdu trop tôt. D'un bonheur non consommé Parti, envolé, loin de cet endroit que je commençais à haïr. Je n'aimais pas les sourires-grimaces de nos professeurs ou leurs cris stridents pour nous faire la morale et nous dire combien nous étions stupides. Je ne supportais plus le manège de Sonia qui faisait toujours les yeux doux au professeur d'arabe, qui faisait semblant de ne s'apercevoir de rien, mais dont les doigts jouaient allègrement dans les poches de son pantalon non loin de sa braguette. Je ne voulais plus respirer le même air lourd, résigné et nauséabond que toute la classe respirait. Mes poumons criaient justice. Je la voulais tout de suite.

Je pensais aussi à Mounir. Les coups que Mohamed nous a décrits ce matin-là étaient restés gravés dans ma mémoire. Et les insultes qu'il nous avait répétées avec hésitation étaient restées enregistrées comme une cassette qui tournait sans arrêt dans ma tête. Pensées circulaires sans fin. Gifle. Vaurien. Gifle. Vaurien.

— Mademoiselle Mabrouk, lisez le poème page 23, deuxième strophe...

«Qui me parlait?» Il me semblait entendre mon nom de famille. Les paroles du professeur me sont parvenues comme dans un cauchemar, éloignées, feutrées dans une boule d'ouate. Je ne comprenais pas vraiment ce qu'il voulait de moi. Neila a mis son doigt sur mon livre ouvert, pour me montrer le paragraphe. Elle m'a donné des petits coups de pied sous la table. Finalement, j'ai compris. Le professeur s'impatientait, il ouvrait la bouche pour commencer ses moqueries, mais je l'ai devancé en lisant à haute voix :

Malgré moi, je suis sorti en ce bas monde,
Et mon voyage est pour un autre monde.
Cela malgré moi aussi, et Dieu m'en est témoin!
Suis-je prédestiné, entre ces deux mondes,
À accomplir une tâche,
Ou suis-je libre de mes choix?

J'ai lu la strophe d'un seul trait, un peu essoufflée. Les mots d'Al-Maari, un poète arabe du 10ᵉ siècle, pessimiste, ironique et critique de la bêtise humaine, sortaient assez péniblement de ma bouche. Ils voulaient y rester en paix et ne pas se mélanger à l'air fétide de notre classe.

Le professeur, une main dans la poche, l'autre tenant le livre, m'a regardée lentement, puis a dit :

— Que voulait dire Abu Al-Ala'a Al-Maari par ces mots ? Pouvez-vous nous rappeler les thèmes discutés en classe, la semaine dernière ?

Trois jours plus tôt, j'aurais régurgité les mêmes banalités que nous avions écrites dans nos cahiers. Mais ce jour-là, je ne voulais plus jouer le même jeu.

Je ne voulais pas répondre au professeur. Je ne voulais pas devenir complice de son jeu. Je ne voulais pas revenir à la case départ. Je restais immobile. Je ne répondais pas. Je faisais la grève. Les petits coups de pieds de Neila augmentaient en intensité. Je les ignorais. J'ai entendu quelqu'un me souffler des mots par bribes. Pessimisme. Colère. Amertume. Je les ignorais. Je regardais droit devant moi. M. Kamel ne me faisait pas peur. J'affichais mon insolence.

« Mademoiselle Mabrouk, non seulement vous ne suivez pas en classe, mais vous ne prenez même pas la peine de réviser vos notes avant de venir au cours et vous comptez passer le bac dans quelques mois ? N'est-ce pas le summum de la négligence et de la paresse... »

Il s'est arrêté un moment comme pour trouver des mots encore plus méchants, puis s'est raclé la gorge et a déclaré :

« La prochaine fois, vous prendrez vos affaires et vous sortirez de ma classe. Je n'ai pas besoin de cancres dans ma classe. J'en ai assez comme ça ! »

Son visage est devenu rouge cramoisi, des gouttelettes de salive ont jailli de sa bouche et sont tombées sur le bureau de Sonia qui était en train de fouiller dans son sac, feignant de chercher quelque chose. Elle ne se rendait compte de rien. Elle voulait réussir avec une bonne moyenne. M. Kamel allait l'aider. Peut-être allait-il lui refiler l'examen ? Sonia pouvait tout acheter, pourquoi pas un examen de M. Kamel ?

Je n'ai pas baissé les yeux. Ça énervait davantage M. Kamel. J'étais fière de ma prestation. Je n'allais pas abdiquer. Mounir m'avait montré le chemin, je le suivrais. Le professeur a fait une moue de dégoût dans ma direction, puis s'est tourné vers un autre élève. Il a déchaîné sa rage contre quelqu'un d'autre. J'étais sauvée. Enfin pour ce jour-là, après, on verrait. Neila m'a chuchoté :

— Qu'est-ce qui t'a pris ? Pourquoi ne voulais-tu pas répondre ? Tu m'as donné toutes tes notes avant-hier.

— Je ne voulais pas. C'est mon choix. Je ne veux plus lui parler, à cet hypocrite…

Dans la paume de sa main, Neila s'est retenue de rire. Je lui avais rendu un peu la joie. J'étais encore plus fière de moi. Trop vite, elle s'est calmée et s'est tenue raide comme une branche pour le reste du cours.

Plus tard, nous sommes rentrées du lycée. Nous marchions en silence dans les ruelles. Il faisait noir, un brin de lumière nous parvenait des fenêtres des belles maisons. Aucun réverbère public n'était allumé, à cause des ampoules fracassées par les émeutiers des derniers jours. Neila m'a dit soudain :

— Nadia, est-ce que c'est l'arrestation de Mounir qui t'a fait agir de la sorte avec monsieur Kamel, ce matin ?

Mes yeux se sont allumés, mon corps, que j'avais du mal à transporter et mes mains lourdes se sont métamorphosés par les quelques paroles prononcées par Neila. Elle m'avait compris ! Elle avait compris ma douleur et ma peine. Je le savais, Neila était ma meilleure amie. La fille la plus intelligente de ma classe. Je me suis sentie revivre. Je voulais courir jusqu'à la maison.

— Oui, oui et oui, je l'ai fait par défiance envers ce système pourri dans lequel nous vivons. J'ai refusé de m'adresser à ce raté qui m'a traitée de cancre. Je ne veux plus voir sa gueule, alors que Mounir, lui, a été arrêté pour s'être révolté contre l'injustice. Nos professeurs sont payés par l'État pour nous bourrer le crâne d'informations inutiles et pour nous apprendre à mieux nous taire et à mieux accepter l'injustice…

— Mais d'où sors-tu ces paroles révolutionnaires ? m'a-t-elle interrompu. Est-ce que c'est Karl Truc qui l'a dit dans son livre ?

J'ai souri avec amertume :

— C'est Karl Marx, Neila, retiens bien son nom et puis arrête tes conneries. Non, ce n'est pas lui ! Ces paroles vivaient en moi sans qu'elles puissent trouver une étincelle pour s'embraser. Je les refoulais à cause de mes parents, à cause de mes profs, à cause de ma lâcheté, de mon égoïsme et de mon indifférence. Mais tu sais, ce sont les paroles du petit Mohamed qui m'ont encouragée à sortir de ma bulle. C'est le souvenir du visage anxieux de Mounir qui m'a donné le courage de tenir tête au professeur. C'est l'espoir dont regorgeaient ses yeux tristes qui m'ont fait réfléchir. Tu comprends ?

Nous nous sommes arrêtées. L'une en face de l'autre. Deux jeunes filles dans le noir. De loin nous parvenait l'aboiement des chiens qui gardaient les grandes maisons luxueuses. Les chiens qui enfonceraient leurs canines perçantes dans la chair de tous ceux qui s'approcheraient des clôtures. Mais nous n'avions plus peur. Nous étions l'une face à l'autre, les larmes coulaient de nos yeux, découvrant nos malheurs pour la première fois.

« Je te le promets, Neila, je ne serai plus la même qu'avant, je suis prête à changer le monde. »

Neila a essuyé une larme, un sourire timide s'est formé sur ses lèvres.

«Je ne sais pas si je peux changer le monde. Mais je ferais tout pour sauver Mounir et pour te soutenir, ma chère.»

Nous nous sommes jetées dans les bras l'une de l'autre. Le vent jouait avec nos cheveux, les chiens aboyaient de plus belle. Nous ne bougions plus. La révolte du couscous avait scellé notre amitié pour la vie.

14

— Ma vie n'a pas été facile, comprends-tu?

Les sourcils d'oncle Mounir bougent de haut en bas. Il ne me regarde pas, ses yeux voient plus loin, comme pour puiser dans le passé.

«J'ai trop souffert. Je suis né pauvre dans une famille de cinq enfants qui n'a cessé de déménager d'un endroit à un autre. Aussitôt que mon père terminait la construction d'un *gourbi*[8] avec des pierres, des briques, de vieux morceaux de ciment et de la tôle, nous étions obligés d'en construire un autre. La police ou les délégués de l'arrondissement travaillant pour le parti du Destour[9] nous rendaient visite et ordonnaient à mon père de démolir le *gourbi* nouvellement construit. Il obéissait, mais commençait aussitôt à en construire un autre. La misère vivait parmi nous. C'était un autre membre de la famille. Jusqu'au jour où le délégué du parti est venu proposer un marché à mon

---

8. Terme utilisé en Afrique du Nord pour désigner une habitation misérable.

9. Parti socialiste destourien fondé par le président tunisien Habib Bourguiba. C'est le parti de la majorité absolue.

père. Le gouvernement allait nous donner une maison, ou disons un logement social, et en contrepartie mon père allait travailler comme gardien de jour pour la municipalité. Mais la seule condition était qu'il ne recevrait aucun salaire. C'était une façon de lui faire payer la maison dans laquelle nous allions habiter. Mon père a accepté. C'était comme choisir entre souffrir plus ou souffrir moins. Il a choisi de souffrir pour nous. Ma mère, mes frères et mes sœurs étaient fatigués de déménager d'un endroit à l'autre, même nos bêtes, les quelques moutons et poules que nous possédions, en avaient marre. Beau temps, mauvais temps, mon père était assis sur une vieille chaise devant l'hôtel de ville. Il devait faire un rapport oral quotidien au délégué. Mon père savait qu'il rapportait les allées et venues de tout un chacun, il savait qu'il était un *kaouad*, c'est comme ça qu'on appelle les mouchards. Ailleurs, je ne sais pas s'il y a un travail pareil. Quand il n'était pas assis devant la porte de l'hôtel de ville, mon père prenait son âne et sa charrette et allait vendre du fumier aux habitants des beaux quartiers qui avaient poussé là où nous avions déménagé à maintes reprises. Les propriétaires avaient de l'argent et les relations nécessaires pour acheter la terre et y construire des palaces. Mais mon père, lui, n'avait ni argent ni relations. Il a passé sa vie entre une vieille chaise et une charrette. Voilà ce que la misère et l'injustice avaient fait de nous.»

Oncle Mounir s'arrête un moment, puis, toujours en regardant au loin, il continue :

«Je détestais ce que le gouvernement avait fait à mon père et un jour, après avoir terminé la lecture du livre de Karl Marx, *Le Capital*, j'ai juré à Dieu que je changerais les choses quand je serais grand. Je voulais épargner à ma famille l'humiliation et la pauvreté, mais j'étais trop jeune et trop idéaliste...»

Ce récit me passionne tant que j'oublie mes craintes de tout à l'heure.

— Mais, tu ne voulais pas décrocher la lune, tu voulais juste un peu de dignité, si je comprends bien, pourquoi cela rime-t-il avec idéaliste ?

Il me regarde pour la première fois depuis que nous sommes assis dehors sur le balcon, comme s'il était surpris de me voir là, mais aussitôt son regard repart au loin.

— Justement, défendre sa dignité dans ce pays, c'est presque impossible, c'est comme vouloir décrocher la lune. Quand l'un de mes professeurs a commencé à me prêter les livres de Samir Amin, un économiste spécialiste des pays en développement, c'était comme si je voyais la lumière au bout du tunnel. Je pensais que les problèmes de ma famille et ceux des autres comme nous allaient se résoudre par une révolution. Une révolution sociale et économique. Un « nivellement par le bas », comme on le disait entre nous, tout fiers d'utiliser des mots sophistiqués. Une révolte des pauvres contre le pouvoir politico-mafieux qui contrôlait nos vies. À l'université, j'ai commencé à militer au sein de mon syndicat étudiant. Je n'étais pas communiste à 100 % et je n'étais pas islamiste à 100 %. J'étais un hybride. Un mélange dangereux et explosif. Du moins pour la police et les services de renseignement. Sans que personne ne le sache, je parlais aux ouvriers dans les chantiers non loin du campus. Je leur demandais s'ils voulaient améliorer leur situation financière, avoir accès à des soins médicaux. C'étaient des jeunes gens de dix-sept, dix-huit ans. Ils avaient quitté la campagne, mais en ville, il n'y avait plus de boulot pour eux. Il n'y a jamais eu une réforme agraire sérieuse en Tunisie. Chaque fois, c'était l'échec, suivi de plus de corruption et de plus de chômage pour les jeunes et de plus d'exode rural. Alors, ils venaient travailler comme apprentis dans les chantiers qui se multipliaient dans les banlieues de Tunis, puis ils envoyaient leur maigre salaire à leur famille restée au bled. Je parlais avec ces jeunes, je les encourageais à former un syndicat pour s'unir contre les contremaîtres et les entrepreneurs trop gourmands qui leur versaient un salaire de misère et les laissaient dormir sur les chantiers de construction. Sans assurance ni avantages sociaux. Rien. Ils se contentaient d'une baguette badigeonnée d'harissa et de thé noir à longueur de journée. Certains m'écoutaient avec intérêt, mais plusieurs ne voulaient rien savoir. C'est l'un d'eux, d'ailleurs, qui m'a dénoncé au poste de police. Tu leur tends la main pour les aider, ils la coupent et ils la jettent à la gueule du lion, tu comprends?»

Je ne comprends pas trop où il veut en venir.

— Est-ce que ça veut dire que je ne dois pas aller avec Donia et son ami Jamel aider les pauvres et dénoncer l'injustice?

Il ne me répond pas, comme s'il ne m'avait pas entendue.

— La police est venue chez moi deux jours après le déclenchement de la révolte du pain à Tunis. J'avais des camarades qui me tenaient informé de la situation dans les autres villes. Tozeur au sud, Gafsa dans le bassin minier. Avec d'autres étudiants syndicalistes, nous avions décidé de commencer les manifestations à Tunis. Beaucoup de jeunes y ont participé. Nous ne nous attendions pas à beaucoup de violence, mais il y en a eu. Nous étions contre ces augmentations du prix du pain et de la semoule, mais nous étions aussi contre l'injustice, contre le népotisme et pour l'égalité des chances. Nous voulions attirer l'attention de la classe moyenne sur le sort des pauvres. Le chômage, l'humiliation. Qu'on aille à l'école ou qu'on abandonne nos études, ça ne changeait rien à notre situation. Nous restions pauvres. Nous étions les misérables des temps modernes. Le gouvernement nous ignorait, ainsi que le reste de la population. Les jeunes de Djebel Lahmar, la montagne rouge, couleur de danger et de sang, de la cité Ettadamoun, du Sijoumi, de Bab-Souika, tous ces bidonvilles ou ces quartiers populaires, tous ont répondu à l'appel. Ils sont sortis nombreux en réponse aux appels des syndicats, mais plusieurs l'ont fait spontanément. C'était un cri de douleur. Un cri de désespoir.

Je frissonne encore plus. Est-ce le froid ou son récit?

«Quand on a appris que le gouvernement avait reculé sur le prix du pain, mes camarades et moi on n'a pas su contenir notre joie. On a crié comme des fous. Mais le soir même, la police est venue nous cueillir un à un, comme des souris dans une souricière. Elle nous a giflés, battus, puis jetés en prison. C'est ça, le sort des révolutionnaires. De ceux qui cherchent à changer le monde.»

— Et combien de temps es-tu resté en prison?

Il retrousse la manche de sa chemise et me montre sa cicatrice. Le serpent me regarde avec intensité. La peau s'est adaptée à la nouvelle texture. Les années et l'oubli ont fait le reste.

— Tu vois, Lila, cette cicatrice me rappelle chaque jour qu'il ne faut pas jouer dans la cour des grands, que même ton syndicat t'oubliera si tu n'as pas les relations qu'il faut. Cette cicatrice me crie haut et fort que les services policiers ne sont pas des enfants de chœur et qu'ils n'hésitent pas une seconde à faire ce que leur supérieur leur ordonne, sinon plus. Je suis resté sept ans en prison. Ça aurait pu être dix ou vingt. Peu importe, les années n'ont plus d'importance. Sept ans, tu imagines! Ma mère venait me voir tous les vendredis, un couffin à la main et la misère dans les yeux. Sept ans pour avoir fait partie d'une association non autorisée et incité des jeunes à la violence.

C'est ce dont on m'a accusé… Je n'ai jamais avoué quoi que ce soit. Même quand ils m'ont coupé la peau de la main avec un tesson de bouteille, je n'ai pas parlé. Je les ai laissés faire et ça les a rendus furieux. Au début de mon calvaire, mon père venait me rendre visite. Il est mort deux ans plus tard. Il avait honte de travailler pour un gouvernement qui lui avait confisqué son fils. Il ne s'est jamais pardonné. Il était très dur envers lui-même. On ne m'a pas donné l'autorisation d'aller aux funérailles. On a dit à mon frère venu la demander que j'étais trop dangereux pour être libéré, même pour quelques heures…

— Et aujourd'hui, peux-tu leur pardonner? lui dis-je, les yeux humides, trop émue de ce que je viens d'entendre.

— Je n'en sais rien. Je laisse à Dieu le soin de s'en occuper.

Il se tait brusquement. Je veux le réconforter, mais je ne sais que faire. Son histoire m'a donné les réponses que je cherchais depuis que j'avais dit au revoir à Donia.

Son récit m'a remué les entrailles. C'était le maillon qui manquait à la chaîne des événements qui m'ont poussée à venir en Tunisie. Ma mère, le destin ou Dieu m'ont poussée à venir jusqu'à cette terre lointaine. Sous prétexte d'apprendre l'arabe, il y avait un autre plan pour moi. Un plan plus grand, plus subtil. J'ai rencontré Donia. Elle m'a fait sa proposition de l'aider dans sa lutte. Je viens tout juste d'écouter l'histoire horrifiante d'oncle Mounir. Et maintenant, que dois-je faire? Reculer? Retourner à la case départ ou me lancer dans une nouvelle aventure? Me lancer comme oncle Mounir? Ou suivre les traces de Donia qui a laissé tomber la richesse pour ses idéaux?

Oncle Mounir se lève.

— Oncle Mounir, j'ai une question pour toi. Je suis sûre que tu es le seul à pouvoir m'aider. Crois-tu que je dois aider Donia dans ses démarches?

Il me regarde longuement. Sa cicatrice était maintenant cachée par la manche de sa chemise. Le passé s'est déroulé sur sa main. Parti. Enterré par la douleur.

— Quand j'avais ton âge, j'ai suivi mes idéaux... Je n'ai pas hésité. Est-ce que tu es prête à le faire? Je ne sais pas. C'est à toi de décider...

Il me laisse abasourdie. Sans réponse.

Brusquement, il rentre dans l'appartement et je me retrouve seule, perdue dans mes pensées.

15

TUNIS, FIN JANVIER 1984

J'allais au lycée comme si je transportais des boulets de fer aux pieds. L'arrestation de Mounir m'avait grandement affectée, mais différemment de Neila, qui pleurait chaque fois qu'elle me voyait, c'est à dire tous les jours. Je lui disais les paroles qu'elle voulait entendre et que, malgré moi, j'aimais aussi prononcer. Je lui disais que Mounir allait être libéré, qu'il était un héros, qu'il a fait tout ça pour l'amour de sa patrie, qu'il était comme Étienne Lantier, le héros de Zola.

— Mais on n'est pas en France, ici, on est en Tunisie, pourquoi ferait-il des choses pareilles ? me demandait-elle chaque fois que je faisais cette allusion.

— Je sais, je sais… vois-tu, ma chère, la France est le pays des idées, de la révolution et des droits de la personne. Mounir n'a fait que défendre les droits des pauvres en suivant ces grands principes.

Alors Neila se taisait et je pouvais voir un début de sourire apparaître sur son visage. Au fond, ce n'était ni sa bouche ni ses yeux qui souriaient. Mais je voyais un changement à peine perceptible par les autres et ça me rassurait. C'était comme si tout son visage s'illuminait

soudain, puis tout revenait à la normale. En quelques frac-
tions de secondes, son regard redevenait sombre. Et les
jours d'hiver étaient sombres, eux aussi. Mon âme elle-
même s'était assombrie. Je ne montrais rien à Neila, encore
moins à mes parents.

Quand je rentrais à la maison, je ne voulais plus parler
à personne, sauf parfois à Najwa, ma petite voisine, quand
elle venait passer une journée ou deux chez nous. Najwa
était la seule qui avait le cœur innocent, la seule qui ne
me posait pas de questions, la seule qui m'aimait pour qui
j'étais.

Ma douleur devant l'arrestation de Mounir s'était aussi
manifestée par une passion presque maladive pour la lecture. J'ai d'abord lu tous les livres que mon père possédait
et, quand j'ai eu tout dévoré, j'ai décidé d'aller chercher
des livres ailleurs. Au début, je me suis inscrite à la bibliothèque du centre culturel français. Mais ce n'était pas suf-
fisant. Il me fallait un nouveau défi. Un plus gros défi. Je
ne sais pas ce qui m'a pris de visiter le centre culturel américain. Était-ce un sentiment d'infériorité chaque fois que
je pensais à mon pays en le comparant aux autres nations ?
Était-ce simplement l'attirance pour une langue exotique ?
Était-ce tout simplement la curiosité qui m'avait poussée
vers ce centre ?

Le jour où je m'y suis rendue, j'étais au centre-ville
avec ma mère, sous les belles arcades de l'avenue de France.
Ma mère voulait acheter du tissu pour se confectionner
une nouvelle robe d'hiver. Elle a failli provoquer une
grosse dispute avec mon père qui disait qu'il n'avait pas
d'argent. Ma mère insistait pour dire qu'elle avait porté
toutes ses vieilles robes et qu'il n'était pas question qu'elle
aille à la fête de circoncision du fils de son amie avec ces
vieux haillons. Mon père ne répondait pas et cela énervait

encore plus ma mère. Elle avait réussi à emprunter un peu d'argent pour s'acheter du tissu. Hédia, notre voisine, lui avait prêté dix dinars, car elle venait de recevoir une part d'héritage de son mari. Ma mère lui avait promis de la rembourser dès que mon père lui parlerait de nouveau. Je n'étais pas certaine que mon père accepterait un tel accord, mais ma mère voulait absolument sa nouvelle robe.

Nous entrions dans un magasin, puis en sortions. Ma mère posait des questions au vendeur sur le prix des tissus, sur leur provenance, sur la qualité de la fibre. Je n'étais pas très intéressée par ces échanges. L'une des boutiques avait une vitrine qui donnait sur le couloir, au-dessus des arcades. Je regardais les gens passer. Il faisait froid et les gens étaient emmitouflés dans leurs manteaux de laine, leurs chapeaux et leurs cache-cols.

— Ça, c'est du Dormeuil importé directement de l'Angleterre, se vantait le vendeur en tendant un rouleau de tissu vert bouteille et en le déroulant avec fierté devant elle.

Les yeux de ma mère restaient fixés sur le tissu. De ses mains dodues, elle caressait la fibre et y frottait les doigts dans un petit mouvement lent et circulaire.

— Mais c'est bien trop cher, vous me faites un bon prix et j'en prends deux mètres... le suppliait-elle presque, en tâchant de ne pas trop lui montrer qu'elle mourait d'envie de posséder ce tissu.

Le vendeur, un gros homme qui se déplaçait difficilement dans sa boutique, un stylo enfoncé sur le bord de l'oreille, un mètre ruban autour du cou, des lunettes tordues qu'il faisait tomber jusqu'au bout du nez pour regarder de près, semblait insensible aux suppliques de ma mère.

Les yeux distraits, je regardais encore dehors, je voulais tellement que ma mère achète son tissu et qu'elle me délivre de cette situation que je trouvais suffocante. Ma mère a feint de s'en aller, a pris son sac et s'est dirigée vers la porte. Alors le gros homme lui a dit d'un air résigné :

— Bon, d'accord, je vous donne 10 % de rabais...

Ma mère a rebroussé chemin et a presque couru jusqu'à la caisse, le billet de dix dinars à la main. Elle a cherché un moment dans son sac et a sorti un autre billet. Je ne sais pas d'où ce dernier provenait, mais c'était ma mère : elle avait une solution pour tout. La transaction était conclue. Le cirque était terminé. Bientôt, elle aurait sa nouvelle robe vert bouteille. Sur le seuil de la boutique, j'attendais que le vendeur enveloppe le beau tissu de papier chemisé et le mette dans un sac en plastique. C'est à ce moment-là que j'ai vu un groupe de jeunes un peu plus âgés que moi, de l'âge de Mounir peut-être, entrer par l'une des portes à côté. Je les ai suivis du regard. Ils entraient dans le centre culturel américain. Ma mère venait de me rejoindre, le visage rougi par l'émotion.

— Maman, est-ce que je peux aller voir ce qu'il y a au centre culturel américain ?

Elle m'a regardée avec des yeux ronds. Elle ne savait pas si j'étais sérieuse ou si je blaguais. J'ai insisté :

« J'ai toujours voulu y aller et savoir quels services on y offre. S'il te plaît, laisse-moi voir... »

Ma mère, trop contente de pouvoir enfin confectionner la robe dont elle rêvait, a accédé à ma requête. En fait, elle ne comprenait pas trop pourquoi j'étais si enthousiaste à l'idée de visiter le centre, ni ce que je voulais y faire exactement.

— D'accord, vas-y, je t'attends dans la pâtisserie à côté, je meurs de faim, je vais manger un morceau, mais ne reste pas trop longtemps !

Je ne sais pas ce qui m'avait pris. Pourquoi cette excitation soudaine? Pourquoi vouloir m'inscrire au centre culturel américain?

Je me précipitai dans le centre et commençai à regarder tout autour. Une femme dans la cinquantaine, les cheveux gris coupés à la garçonne, les yeux souriants, a interrompu mon examen des lieux.

— Vous cherchez quelque chose? m'a-t-elle demandé dans un français impeccable.

Sans hésitation aucune, je me suis entendue répondre :

— J'aimerais m'inscrire au centre pour améliorer mon anglais et apprendre à communiquer dans cette langue. J'ai besoin de pratique.

La femme m'a souri. Son attitude accueillante m'a mise davantage à l'aise. Je me détendais petit à petit.

Elle a cherché quelques secondes dans un tiroir de son bureau, puis m'a tendu une feuille dactylographiée.

— Remplis ce formulaire avec les informations requises. Les frais d'inscription sont de cinq dinars, et c'est tout. Ça te donnera accès à notre bibliothèque et à notre laboratoire de langues, où tu pourras écouter des cassettes de livres et de conversations.

Elle a désigné un point, en haut derrière elle, une sorte de mezzanine. J'ai cru distinguer la tête de l'un des jeunes que j'avais vu passer un peu plus tôt.

J'ai fouillé dans mon sac. J'ai ouvert mon porte-monnaie en cuir, sur lequel était dessiné un chameau du désert. Un cadeau de mon père. J'ai sorti toutes les pièces et les ai comptées une à une. Tout ce que je possédais. La femme continuait de me sourire sans sourciller ni montrer aucun signe d'impatience.

— Voilà, exactement cinq dinars, lui ai-je dit en lui tendant les pièces. Elle les a prises sans les compter.

— La prochaine fois que tu viens, apporte deux photos d'identité. Nous en garderons une dans nos dossiers et
l'autre servira à te faire une carte pour emprunter des livres
et entrer dans nos laboratoires de langues.

Je tremblais de joie. Je ne savais pas combien de temps
j'avais pu bien rester dans cet endroit, mais j'en avais
presque oublié ma mère. Peut-être qu'elle me ferait une
scène si elle savait que je venais de payer cinq dinars juste
pour emprunter des livres. Mais j'étais résolue à ne rien lui
dire. Elle ne saurait pas que j'avais jeté mon argent par les
fenêtres pour des futilités. J'ai remercié la dame avec pro-
fusion et lui ai promis de lui apporter les photos.

« En quelle classe es-tu ? » m'a-t-elle demandé soudain.

Aucun mot n'est venu à ma rescousse. J'étais prise au
dépourvu. Je ne comprenais pas pourquoi une dame qui
travaillait ici s'intéressait à moi.

— Je vais passer le bac dans quelques mois, je suis en
terminale...

J'arrivais à peine à murmurer ces mots. La dame m'a
souri encore une fois.

— *Good luck then...*

Comment allais-je lui répondre ? Puis les mots de mon
prof d'anglais me sont brusquement revenus.

— *Thank you...* J'ai un peu hésité, puis, presque
machinalement, j'ai ajouté : *very much...*

La femme m'a fait un bref signe de la main et, encore
étonnée par cette visite, je suis allée rejoindre ma mère.
C'était la première fois que je parlais avec une étrangère,
une Américaine, une personne qui n'était ni ma mère, ni
mon professeur, ni mon amie. « Une étrangère », comme on
les appelait chez nous. Je sentais que je flottais sur un gros
nuage. Je n'arrêtais pas de me dire que j'allais améliorer

mon niveau d'anglais. «Je vais changer ma vie, je vais devenir experte en anglais!»

J'ai retrouvé ma mère à la pâtisserie de la rue Charles-de-Gaulle. Debout, à côté du comptoir, elle tenait à la main un pâté qu'elle avait déjà entamé. Les sourcils froncés, la mine basse, elle m'a parlé comme à une gamine. La bouche pleine, elle est passée à l'attaque :

— Tu es restée une éternité! Que faisais-tu tout ce temps? Je pensais que tu t'étais perdue!

Je ne voulais pas gâcher ma joie, j'ai fait semblant de ne me rendre compte de rien et j'ai répondu d'un ton indifférent :

— Je me suis inscrite au centre culturel américain. Désormais, je vais pouvoir emprunter des ouvrages et lire des livres entiers en anglais...

Mon attitude trop enthousiaste a dû déplaire à ma mère, car elle a fait une moue de dégoût et m'a lancé :

— Et que vas-tu faire avec l'anglais, partir dans la lune, trouver un mari? L'arabe et le français ne te suffisent pas?

Elle m'a tendu un paquet en papier blanc.

«Tiens, un pâté au thon...»

Ma mère avait le pouvoir de tout gâcher. Mais je ne voulais pas l'admettre. J'ai mordu à belles dents dans le pâté pour enterrer ma déception. La pâte feuilletée a craqué en mille petits morceaux qui se sont éparpillés sur mon manteau bleu. J'ai repoussé les miettes de la main et j'ai continué de manger ce pâté fade rempli de quelques morceaux de pommes de terre bouillies et d'une trace à peine perceptible de thon.

«Tu finis ton pâté, et on se dépêche, il faut rentrer...»

Dans sa main gauche, ma mère tenait avec une ferveur religieuse son sac de plastique. «Le tissu qu'elle vient d'acheter pour sa nouvelle robe», ai-je pensé. Je ne voulais pas lui demander d'où provenait cet autre billet de dix dinars qu'elle a sorti à la dernière minute dans la boutique de tissus. Peu importe! Est-ce que mon père saura combien elle a payé pour cette robe vert bouteille? Sûrement pas! Une voix presque inaudible me soufflait dans la tête que ma mère avait pris cet argent du maigre budget que mon père lui donnait pour faire l'épicerie de la fin du mois. Bientôt, on ne mangerait que du couscous aux légumes et du *lablabi* au pain rassis et aux pois chiches. Merci Bourguiba. Tu as vraiment vu juste. D'un coup de baguette magique, tu as ramené les prix du pain et du couscous à la case de départ. Ma mère a pu enfin acheter son tissu et se pavaner dans sa nouvelle robe devant ses amies. Merci maman pour ta perspicacité et tes tactiques pour économiser l'argent pour les grandes causes. Tant pis pour Mounir qui croupit en prison pour avoir joué aux héros. Tant pis pour ceux qui se sont écroulés sous les balles pour la dignité et la liberté. La vie continuait.

Je regardais les gens rentrer et sortir de la pâtisserie. L'air détaché. Chacun pensait à sa propre petite vie. Certains, à peine leur sandwich, morceau de gâteau ou pâté avalé, essuyaient leurs doigts graisseux sur les bouts de papier gris en guise de serviette, puis les écrasaient dans la paume de leur main et les lançaient dans l'une des poubelles qui se trouvaient sous le grand comptoir où se tenaient la plupart des clients. Plusieurs de ces boules de papier rataient leur cible et terminaient leur trajet aléatoire entre les pieds des clients.

Ma mère s'impatientait. Je mangeais lentement. Elle partit devant la porte du magasin son sac presque collé à la main. Avec le bout de papier gris qui me servait à la fois de plat et de serviette, j'ai visé la poubelle. Comme la plupart des autres clients, j'ai raté ma cible. Penaude, j'ai fait semblant que rien ne s'était passé. En silence, j'ai suivi ma mère sans poser de question.

Une seule chose comptait pour moi : emprunter des livres au centre culturel américain et m'immerger dans un autre monde pour oublier le mien.

16

Deux choses importantes bouleversent mon séjour en Tunisie : mon amitié naissante avec Donia et le récit choc de l'oncle Mounir sur son implication dans les émeutes du pain de 1984 et sur son emprisonnement. Je sens que je ne peux plus rester la même. Je ne suis plus la même Lila, indifférente et impassible, qui regarde de loin et observe en silence. «L'étrangère», comme on l'appelle ici, qui se fout du pays de sa mère et qui ne le visite que par politesse ou pour faire plaisir à sa maman. La souffrance et le courage de l'oncle Mounir m'émeuvent jusqu'au fond de l'âme. La patience de tante Neila et son amour presque sans limites pour son mari me sidèrent. Mais c'est aussi la passion de Donia, son désir de changer son pays, de changer les choses autour d'elle qui m'interpellent. Elle qui a de l'argent et du pouvoir. Elle qui a une voiture, une maison, des serviteurs qui l'appellent madame, des amis qui l'admirent, et qui choisit pourtant autre chose. Elle a décidé de faire de la dissidence, d'aider les pauvres, les sans-voix, les démunis. Pourquoi? Oncle Mounir et Donia sont soudainement devenus pour moi deux grands noms.

C'est drôle, il y a peu de temps, je comptais les jours avant mon retour à Ottawa. Et là, je me retrouve ici, à Tunis, en train de réfléchir à ce que je pourrais bien faire pour aider les gens de cette ville. Comment ma mère prendra-t-elle tout cela? Je n'en suis pas sûre. Comprendra-t-elle ma métamorphose subite? Pourra-t-elle voir en moi la nouvelle Lila qui commence à poindre le bout de son nez? Pas la Lila qui maîtrise mieux l'arabe, comme elle le souhaite ardemment, mais plutôt la Lila qui ne pense plus seulement à ses petits bobos, mais celle à qui la douleur des autres a ouvert les yeux sur un monde plus vaste. Peut-être qu'elle me comprendra, peut-être qu'elle me soutiendra, peut-être qu'elle est passée par là, elle aussi? Mais pour le moment, j'ai pris ma première décision. Une décision sereine, non pour faire plaisir à Donia ou à oncle Mounir, mais pour m'aider à me découvrir moi-même. Aujourd'hui, je suis convaincue qu'au cours des quelques jours qu'il me reste à passer ici, j'arriverai à mieux me connaître. À répondre aux questions qui m'ont tout le temps tracassée. Qui suis-je? Qu'est-ce que je veux faire de ma vie? Où est-ce que je veux aller? Je n'aurais jamais cru qu'en venant dans ce pays inconnu, parfois dingue, parfois bizarre, un pays qui m'est étranger, j'arriverais non seulement à confronter mes perpétuelles angoisses, mais à les dompter.

«J'accepte la proposition de Donia.» Je me surprends à murmurer cette résolution, comme pour me prouver que je suis déjà prête.

Je prends mon sac à dos, qui m'accompagne partout où je vais, m'assure que j'ai mon téléphone portable et sors de l'appartement déjà vide. Tante Neila et oncle Mounir sont partis tous les deux tôt ce matin pour aller au marché. Ils me l'ont dit hier soir. De ma chambre, j'ai entendu leurs chuchotements et les bruits de leur pas feutrés dans la cuisine et dans le salon qui me parvenaient à travers la porte entrouverte de ma chambre. Je ne veux pas aller à mon cours d'arabe. Je pars découvrir la ville de mes propres yeux. Je veux me faire une idée sans attendre le regard ou les impressions des autres.

Dehors, il fait doux. Un soleil d'hiver faible et caressant m'enveloppe d'une nouvelle couche de bienveillance. Je marche sur le trottoir, ou plutôt sur ce qu'il en reste. Des voitures sont garées l'une derrière l'autre, à la queue leu leu. La rue, déjà étroite, paraît minuscule. Parfois, faute de trouver un espace étroit où me faufiler, je descends du trottoir et marche dans la rue. La venue d'une voiture en trombe me fait aussitôt regagner le trottoir en sursaut. J'attends une seconde que le danger passe, puis reprends mon chemin. Comme dans un jeu vidéo où je devrais arriver à destination sans me faire écraser par les obstacles en cours de route : une voiture roulant à toute vitesse, une motocyclette zigzaguant entre les voitures, des piétons cherchant tout comme moi un passage sûr dans ce labyrinthe urbain. Sur mon chemin, je passe devant la maison de Donia. Le gardien, la tête emmitouflée dans le capuchon de son burnous, profite des rayons de soleil et somnole sur sa chaise en plastique comme un chat frileux. Mes yeux cherchent la véranda de Donia. Les persiennes sont fermées, peut-être qu'elle dort encore.

Am Mokhtar fume une cigarette devant son café. Une jeune fille en jeans serré, sans doute la femme de ménage, verse un seau rempli d'eau tout en manipulant une sorte de raclette avec un bord en caoutchouc pour tirer l'eau et nettoyer le parterre crasseux. Les mégots de cigarettes nagent dans la flaque d'eau savonneuse. Am Mokhtar ne m'a pas vue passer ou a fait semblant d'être trop occupé à se jouer dans le nez. Son œil louche vicieusement vers le postérieur de la femme de ménage. Du fond du café parvient la voix d'un cheikh qui psalmodie des versets de Coran sur cassette ou à la radio. Je continue mon chemin.

Enfin, j'arrive devant la station d'autobus. Une vieille dame drapée d'un *safsari* traditionnel attend l'autobus. Elle tient un couffin en paille dans la main. Elle me salue de la tête. Je lui souris en retour. Devant l'arrêt, il y a un grand centre commercial. J'y suis allée à quelques reprises pour faire des courses. Les boutiques ne sont pas encore ouvertes, mais les vendeuses, pantalons retroussés laissant paraître leurs mollets, pieds glissés dans des sandales en plastique, nettoient avec nonchalance le devant des boutiques en papotant bruyamment. Des boutiques de vêtements pour femmes et des magasins de jouets côtoient des pizzerias et des kiosques à journaux. Des marchands ambulants tirant sur une sorte de grande brouette s'affairent à remplir leurs étalages de fortune de jouets, de babioles, de nécessaires à manucure, de bandeaux pour cheveux, de cigarettes de contrebande et de paquets de *chewing-gum*. De loin, deux policiers en uniforme regardent tout ce beau monde en parlant tout bas.

Mon autobus arrive enfin. La dame monte en premier. Son *safsari* lui tombe jusqu'aux épaules, découvrant sa chevelure grisonnante. D'un geste habituel du menton, elle attrape le tissu pour qu'il ne glisse pas davantage. Je paie mon billet et vais m'asseoir sur l'un des sièges encore intacts. Les autres sont à moitié cassés, chancelants, sales ou arrachés. À peine quelques passagers. La plupart se tiennent debout. La vieille dame est allée s'asseoir derrière le chauffeur. Une vitre les sépare, mais c'était comme si aucun obstacle ne se trouvait entre eux. Une conversation familière s'est ouverte. Ils doivent bien se connaître, j'imagine. Je regarde par-dessus mon épaule. Des nuées de voitures nous suivent de toute part comme un essaim de guêpes. Notre autobus reste un instant immobilisé par le trafic, puis redémarre.

Cela me donne plus de temps pour mieux observer les rues, les maisons et les immeubles. Je connais le chemin par cœur. Je le fais tous les matins pour aller suivre mes cours d'arabe à l'Institut des langues vivantes. Mais aujourd'hui, j'ouvre une nouvelle page, j'y écris ce que je veux et j'apprends selon mon rythme. Pas de M. Latif pour sourire et pas de jeunes Allemandes pour me raconter leurs escapades. Tout ça, c'est chose du passé. Je réfléchis à la vie d'oncle Mounir en prison et à ses études interrompues de force. «Comment a-t-il pu survivre à tant d'humiliation et d'injustice? Comment a-t-il pu tenir debout et vivre normalement, après ça?» Je ne trouve pas de réponses à mes questions. Et maman, dans tout ça, pourquoi ne m'en a-t-elle jamais soufflé mot? Avait-elle peur pour moi ou pour ses amis? Voulait-elle me préserver du côté noir de son pays? Pourquoi voulait-elle que j'apprenne seulement l'arabe, alors que tout un pan de l'histoire m'est caché?

Plus je réfléchis et plus je suis convaincue que j'ai besoin de voir Donia et de lui parler. Elle est le présent de ce pays. Elle est la face visible de ce pays qui se cherche. C'est elle qui pourra m'aider à mieux comprendre les gens d'ici et peut-être les motifs de ma mère. Je lui ai promis de répondre à sa proposition et je compte lui téléphoner aujourd'hui pour en discuter.

Mon autobus est entré dans les grandes rues de la capitale. La vue des vieux immeubles délabrés capte mon attention. Comment les gens vivaient-ils ici, auparavant? Comment organisaient-ils leur vie? Qui vit dans ces immeubles? Des cordes à linge qui attendent des vêtements, des pots de géranium rangés sur les balcons, contrastant avec l'air lugubre et triste de la ville. À Ottawa, le centre-ville est propre, les tours de bureaux, hautes et luxueuses, les gens sérieux et guindés dans leur complet sur mesure déambulent dans les rues en essayant d'attraper un taxi au vol ou en retenant une porte d'entrée pour s'engouffrer dans un immeuble et fuir le froid polaire de nos hivers. Les gens que je vois ici ont l'air résigné et malheureux. Une tristesse devenue une seconde nature. Une autre façon de vivre. Un masque que les gens portent chaque jour en s'éveillant le matin pour aller travailler et gagner leur vie.

À chaque coin de rue, il y a un policier. Je ne comprends pas ce qu'ils font là. Ils sont là, debout, portant le même masque que le reste de la population. Regardent-ils les oiseaux voler au-dessus de leur tête? Pensent-ils à leur vie monotone?

Les cris de la vieille dame me ramènent à la réalité. Je me lève et m'approche d'elle. Son *safsari* est par terre, dévoilant son corps grassouillet. Elle porte une robe fleurie qui lui arrive jusqu'aux genoux. Son visage est rouge de colère. Elle parle à haute voix. Un monsieur assis à côté d'elle essaie de la calmer et une jeune fille lui tend une fiole d'eau de Cologne pour la détendre. Elle y approche le nez et s'adresse à la jeune fille.

— Ah, ce bâtard, un *zoufri*! Tu as vu comment il m'a bousculée et s'est emparé de mon couffin? Et mon porte-monnaie avec. Il a failli m'arracher la main…

Elle frappe sa jambe de sa main et tourne la tête de gauche à droite. Le chauffeur de l'autobus a quitté son véhicule en courant pour essayer de rattraper le délinquant qui s'est vite esquivé et a pris la poudre d'escampette. Discrètement, je sors de l'autobus et continue mon chemin à pied. La scène de la vieille femme en pleurs me bouleverse. Je n'ai pas vu le jeune homme qui lui a arraché son couffin, mais pourquoi a-t-il fait cela? Peut-être avait-il trop faim, peut-être lui fallait-il nourrir sa famille? Mais aller jusqu'à voler?

Les rues grouillent de monde. Je connais à peine l'endroit. Je ne sais pas où aller, je veux prendre quelques photos, marcher dans les rues, puis rentrer à la maison. Je passe devant un grand jardin public entouré d'une clôture en fer. Des arbres centenaires se dressent sagement. Un jeune homme, à peine la vingtaine, se tient debout à côté de la clôture. Il a devant lui un amas de boîtes en carton posé sur un étalage de fortune. Il vend des cigarettes. Un autre jeune homme, non loin, vend des ceintures qui pendent de ses deux bras ouverts. J'ai l'impression que tous ces hommes se ressemblent. Rien de particulier ne les distingue, sauf leur regard suppliant les passants d'acheter leur marchandise. Les mots qui sortent de leur bouche pour vanter la qualité de leur produit me poursuivent. Mon regard curieux se pose sur eux, mais aussitôt, je les fuis. La vue de cette misère me perturbe. Une moustache mal taillée, un œil ensommeillé, une dent cassée, un pull-over froissé. Je me sens gênée de ma vie confortable. Mon attitude de voyeuse qui, une fois sa curiosité assouvie, ne sait plus que faire de ces visages, de ces mains tendues, de ce monde que je vois en plein jour pour la première fois. M'attrister, détourner mon regard, ou simplement continuer mon chemin?

Les passants déferlent de toutes parts et je marche droit devant moi, enivrée par tant d'images, l'esprit confus, ne sachant si je dois rentrer ou continuer ce voyage improvisé dans les rues de la ville. Soudain, je me trouve sur une place. Un carrefour où le métro léger, les voitures et les passants se disputent la rue. Mon regard est attiré par un jardin perdu au milieu duquel trône la statue en bronze d'un homme portant une longue cape et un turban, un grand livre dans les mains. Personne ne s'arrête. Tout le monde est occupé par quelque chose d'autre. L'homme de la statue observe la scène du haut de ces quelques mètres. Encore des étalages de fortune, encore des policiers en uniforme. Une marée de voitures et de motocyclettes inonde les rues. Je m'approche doucement de la statue, insouciante, je marche sur le beau gazon vert. Personne ne me regarde, je veux savoir de qui il s'agit. «Ibn Khaldoun[10] 1332-1406», puis-je lire en français sur une plaque en marbre, au-dessus de laquelle il y a des mots en arabe que je n'arrive pas à lire.

Qui est cet homme? Mes cours d'histoire se sont évaporés de ma mémoire. «Un savant ou un héros des temps anciens», pensais-je. Je sors mon appareil photo. Mon regard est tout à coup attiré par une immense cathédrale, juste à ma gauche. Un groupe de touristes pose devant les marches. Je suis surprise. «Maman ne m'en a jamais parlé, une cathédrale, en plein centre de Tunis!» Je traverse la rue pour m'approcher de l'édifice aux murs beiges et gris. Des mendiants se dirigent vers moi, me tendent la main en balbutiant des prières incompréhensibles. Une mendiante porte un bébé et une autre, sans pieds, est assise dans un fauteuil roulant. «Surtout ne donne rien aux mendiants, ils appartiennent à des groupes criminels», m'a sans cesse répété tante Neila, chaque fois que je m'apprête à sortir.

Mais aujourd'hui, je ne quitte pas la misère des yeux, j'hésite une seconde, puis sors des pièces de monnaie de ma poche et les donne aux deux mendiants. Ils arrachent

---

10. Ibn Khaldoun est né à Tunis. C'est un historien, philosophe, diplomate et homme politique. Il est considéré comme le père de la sociologie moderne.

presque l'argent de ma paume, puis me lancent des remerciements et finissent par disparaître dans la foule. Encore sous l'effet de la surprise, je reste là, en silence. Le visage tendu. Choquée par tant de misère. Un autre groupe de touristes, avec leur guide au milieu, s'approche de moi. Je les suis discrètement en essayant de capter quelques mots de la bouche du guide. Il parle anglais : « *The Cathedral of Saint Vincent de Paul was built in the 19th century, it opened in Christmas in 1897, as you can see from outside, this magnificent cathedral has several architecture styles: moorish, neobyzantine and gothic...* » Attentive, l'air détaché pour ne pas attirer l'attention, je vole les mots du guide, un à un. Comme dans un vieux disque rayé, les syllabes disparaissent à l'intérieur de la cathédrale, aspirées par les hauteurs des lieux. Les flashs des photos brillent dans le noir de la voûte. Les cliquetis des appareils photo chantent en chœur.

La vue des passants indifférents et résignés me ramène à la réalité de cette ville. Je poursuis mon chemin en essayant d'attraper un autobus bondé qui n'arrête pas pour me prendre. L'avenue Habib-Bourguiba me happe dans ses bras ouverts. Les arbres bien taillés, les cafés qui, malgré l'hiver, exhibent leurs tables et chaises pour les clients qui s'attardent en buvant un expresso ou un verre de thé. Je me croirais presque dans la rue Sparks en été, avec les badauds, admirant les vitrines et mangeant aux terrasses des restaurants. « Où étais-je tout ce temps, depuis mon arrivée à Tunis ? Enfermée dans les salles étouffantes de mes cours d'arabe ou à la maison ? Pourquoi ne suis-je pas partie à la découverte de cette ville et n'ai-je pas cherché à mieux connaître ses trésors cachés ? »

La sonnerie de mon téléphone me sort de ma rêverie. Je regarde le numéro. C'est Donia. Je réponds rapidement.

— Salut Lila, comment vas-tu?

— Bien, je me balade dans les rues de Tunis, je joue aux touristes.

— Lila, peut-on se voir, cet après-midi? J'ai vraiment besoin de te parler...

— D'accord. Ah, Donia, j'ai une nouvelle pour toi...

Encore un silence à l'autre bout de la ligne.

«Donia, j'accepte ta proposition, je vais t'aider dans tes activités... Dès aujourd'hui, je serai, ton..., disons ton amie-assistante...»

J'entends un long cri de joie.

— Je le savais... je le savais, Lila. On commence tout de suite. J'ai très hâte de collaborer avec toi. Tu verras ce dont on est capable...

— Moi aussi, je suis contente, Donia. Je suis contente de pouvoir enfin découvrir le vrai sens de mon voyage...

De nouveau, elle éclate de rire.

— On doit fêter ça, c'est la meilleure nouvelle que j'ai entendue depuis quelques jours.

— J'accepte, c'est d'accord.

Nous convenons de nous revoir bientôt. Je raccroche. Un énorme poids se détache de mes épaules. Je me sens soulagée. Comme si je venais de partager un gros secret avec une amie d'enfance. Cette ville est certainement enchantée. Elle m'a ensorcelée et me fait faire des choses dont je ne me croyais pas capable quelques semaines auparavant. Que me réserve-t-elle encore?

17

TUNIS, FÉVRIER 1984

C'est au centre culturel américain de Tunis que j'ai rencontré Alexandre, ou Alex, comme on le surnomme. J'y venais chaque vendredi pour lire des livres en anglais, écouter des cassettes au laboratoire de langues ou même feuilleter des magazines que je comprenais difficilement. Parfois, j'y allais juste pour relaxer dans les fauteuils de la salle de lecture, réfléchir à ma vie et fuir les ordres de ma mère et les silences de mon père.

Alex travaillait là comme technicien informaticien. Il y installait les premiers ordinateurs. Son père était Canadien et sa mère, Américaine. Il vivait à Ottawa. L'année précédente, il avait déniché ce poste et il avait sauté sur l'occasion pour venir y travailler pendant un an. Depuis l'été précédent, il vivait à Tunis. J'ai appris tous ces détails lors de nos échanges hebdomadaires. C'est lui qui m'a souri, la première fois, alors que je cherchais un titre sur l'une des étagères de la bibliothèque. Je pensais qu'il était bibliothécaire. Je n'avais aucune idée comment il fallait s'y prendre pour chercher des livres. Je lisais tous les titres et essayais de trouver le mien au milieu de dizaines et dizaines de livres les uns serrés contre les autres.

— Est-ce que c'est ici que je peux trouver…? ai-je demandé tout bas, de peur de déranger les lecteurs assis dans la salle voisine.

Alex avait l'air d'un Méditerranéen. Je l'aurais facilement pris pour un Tunisien, n'eût été quelque chose d'unique dans sa démarche. J'étais à mille lieues d'imaginer qu'il était Canadien ou Américain. Dans ma tête, un Américain était quelqu'un qui ressemblait aux acteurs de cinéma, comme Clark Gable, Marlon Brando ou Rambo. Alex n'avait rien de ces acteurs. Il était de taille moyenne, les cheveux bruns et courts. Ses yeux étaient bleu foncé, presque noirs. Son visage ovale, toujours souriant, et ses épaules, larges. Il se tenait bien droit. Ses manières douces contrastaient avec son pas rapide et sa démarche sérieuse. La première fois que je lui ai parlé, je me suis adressée à lui en français. J'avais trop peur de mon accent anglais, mais il m'a répondu dans un bon français, avec un soupçon d'accent provençal. J'ai compris plus tard qu'il s'agissait d'un accent canadien-français.

Il a pris un livre au hasard dans la rangée en face de nous et m'a montré une petite étiquette sur le dos du livre où figuraient des lettres et des chiffres.

— Tu dois chercher ce code-là dans la rangée des livres, m'a-t-il expliqué.

J'ai rougi, mon ignorance était exposée au grand jour par ce jeune homme.

«Tu as vu la dame assise, là-bas? Je suis sûr qu'elle pourra t'aider mieux que moi, c'est elle la bibliothécaire principale, moi je m'occupe de l'installation du réseau informatique…»

Je la reconnaissais, cette dame, c'était Mme Williams. C'était elle qui s'occupait des emprunts et des retours. Je lui trouvais l'air sévère, presque intimidant. J'étais un peu gênée d'aller lui poser des questions. Je voulais apprendre par moi-même. Évidemment, ça ne marchait pas bien et je n'étais pas aussi intelligente que je le pensais!

Alex a compris ma gêne.

«Je pourrais t'aider plus tard, si tu veux, mais je dois filer à mon travail maintenant, brancher des fils et connecter des ordinateurs...»

Je suis restée là, un peu interloquée. Alex paraissait tellement jeune, comme s'il allait encore au lycée. Les garçons de mon école parlaient toujours de foot et proféraient des obscénités à propos des filles. D'autres se taisaient et je ne savais pas s'ils étaient incapables de dire ces injures ou trop bien élevés pour en faire autant. Une fois, alors que je me tournais pour parler à Samir, un garçon de ma classe calme et gentil qui s'asseyait derrière Neila et moi, j'ai vu qu'il regardait la photo d'une femme presque nue déposée sur la page de son cahier. Les seins nus et un *string* minuscule lui cachant à peine les fesses. Samir a vite caché la photo dans son sac. Il a fait comme si rien ne s'était passé. Mais j'avais tout compris. J'étais dégoûtée. Je ne pouvais plus le regarder en face. Quand j'en ai fait part à Neila pendant la récré, elle a beaucoup ri.

— Alors, tu penses que tous ces garçons sont chastes comme nous, des collets montés... Ils explorent la vie, ma chère. Tous ces garçons, a-t-elle continué en traçant un demi-cercle de son index pour couvrir toute la cour du lycée... ils ont tous couché avec une fille ou rêvent de le faire. Ceux qui n'en ont ni le courage ni les moyens se contentent des photos pornos, comme ce gros bêta de Samir.

— Et comment le sais-tu, toi? lui ai-je demandé, défiante, pour m'accrocher à ce qui restait du monde idéal et romantique de l'amour que je m'étais construit.

— Mounir m'en a glissé quelques mots, une fois…

J'étais abasourdie. Sa franchise m'agaçait.

— Alors, tu parles de ça avec lui! lui ai-je dit, en empruntant l'air réprobateur de ma mère.

Elle a haussé les épaules, indifférente à ma mine défaite.

— Oui, parfois on en parle, et pourquoi pas? C'est normal, tu ne trouves pas? Il faut qu'on en parle. Un jour, je vais me marier avec Mounir et je vais avoir des enfants avec lui.

Neila savait me choquer et m'éduquer tout à la fois. Je me suis tue et elle a continué à rire de mon air offusqué.

Je me suis promis de ne plus jamais parler à aucun garçon de ma classe. Depuis l'épisode du magazine de photos osées, je ne pouvais plus supporter d'en regarder un seul. Je les trouvais tous vulgaires et vicieux. Par contraste, Alex, qui semblait avoir presque leur âge, était tellement poli, différent. Tout d'un coup, je me suis sentie attirée vers lui. Je voulais lui parler et lui poser plein de questions, comme si je le connaissais depuis des années, mais je n'en ai rien fait. J'ai attendu de le revoir.

Je n'ai pas soufflé mot de ma rencontre à Neila. Je ne voulais pas remuer la plaie béante qu'avait laissée l'arrestation de Mounir, ni lui parler de quelque chose que je n'arrivais ni à cerner ni à définir. En plus, je ne savais pas pourquoi j'étais attirée par cet étranger, qui ne parlait même pas ma langue. Plus je réfléchissais à lui, et moins je comprenais ce qui m'arrivait.

Le pays avait retrouvé son calme d'avant la révolte du couscous. La poussière était retombée. Mes parents avaient repris leur routine. Neila ne parlait plus de Mounir. Seul son regard en disait long. Et comme pour essayer d'oublier, j'évitais le plus possible son regard. Les premiers signes du printemps perçaient la morosité quotidienne qui s'était installée depuis les émeutes. Les chauds rayons de soleil annonçaient l'arrivée prochaine d'un été précoce. Cette idée me rappelait chaque jour que j'allais bientôt passer le baccalauréat, et alors, des crampes me tordaient le ventre. Bien sûr, je voulais réussir, mais je ne savais plus ce que je ferais après. Avant les émeutes, j'étais une sorte d'automate. Je vivais pour les études. Mais depuis que Mounir avait été arrêté et que mon monde avait basculé, j'avais perdu cette obsession.

J'avais repris ma vie entre mes mains. J'aimais lire et écrire. Je me découvrais une passion pour l'anglais, une passion que je n'avais jamais soupçonnée auparavant. Je lisais les livres que j'empruntais au centre culturel et y retournais chaque vendredi pour en emprunter d'autres. Je découvrais des auteurs comme Steinbeck, Dickens et Fitzgerald. Je me plongeais corps et âme dans des époques différentes : la Révolution industrielle britannique et ses effets pervers sur les classes ouvrières, la Grande Dépression en Amérique et les changements sociaux qu'elle avait provoqués, et puis les années folles, qui avaient emboîté le pas à ces années noires, répandant le goût du luxe, l'extravagance et les escapades. Je ne comprenais pas tous les mots que je lisais, mais j'adorais ces histoires. Un dictionnaire à côté de moi, étendue sur mon lit, je restais des heures à savourer mes nouvelles lectures et les nouveaux mondes qui s'offraient à moi. Mes lectures et mes visites au centre étaient devenues une véritable échappatoire. Était-ce mes nouvelles lectures ou la vue d'Alex qui me faisait le plus de bien ? Pour être honnête, je ne savais pas trop.

La deuxième fois que je l'ai rencontré, il était encore occupé par son travail. En me voyant, il a souri de nouveau, mais contrairement à notre rencontre initiale, j'ai pu cette fois lui retourner son sourire. Il travaillait au système informatique du centre. Il allait et venait entre la salle principale et une autre pièce qu'on apercevait par la porte entrouverte. Il y avait du monde dans la salle de lecture. Des étudiants de l'université qui parlaient sans cesse d'examens. Je gardais le nez plongé dans mon livre et levais les yeux de temps à autre pour regarder autour de moi. Et c'est à ce moment-là que nos regards se sont rencontrés. J'ai aussitôt baissé les yeux et fait mine de continuer ma lecture. Mais mes pensées étaient ailleurs. À quoi pensait-il, lui? Pourquoi était-il venu en Tunisie? Pourquoi quitter son pays et venir travailler ici? Comment vivait-on dans son pays? Quand je me suis levée, m'apprêtant à partir, Alex s'est approché de moi et m'a fait signe de la main. Il désignait quelque chose par terre.

— Je crois que tu as laissé tomber des feuilles...

«Quel joli accent!» ai-je pensé, oubliant presque de regarder vers l'endroit qu'il me désignait.

— Ah oui, c'est vrai, ce sont mes notes, je les ai mises par terre, je comptais les reprendre, mais vois-tu, j'ai failli les oublier...

Fébrile, je continuais à parler, tout en me penchant pour ramasser mes notes.

— Au fait, je n'ai pas oublié ma promesse de te montrer à chercher des livres. J'ai un peu de temps libre aujourd'hui, veux-tu qu'on le fasse maintenant?

J'ai rangé machinalement mes feuilles éparpillées dans mon sac et, sans même réfléchir, j'ai répondu par l'affirmative. Il semblait heureux comme un garçon ému qui montre à un ami un trésor caché.

«Mon nom est Alexandre, je suis Canadien, je travaille ici depuis quelques mois, puis l'été prochain je retournerai à Ottawa, où j'habite.»

Il parlait avec aisance. Quel contraste avec ma nervosité! Nos deux mondes étaient bel et bien séparés par un océan. Deux cultures se rencontraient. Alexandre m'a fait toute une présentation sur la signification des codes qu'on utilisait sur les livres. Il m'a expliqué aussi comment les petites boîtes contenant des fiches classées par ordre alphabétique allaient bientôt être remplacées par un système informatique sophistiqué.

«Par exemple, tu écris le nom de l'auteur que tu cherches et en quelques secondes tu obtiens tous les titres qui lui correspondent. Tiens, je vais te faire une démonstration, quel auteur veux-tu lire?»

— Fitz... Fitzgerald, ai-je répondu en bégayant.

Il m'a regardée avec des yeux ronds, j'ai cru m'être trompée de prononciation.

«Tu sais, celui qui a écrit *Tender is... the Night*, si tu comprends ce que je veux dire...»

Je n'étais pas très sûre de moi.

— Oui c'est bien Fitzgerald, un grand auteur américain, que j'adore moi aussi...

Il s'est assis et a tapé rapidement sur le clavier, puis m'a montré toute la liste des titres de Fitzgerald.

— Tu vois, c'est comme de la magie, tu as tous les autres titres de Fitzgerald : *The Side of Paradise, The Beautiful and the Damned, The Great Gatsby*... Devant chaque titre, il y a un code que tu dois noter et que tu chercheras sur les étagères.

Je l'écoutais attentivement. Sa prononciation des titres originaux en anglais me laissait béate d'admiration. Et puis tout cet engouement pour m'expliquer les choses.

Pourquoi était-il si content de me montrer son travail, de m'expliquer comment faire une recherche? Les questions se succédaient dans ma tête.

— Merci beaucoup de ta gentillesse, tes explications sont claires, heureusement que tu travailles ici et que tu as si bien pu m'expliquer tout ça... ai-je murmuré.

Il m'a interrompue.

— Mais ce système n'est pas encore disponible au grand public, ça va prendre quelques mois avant sa mise en service. J'y travaille avec mes collègues, mais ça va venir!

— Je te souhaite bon courage pour le terminer.

— Merci, m'a-t-il répondu en souriant à nouveau, tu ne m'as pas dit comment tu t'appelles...

— Nadia... Merci, merci bien...

J'ai ressenti le besoin de partir. Je ne savais plus ce que je faisais ni ce que je disais. Je ne cessais de répéter merci comme une vieille cassette qui bloquait sur le même mot. Mais Alex ne semblait pas s'en formaliser.

— Bienvenue, Nadia!

«Quelle drôle d'expression!» ai-je pensé en répétant ses derniers mots. Puis il m'a fait signe de la main. Je suis sortie du centre, l'esprit embrumé par cette rencontre. Je suis partie vers la station d'autobus. Le sourire d'Alex ne me quittait pas. Il me suivait partout. Le lendemain, en allant à mes cours avec Neila, je n'ai pas pu m'empêcher de lui parler d'Alexandre. Je m'attendais à ce qu'elle me taquine ou se moque de moi. Son visage a blêmi.

— Ne me dis pas que tu aimes un *gaouri*, Nadia! Un étranger, est-ce que tu t'en rends compte? Tes parents vont te tuer, s'ils le savent...

Sa réaction m'a surprise. Je n'avais pas encore pensé à mes parents, je n'arrivais pas à croire qu'un garçon pouvait occuper mes pensées d'une manière aussi soutenue.

— Mais pourquoi as-tu l'esprit si tordu, Neila, qui te dit que je l'aime? Qui te dit que je vais en parler à mes parents?

Elle m'a regardé d'un air étrange.

— Mais alors, pourquoi m'en parles-tu si tu ne l'aimes pas...

Elle avait raison. Pourquoi parler de lui à ma meilleure amie si je n'étais pas attachée à lui?

— Disons plutôt que je pense à lui, que j'ai l'impression de voir son image me suivre dans mes pensées, ai-je rectifié.

Neila m'a fait un signe d'exaspération.

— Bon, ce n'est pas une dissertation de philo, ça se voit sur ton visage que tu l'aimes. Si tu en parles, c'est qu'il y a quelque chose dans ton cœur...

Neila gagnait toujours. Je m'en voulais presque de lui en avoir parlé.

«Pourquoi tu te tais?» m'a-t-elle lancé après quelques pas en silence.

Je faisais la gueule. Je ne voulais pas répondre.

«Est-ce que tu connais son nom?»

— Alexandre...

Elle a hésité un moment

— Iskander!... C'est ça! Tu pourras l'appeler Iskander, il deviendra Tunisien, au moins par le nom...

J'ai pouffé de rire. Elle souriait elle aussi de sa propre blague. Nous étions arrivées presque à côté du muret, prêtes à sauter par-dessus pour rejoindre notre salle de classe. De loin, on voyait Botti faire le va-et-vient. Sa veste déboutonnée laissait apparaître son gros ventre. Sa présence nous refroidissait et nous avons laissé tomber l'idée et fait le tour de la clôture pour entrer par la porte principale.

Tout à coup, Neila me dit :

«Il semble que nous n'ayons pas de chance en amour, toi et moi. Moi, j'aime un garçon qui est en prison et toi, tu aimes un Américain, quel *zhar*[11]!»

Nous avons éclaté de rire. Neila était ma meilleure amie, j'en avais la conviction chaque jour davantage. Elle avait parfaitement raison. Oui, décidément, nous n'avions pas de chance.

---

11. Terme tunisien qui signifie chance.

18

Désormais, je connais la cité Ettadamoun. Je m'y suis rendue avec Donia. Les rues sont pleines de nids-de-poule. La boue colle à nos souliers, les rendant lourds et pesants. Nous essayons péniblement de sauter par-dessus les flaques formées par une pluie qui s'est déversée comme un seau d'eau sur nos têtes. Une douche froide et cinglante, en quelques minutes. De la pluie et du vent comme je n'en ai jamais vu à Tunis. On ne discerne plus rien. J'aide Donia dans ses activités depuis quelques jours. Notre pacte marche à merveille. Chaque jour, je comprends un peu mieux les enjeux politiques de ce pays et je me convaincs que j'ai pris la bonne décision en m'impliquant dans cette cause.

Les choses ne me semblent pas toujours simples à comprendre. À cheval entre le noir et le blanc? Entre le tunisien et le canadien? Prise en otage dans cet espace à peine perceptible dont je ne peux me détacher. C'est la paix et le chaos. C'est l'histoire et le présent. C'est pour cela que j'ai peut-être trouvé ma place ici. Et que je me suis blottie dans cet espace extrêmement étroit, presque invisible.

Aujourd'hui, Donia est venue me chercher pour aller chez Jamel. « Quelque chose de grave s'est passé », m'a-t-elle dit, les yeux écarquillés, un pli sérieux sur la bouche. Je n'ai pas cherché à en savoir plus, elle va bientôt tout me raconter. Je le sais. Dans la voiture, on ne voit plus rien. Maintes fois, sur la route, je sens que la voiture va emboutir les véhicules devant nous. La pluie nous embrouille la vue. Mais Donia garde tout son calme. Son torse penché vers le volant, le regard perçant, la mâchoire crispée qui remue sans arrêt. Les essuie-glaces dansent à un rythme saccadé. Un, deux, trois, quatre mouvements en quelques secondes !

Quand nous arrivons à la cité, la pluie s'arrête abruptement. Le vent se tait. Tout redevient normal. Donia gare la voiture à côté d'un terrain vague. On peut voir les rails du métro qui émergent du sol en se courbant. Des sacs de plastique traînent partout, des amas de déchets aplatis par la force de la pluie.

— Nous allons voir Jamel, il habite dans la rue parallèle à celle-ci.

Donia lève le doigt pour me montrer une rangée de maisons, au loin. Je ne fais pas trop attention à ce qu'elle me dit. Je trouve toutes les maisons semblables. Imprégnées de misère et de saleté. Je les regarde les unes collées aux autres. Des portes en fer peintes en vert, en noir ou en bleu. Quelques habitants devant leur maison, le dos arqué, tirent de l'eau avec une grande raclette de la porte vers l'extérieur.

— Qu'est-ce qui se passe, que font ces gens ? demandai-je d'un air étonné.

— Ils retirent l'eau qui est entrée dans leurs maisons… Dieu merci, la pluie s'est arrêtée, sinon il y aurait eu des inondations.

Cette cité sent la pauvreté. Je le vois aux maisons minuscules entassées les unes contre les autres. Une épicerie, Supermarquet le Bonheur, des bouteilles de gaz emprisonnées dans une cage grillagée rendent le décor encore plus lugubre. Quelques enfants agglutinés devant l'épicerie se partagent une petite bouteille de yaourt buvable en la passant d'une bouche à l'autre. Non loin de l'épicerie, un garage pour voitures d'occasion avec des pneus entassés dehors qui attendent patiemment leur tour pour remplacer un pneu crevé. Des immeubles délabrés à la peinture décollée, des craquelures sur les murs comme des balafres géantes sur un visage. La rue se confond avec le trottoir. Je ne sais pas trop où marcher. Je suis Donia en silence. Nous sommes arrivées devant une petite maison. La clôture plus haute que nous cache la façade principale. Un arbre qui ressemble à un caoutchouc miniature étend ses larges feuilles devant nos yeux. Mes chaussures sont trempées, je sens le froid monter graduellement dans tout mon corps.

Jamel ouvre la porte. La moitié de son visage reste caché, je n'arrive pas à déchiffrer son air. Donia et moi entrons rapidement. Nous traversons une petite véranda. Un arbre se tient bien droit sur un bout de terre entouré de carrelages cassés et de pierres. Des filets d'eau tombent des gouttières comme des petites chutes timides. Donia a l'air chez elle. La maison est obscure, je ne vois ni chambre ni couloir, je me trouve soudain dans une pièce avec deux lits, chacun poussé d'un côté du mur, quelques chaises en plastique traînent dans la pièce, une table est placée au milieu, avec un ordinateur allumé. Donia s'assied sur le bord d'un des lits, je l'imite.

Jamel parle lentement, les yeux cernés, les cheveux décoiffés comme un jeune garçon qui vient de se réveiller.

— Les choses bougent à grande vitesse depuis hier, un jeune homme s'est immolé par le feu sur la place publique à Sidi-Bouzid. Il voulait attirer l'attention sur son sort après qu'une policière l'eut giflé et empêché de garer son étalage ambulant dans la rue.

Je vois Donia enfoncer ses doigts dans le matelas. Je ne sais pas si elle veut se retenir pour ne pas glisser ou si c'est la nouvelle qui lui fait cet effet.

— Est-ce qu'il est mort?

— Il est gravement brûlé, on ne sait pas ce qui adviendra de lui, répond Jamel, l'air toujours abattu.

— Qu'allons-nous faire? demande Donia en essayant de trouver une meilleure position sur le lit.

— Il faut faire quelque chose.

Elle me regarde avec des yeux interrogateurs, comme si j'avais la réponse.

— Peut-être écrire une pétition ou sortir manifester? Je me rappelle, quand un promoteur immobilier a voulu bâtir un grand immeuble dans notre rue, ma mère et nos voisins ont résisté. Ma mère m'avait demandé de faire signer la pétition par mes camarades. J'ai refusé. Au début, je trouvais ces demandes ridicules et je ne voulais pas que mes amis me prennent pour une folle. Ces histoires d'adultes ne nous concernaient pas, nous les jeunes. J'ai fini par accepter, nous avons récolté des centaines de signatures et le projet a été bloqué. Mais ici, je ne suis pas sûre que la même tactique fonctionne. On parle d'injustice, de vies enlevées, de policiers qui sèment la terreur.

Jamel et Donia me regardent comme si je venais de faire exploser une bombe.

— Lila, es-tu vraiment sérieuse? Mais ça ne marche pas comme ça, ici! me lance Donia avec une grimace. Personne ne signera son nom. Les gens ont trop peur.

L'air penaud, je me tais, mais Jamel s'exclame :

— Et pourquoi pas, Donia ? On pourrait faire quelque chose de semblable en s'assurant de rester anonyme. Envoyer un communiqué sur Facebook à tous nos amis sur ce qui s'est passé et leur demander de partager avec les leurs, ce serait génial, non, les filles ?

— Oui, absolument, on peut le faire !

Je me surprends à parler de nouveau. Les mots de Jamel m'ont redonné confiance.

« Je pourrais traduire le texte en anglais. Il y aura plus de partage et les gens d'ailleurs pourront comprendre ce que nous sommes en train de faire ici… »

Soudain, le visage de Jamel s'assombrit encore une fois.

— Mais on doit se méfier, on peut se faire arrêter à tout moment, Sami m'a répété hier que tous les comptes Facebook et les blogues sont sous haute surveillance par le palais présidentiel de Carthage… Ils sont prêts à arrêter tout le monde. Ils ont perdu la boussole.

Le visage d'oncle Mounir m'apparaît. Son visage durci par les années d'injustice me sourit à présent. Avait-il peur d'agir quand il faisait sa tournée des chantiers et parlait avec les jeunes apprentis maçons de l'époque pour les mobiliser et les informer de leurs droits ? Était-il paralysé par la peur ? Mais bien sûr que non. Il croyait à ce qu'il faisait. Malheureusement, il a payé chèrement de sa liberté. Je m'apprête à raconter l'expérience de l'oncle Mounir quand Jamel m'interrompt.

— Mais il y a déjà un homme qui l'a payé chèrement, il est entre la vie et la mort. Je ne veux pas que, dans quelques années, mes enfants me jugent pour n'avoir rien fait. La peur, vous voulez savoir ce que j'en pense ? Je la dé-tes-te. Oui, j'ai peur, j'ai trop peur même, mais je m'en fous, car j'en ai assez d'être toujours hanté par cette peur, elle nous a paralysés pendant des années. Plus jamais. Dès aujourd'hui, je vous regarde dans les yeux et je vous dis que je suis un homme libre!

J'ai la chair de poule. Je n'avais plus besoin de raconter l'histoire de l'oncle Mounir. L'histoire de Jamel nous suffit. Donia se retient pour ne pas pleurer. Elle renifle. Maintenant, elle a les jambes repliées sur le matelas. Je suis d'accord avec ce que dit Jamel. J'ose espérer que nous sommes au début d'un grand bouleversement. Un bouleversement avec un dénouement heureux. Donia sort soudain de son mutisme.

— Mais Jamel, si on te découvre et qu'on t'arrête, on sera derrière toi, on fera tout pour te revoir.

Donia me regarde et je la vois sourire pour la première fois depuis qu'on s'est rencontrées cet après-midi-là. Jamel se met devant son ordinateur. Assises sur nos chaises en plastique, nous nous approchons lentement de lui.

Jamel et Donia écrivent une lettre ouverte sur l'immolation du jeune vendeur et sur la réaction abjecte des autorités.

— J'ai créé un nouveau compte Facebook et je l'ai nommé Tunisie libre. Cette lettre sera mon premier billet. Je commence par donner des informations. Mais demain, je vais demander qu'on commence à agir...

Donia l'interrompt.

— Comme sortir dans les rues, brandir des slogans, stopper la brutalité policière, qu'en penses-tu?

— Là, c'est toi qui encourages Jamel à aller de l'avant? lui dis-je avec sarcasme.

— C'est un sentiment de solidarité qui me pousse, je sens qu'il me pousse des ailes...

Malgré la nervosité, Jamel et moi rions de bon cœur. L'enthousiasme de Donia lui redonne sa vigueur des jours passés, elle redevient telle que je l'ai connue la première fois. Elle sourit à son tour.

«Tu sais, Lila, je n'ai aucun regret, je suis tellement contente d'avoir fait ta connaissance. Il y a quelque chose dans ta présence qui me procure *"un je ne sais quoi"*... Une innocence, une bravoure, quelque chose de magique!»

Je rougis, personne ne m'a jamais tenu de tels propos.

— Merci, Donia, mais je te rassure, je n'ai rien de magique. Il faudrait remercier oncle Mounir, c'est lui qui m'a réellement inspirée. C'est son courage qui m'a guidée vers toi. Je sens sa présence parmi nous. Je vous le jure!

Donia et Jamel ne savent pas vraiment de quoi je parle. Ils pensent que je divague. Nous sommes tous les trois dans cette chambre sombre, dans un quartier populaire de Tunis. L'un des plus défavorisés que j'aie vu de ma vie, loin de mon Canada natal. Qui aurait pensé que je ferais ce que je fais aujourd'hui avec mes nouveaux amis? Maman en aurait les cheveux dressés sur la tête. C'est drôle, jamais je ne me suis sentie aussi heureuse que dans cette chambre obscure, dans cette maison pauvre, dans ce quartier de la solidarité, l'un des plus pauvres de Tunis, à des milliers de kilomètres d'Ottawa.

19

Mounir restera sept ans en prison. Encore une fois, nous l'avons su de la bouche du petit Mohamed sur le chemin de l'école. Neila ne parlait plus de Mounir, ou presque jamais. Elle voulait oublier, disait-elle, mais je savais qu'elle mentait. Mounir était toujours dans ses pensées. Nous n'avions pas vu Mohamed depuis le jour où il nous avait appris l'arrestation de son frère. Neila et moi avions cru que la famille avait déménagé. Mais un jour, sur le chemin de l'école, nous avons rencontré de nouveau le frère de Mounir. La même démarche enfantine mélangée cette fois à un regard d'homme grandi avant son heure. Il sifflait, les mains dans les poches. Le cartable toujours retenu au dos par des bouts de ficelle.

— Eh, Mohamed, que fais-tu là?

— Je vais à l'école, comme tu vois, a-t-il répondu d'un air neutre, presque indifférent.

— Comment va Mounir? lui a demandé Neila, qui sortait lentement de sa surprise, comprenant tout à coup de quoi il s'agissait.

Le nom de son frère l'a arrêté net. C'était comme s'il revenait de loin. De très loin. Il s'est immobilisé et nous a regardées longuement.

Puis il s'est approché de nous et a chuchoté, le visage grave :

— Mounir est encore en prison. Je ne peux pas aller le voir. C'est interdit aux enfants. Ma mère lui rend visite chaque vendredi. Il me manque cruellement. La dernière fois, mon père m'a dit que Mounir restera en prison sept ans...

— C'est faux, ce sont des mensonges, l'a interrompu Neila. Qui t'a raconté ces mensonges ?

Je me suis hâtée de la faire taire.

Le petit Mohamed a regardé Neila avec des yeux étonnés, puis a continué :

— Oui, moi aussi je ne crois pas à ces histoires. Sept ans, c'est trop. Je vais presque terminer le lycée quand il sortira. Je ne reconnaîtrai plus mon propre frère.

Neila, encore sous le choc, a réussi à balbutier :

— Est-ce qu'on peut lui rendre visite ? C'est quoi, le nom de la prison où on le garde ?

— Je ne sais pas. Il faudrait demander à mon père. Mais je l'ai entendu plusieurs fois parler de « la nouvelle prison »...

Neila et moi nous ne disions plus rien. Nous savions que c'était le nom de la grande prison de Tunis. Tout le monde le savait, sauf les enfants comme Mohamed.

Neila a ouvert la bouche pour parler, puis s'est tue. Mohamed a repris son chemin de sa démarche enfantine.

— Est-ce que tu veux aller lui rendre visite, ai-je demandé à Neila une fois que nous avons repris notre marche.

— Es-tu sérieuse? En tant que quoi veux-tu que je me présente en prison? Fiancée en attente? Future épouse? Ou veux-tu que je sois franche avec les gardiens et que je leur dise que je suis sa petite amie? C'est bien ça, tu veux faire un autre scandale? Comme si son emprisonnement ne suffisait pas…

Je me suis étonnée du ton agressif de Neila. Je ne m'attendais pas qu'elle me réponde de la sorte.

— Neila, calme-toi, je ne voulais pas t'offenser. Je te jure qu'il ne m'est rien venu à l'esprit de tout cela. Je suis idiote, je ne pense jamais à ce genre de chose. C'est vrai que toutes ces précautions m'échappent.

Neila n'a rien dit. Elle me paraissait déboussolée. Nous étions presque arrivées à notre école. Tout à coup, Neila s'est retournée vers moi et m'a dit :

— Nadia, je ne veux plus aller à l'école. Je sens que ma tête va exploser. C'est trop pour moi. C'est injuste pour Mounir…

Puis elle a éclaté en sanglots. Je l'ai prise dans mes bras et j'ai essayé de la réconforter. Elle tremblait de tout son corps. Jamais elle ne m'avait paru si menue, si vulnérable et si confuse. Même pas quand elle me parlait des coups de son père. Le départ de Mounir était une tout autre tragédie. Une tragédie qui n'avait ni début ni fin. Une tragédie qui la consumait de l'intérieur.

Je continuais à calmer Neila, mes bras autour de ses épaules. J'ai vu Sonia garer sa BMW dans le stationnement réservé aux professeurs. Elle se fichait pas mal des règlements. Son père travaillait au ministère de l'Intérieur. Il était directeur de la police. Celui-là même, peut-être, qui avait ordonné l'arrestation de Mounir. Sait-on jamais? Je la méprisais encore plus.

Neila est restée blottie dans mes bras quelques secondes.
Puis doucement, elle s'est dégagée.

« Je ne veux plus étudier, m'a-t-elle dit, les yeux rougis et le visage défait par l'émotion. Étudier pour quoi faire ? Pour devenir comme tous les autres… perpétuer l'injustice… »

— Et l'injustice, tu veux la combattre comment ? Par l'ignorance, par l'inertie et la bêtise… Hein, tu veux te cacher et laisser les autres faire ce qu'ils veulent ? Non, Neila. Je ne pense pas que Mounir se soit retrouvé en prison pour que tu arrêtes ta vie et que tu sombres dans le déni.

Elle ne me regardait pas. Ses yeux cherchaient au loin.

« Écoute-moi, Neila. Mounir est en prison. Il y restera un, deux, trois ou sept ans. Je sais que c'est trop, mais un jour, il sortira. Il faut que tu résistes pour le revoir. C'est ce qu'il veut de toi. »

Son regard s'est dérobé encore une fois. Nous entendions la sonnerie, un bruit qui nous arrachait à notre rêverie. Il fallait faire vite. Les cours allaient commencer dans quelques minutes. Neila a baissé la tête, elle marchait à mes côtés. La résignation a pris le dessus. Le monde de l'injustice a gagné. Je voyais Sonia rire aux éclats avec l'un des garçons de la classe. Je grinçais des dents. Mais ce n'était pas le moment de penser à Sonia. Je savais que je devais résister aux mauvais coups de la vie, mon amitié avec Neila l'exigeait, mais aussi ma propre survie.

Botti nous attendait de pied ferme devant la porte principale. Il retenait l'une des portes. Son sifflet pendait de son cou comme celui d'un arbitre de soccer sur un terrain de jeu. Il se prenait pour la police de l'école et il jouait son rôle à merveille. Nous vivions dans la peur. En fait, il nous préparait au monde extérieur. À la crainte de l'autorité, à l'humiliation quotidienne et à l'abus du pouvoir. Botti faisait tout ça à la fois. Et nous, les élèves ? Nous étions un troupeau discipliné qui suivait les ordres sans vraiment y croire. La crainte et la peur nous retenaient. Derrière son dos, on le détestait, on se moquait de lui et on n'attendait que sa chute pour piétiner son corps et désobéir aux règlements. Mais on vivait néanmoins dans la peur. Peur de nos parents, peur pour notre future carrière, peur de braver l'injustice. Mounir avait essayé de défier la peur. Il avait voulu changer les choses. Il avait essayé de contester le régime. Mais il s'était retrouvé en prison. Seuls ses parents pouvaient lui rendre visite. Ni ami, ni camarade n'était autorisé à le voir. En compagnie des cafards, des rats, il croupissait avec les autres qui, comme lui, avaient aussi osé. Nous, nous restions de l'autre côté. Du côté de la peur. Feignant l'ignorance ou ignorant carrément tout ce qui se passait autour de nous. Impuissantes comme nous l'étions, Neila et moi, ne sachant comment terminer le travail inachevé de Mounir.

— Allez dépêchez-vous, les filles, je vais bientôt fermer la porte. Dépêchez-vous, vos cours commencent… C'est quoi cette histoire, pourquoi tout le monde est en retard aujourd'hui ?

Je n'ai même pas voulu le regarder. Il me dégoûtait. Ses doigts qui retenaient la porte me répugnaient. Des élèves écrasaient leurs mégots de cigarettes fumées pas loin de l'entrée, ils arrivaient en vitesse pour se faufiler devant nous. L'odeur des cigarettes mélangée à la sueur nous envahissait. Botti s'impatientait.

Neila et moi avons franchi la porte. Botti a laissé glisser ses gros doigts qui ressemblaient à des cigares. La porte s'est refermée derrière nous avec fracas. Nous nous sommes dirigées vers notre classe. Le professeur n'était pas encore arrivé. Les élèves attendaient à l'intérieur. La pagaille régnait. Des éclats de rire, des sifflements, des cris stridents. Deux garçons se sont levés et se sont mis à jouer avec un ballon en plastique à l'arrière de la classe. Sonia, comme à son habitude, était assise en avant, devant le bureau du professeur. Elle avait sorti un miroir et arrangeait ses cheveux. Je n'osais plus la regarder. Son arrivisme et son égoïsme me sautaient aux yeux. Je la sentais responsable de notre malheur. Son bonheur nous avait enlevé Mounir. Son visage me rappelait l'injustice dans laquelle nous vivions. Est-ce que je me trompais ? Je l'ignorais. Je sentais que je bouillais de l'intérieur. Plus je la regardais et plus son indifférence au malheur qui s'était abattu sur nos vies me nouait les entrailles.

En passant devant sa table pour aller m'asseoir à ma place habituelle, je n'ai pu m'empêcher de lui lancer :

— Tu te fais belle pour monsieur Kamel, ce pauvre type. Il est gros et il sent mauvais. Quand même, tu vaux mieux que ça !

Neila m'a frappée du coude.

— Tais-toi !

Sonia a laissé tomber son petit miroir. Ses yeux badigeonnés de mascara me dévisageaient comme si j'étais une revenante. Elle s'est levée, a cambré le dos comme une féline prête à l'attaque

— De quoi parles-tu, salope ! Occupe-toi de tes guenilles et des bonniches comme toi qui te suivent partout. Tu n'as pas de leçon à me donner…

Il faut dire que j'avais sous-estimé la réaction de Sonia. Je voulais jouer dans la cour des grands, mais cette fille était mieux préparée à la bagarre que moi. Je ne savais que répondre. Mais j'étais fière de l'avoir fait tomber de son piédestal. Je cherchais comment répliquer à ses insultes.

Mais Neila m'a poussée fort avec le coude. Un silence de mort enveloppait toute la classe. Tout le monde avait entendu l'échange, même les deux garçons qui jouaient au ballon s'étaient assis, curieux d'observer ma dispute avec Sonia. Nous étions devenues le match à suivre.

— Le prof arrive, tu dois te taire maintenant, m'a chuchoté Neila à l'oreille.

Mais j'étais déchaînée contre Sonia et contre les privilèges qu'elle affichait avec insolence. Contre son désir de réussite, en usant de ses charmes et de la position de son père.

— Si tu es tellement sûre de toi, pourquoi ne dis-tu pas à tout le monde que tu n'es qu'une petite idiote et que tu réussis tes études en séduisant monsieur Kamel, ce pauvre bougre, gros et débile, hein! Pourquoi tu ne dis pas ça à toute la classe, tu ne réponds pas, tu as trop peur n'est-ce pas?

J'avais pris ma revanche. J'avais fait taire cette vaniteuse de Sonia. Je voulais parler encore, mais Neila a mis sa main sur ma bouche. Je me suis retournée pour l'arrêter et c'est à ce moment que j'ai vu M. Kamel, qui déposait son cartable noir sur la table. Ses yeux me scrutaient. Il fulminait. Il avait tout entendu, tout vu. Mes mots accusateurs résonnaient encore dans la salle comme un joyeux tintamarre. La classe attendait la suite. Neila s'est affalée sur la chaise à côté de moi. Le désespoir baignait son regard. Je ne bougeais pas.

Sonia pleurait tout haut.

— Avez-vous entendu, monsieur, ce que cette vermine a dit? a demandé Sonia. Je n'arrive pas à croire qu'elle ait eu cette bassesse… Oh, mon Dieu, quelle impolie!

Sonia hochait la tête de droite à gauche, l'air offusqué. Elle essuyait délicatement le mascara qui dégoulinait sur ses joues.

— Mademoiselle Mabrouk, prenez vos affaires et sortez. Je n'ai pas besoin d'élèves comme vous dans ma classe. Je vais faire un rapport sur votre comportement ignoble.

J'ai pris mon sac. Neila avait le visage pâle. Elle me regardait avec des yeux suppliants.

— Va lui demander pardon! Vas-y tout de suite! m'a-t-elle suppliée.

J'ai fait semblant de ne rien entendre. Pour la première fois de ma vie, je me sentais fière et confiante. Je venais de dire la vérité que tout le monde connaissait, mais que tout le monde faisant semblant d'ignorer. Ce n'était pas de mes affaires. Oui. Mais je voulais venger Mounir et Neila. J'étais une version féminine d'Etienne Lantier. Le sang bouillonnait dans mes veines. J'étais devenue une héroïne. Mais pas pour longtemps. J'allais payer cher mon insolence. Bientôt, je serais ramenée à l'ordre, car ce pays ne pouvait vivre que dans l'ordre.

20

Ce soir, en rentrant d'une longue journée passée en compagnie de Donia et de Jamel à rédiger des textes, à les publier sur Facebook et à répondre aux commentaires des internautes, je trouve l'appartement plongé dans un silence de mort. Je pense que tante Neila et oncle Mounir sont sortis, peut-être pour rendre visite aux voisins de l'étage au-dessous. Ils ont fait la même chose, il y a quelques semaines. Mais après avoir refermé la porte, j'entends des murmures qui arrivent du salon et je perçois une faible lumière. Je les trouve assis côte à côte, devant la télé, en silence, en train de regarder les nouvelles. Sans faire de bruit, je m'assieds en leur compagnie. Je sens que je suis chez moi. Je fais partie de la famille. Je ne suis plus l'étrangère qui se cherche. Tante Neila me sourit sans un mot et oncle Mounir fait un geste de la tête qui veut dire à la fois qu'il m'a vue et qu'il me salue. J'acquiesce avec un sourire et un geste semblable.

À l'écran, je vois le président Zine Al-Abidin Ben Ali dans une chambre d'hôpital, entouré de médecins et d'infirmiers. Sur le lit, une personne enveloppée de la tête aux pieds de bandages blancs. Une momie vivante. Le président se tient à l'écart tout en arborant un air soucieux. Il écoute la troupe de médecins qui l'accompagne.

— Quel hypocrite! s'exclame soudain oncle Mounir. Pourquoi est-il allé au chevet d'un homme que les sbires du régime ont poussé au suicide? Quelle mascarade!

Il ne me faut pas longtemps pour comprendre que le malade est Mohamed Bouazizi, celui dont nous suivons l'histoire de près, Donia, Jamel et moi. L'homme qui s'est immolé par le feu pour sauvegarder ce qui lui restait de dignité.

Tante Neila se mouche et pleure en silence.

— Pour se faire pardonner auprès de la population, peut-être, suggérais-je avec calme.

Oncle Mounir me sourit.

— Oui, mais cette fois, je ne pense pas que ça va passer. Le peuple n'est plus ce qu'il était il y a vingt-cinq ans. Les jours de ce régime sont comptés. Moi, je le sens. Certains de mes amis à l'UGTT m'ont dit que des manifestations s'organisent partout au pays et ça ne fait que commencer...

Je vois tante Neila pâlir. Elle n'a rien dit jusque-là. Elle pousse un soupir, puis lâche :

— C'est ce que tu espères, mais ce n'est pas sûr que les gens vont finalement briser le mur de la peur...

— Neila, ne sois pas pessimiste, je t'en prie. Les choses ont changé. Ce n'est plus comme à notre époque. Ne vois-tu pas que même Lila, qui vient du Canada, s'intéresse à ce qui se passe ici? Et ses amis s'y intéressent eux aussi.

Oncle Mounir me scrute de son regard grave.

— Je ne sais pas comment étaient les choses à votre époque. Mais d'après les commentaires que nous recevons sur le blogue de Jamel, et si je me fie à ce que Donia et Jamel m'ont dit ces derniers jours, il est évident que tout le monde veut du changement, mais je ne sais pas si ce changement aura lieu. La police contrôle tout. Internet n'est toujours pas libre. Jamel utilise un prête-nom pour afficher ses textes. Il est menacé d'emprisonnement à tout moment. Tante Neila semble trouver cet argument de taille.

— Tu vois Mounir, les choses ne sont pas aussi simples que tu le souhaites. Ben Ali contrôle tout : Internet, la police et le peuple. Fais attention à ce que tu fais, Lila. Tes amis, Donia et Jamel, semblent être sincères, mais si jamais ils se faisaient arrêter et si jamais, que Dieu te protège, quelque chose t'arrivait à toi, qu'est-ce qui adviendrait ? As-tu seulement songé aux conséquences ? Et ta maman ? Nadia ne me le pardonnerait jamais...

Le nom de ma mère me fait un léger pincement au cœur. Je ne lui ai encore rien dit. Ses craintes d'il y a quelques jours sont bien fondées. Si elle savait ce que je suis en train de faire, elle serait morte de peur.

— S'il te plaît, ne lui dis rien ! Elle va avoir peur pour rien. Je connais ma mère, elle voulait que j'apprenne l'arabe, mais m'impliquer dans un soulèvement populaire, c'est la dernière chose à laquelle elle s'attendrait...

Le visage de tante Neila se crispe. Oncle Mounir a fermé la télé et est parti dans la cuisine. J'entends des tintements de vaisselle. Il prépare sans doute du thé. De la cuisine, il lance :

— Laisse-la tranquille, Neila, ne lui fais pas peur. Elle sait se débrouiller et en plus elle est Canadienne, ces chiens de policiers ne pourront rien lui faire. Ils ont bien trop peur de toucher aux étrangers...

Tante Neila est de plus en plus confuse.

— Mais ne penses-tu pas que Nadia nous a fait confiance en laissant sa fille avec nous ? Il faut qu'on s'en occupe. Il ne faut rien lui cacher. Je ne me sens pas bien comme ça. Si les choses s'embrasent, ce sera trop tard. Moi, je vous le dis, je ne me sens pas bien, je ne veux pas lui mentir.

Je comprends tante Neila. Elle se rappelle l'arrestation d'oncle Mounir et ne veut pas que la même chose arrive à la fille de sa meilleure amie. Elle ne veut pas que je me retrouve en prison comme ce fut le cas pour son mari, vingt-cinq ans plus tôt.

— Les choses ont bien changé. Nous sommes très prudents. Nous utilisons Internet pour diffuser l'information, car les jeunes se sentent marginalisés. On parle avec tous les autres jeunes du pays. Je pense que c'est fantastique. Tu devrais être contente…

Oncle Mounir est revenu avec un plateau et trois soucoupes fumantes remplies d'une crème grise, légèrement verdâtre. À ma moue interrogatrice, il me répond :

— C'est du *drôo*, ou du sorgho, si tu veux. C'est comme du pudding. On le prépare avec du lait, du sucre et de la farine de sorgho. On mange ça l'hiver. Tiens, prends une cuillère et mange. C'est bon, tu verras. Ça te tiendra au chaud.

Tante Neila ne touche pas à sa soucoupe. Elle est trop préoccupée par notre discussion. Oncle Mounir veut détendre l'atmosphère. Je mets une cuillerée de cette crème bizarre dans ma bouche. Son goût me paraît intéressant, j'en prends une autre cuillerée. Déjà, je sens que je ne peux plus m'arrêter. La crème chaude me réchauffe et me réconforte.

Tante Neila me regarde avec une douceur toute maternelle, comme si elle venait d'oublier que, quelques minutes plus tôt, elle n'était pas d'accord pour ne rien dire à ma mère de mes nouvelles activités avec Donia et Jamel.

— Et si tu envoyais un message à ta mère lui racontant ce que tu fais, sans trop de détails, ne penses-tu pas que ça serait mieux pour tout le monde ? Hein, qu'en penses-tu, Lila ?

Je ne veux pas répondre, trop occupée à déguster le savoureux *drôo*, mais aussi parce que je ne suis pas sûre de cette tactique. Un message ne suffirait pas. Elle voudrait en savoir plus et ne se contenterait jamais de quelques phrases vagues et vides.

— Elle ne comprendra jamais ce que je suis en train de faire. Mon message lui fera peur. Elle va paniquer, je le sais.

Oncle Mounir regarde tante Neila avec des yeux réprobateurs.

— Neila, arrête donc d'avoir des idées négatives. Tout ira bien. Je te l'ai dit. Lila est une grande fille...

Je l'interromps brusquement :

— Après tout, il ne me reste plus qu'une dizaine de jours, puis je repars au Canada. Je ne pense pas que d'ici là, les choses auront énormément changé.

Un air de tristesse s'est peint sur son visage. Mon départ prochain lui fait déjà de la peine.

— C'est vrai, tu as peut-être raison...

Elle ne me paraît pas trop convaincue, mais elle ne dit plus rien. Elle se penche vers le plateau et me tend une deuxième soucoupe :

— Prends-en une autre. Tu sembles aimer le *drôo*. Je t'en ferai tous les jours, si tu veux !

Je prends la soucoupe et l'entame sans me faire prier. La bouche pleine et la langue brûlante, je lui demande :

— Et toi, tu n'aimes pas ça ? C'est vrai que je le trouve délicieux... C'est un nouvel arôme que je n'ai jamais senti auparavant, on dirait des noisettes grillées...

Son visage s'assombrit soudain, puis elle me sourit tristement :

— J'en ai trop mangé quand j'étais jeune. Ma mère, qu'*Allah* bénisse son âme, ne faisait que ça les matins d'hiver. Mon père...

Elle se tait, puis continue :

« Il nous forçait à en manger pendant tout l'hiver. Et moi qui n'aimais pas trop ce goût particulier, ça me donnait des nausées. Je remplissais ma bouche de *drôo*, puis je m'esquivais pour aller le recracher dans les toilettes. »

Elle frissonne et je m'abstiens de lui poser d'autres questions.

Oncle Mounir sourit :

— Tu vois, Lila, tante Neila est trop délicate, elle n'aime que les mets raffinés : du chocolat suisse, des croissants au beurre, des oranges confites, des trucs du genre... Chez nous, on mangeait de tout, même du pain moisi. Le même qu'on donnait aux animaux. Pas de différence. On n'avait pas le choix, il fallait bien vivre...

Je comprends, à l'air sarcastique d'oncle Mounir, qu'il veut taquiner sa femme. Et d'ailleurs, elle sourit à présent :

— Oui, c'est ça, tu joues aux victimes maintenant, comme si mes parents étaient riches...

— Par rapport aux miens, ils l'étaient certainement!

— D'accord, je te le concède, mais je ne suis pas aussi délicate que tu le dis. Je ne suis pas une princesse... Le goût du *drôo* me rappelle de mauvais souvenirs, voilà tout!

Puis, elle se tourne vers moi.

« Un jour, tu demanderas à ta mère de te parler de moi et tu sauras la vérité. Oncle Mounir a le cœur de m'en vouloir ce soir. Je ne vais plus rien dire... »

Je finis ma deuxième soucoupe.

— Oui, c'est sûr que je lui demanderai de tout me raconter.

Oncle Mounir prend le plateau et repart à la cuisine. Notre soirée s'achève. Une ambiance mélancolique nous berce. Je prends congé et me retire dans ma chambre.

Donia m'a envoyé un texto :

« Passe me voir demain à 10 h, la fête commence ! »

Que veut-elle dire par « la fête commence » ? De quelle fête parle-t-elle ? Qu'est-ce qui va arriver ? Et si tante Neila avait raison et qu'il valait mieux que j'en parle à ma mère ? Je ne suis plus sûre de rien. À peine ai-je enfilé mon pyjama que je tombe dans un sommeil perturbé. Un sommeil peuplé d'hommes en cagoules, de policiers qui courent après eux. Je me vois en train de nager dans une piscine de *drôo*. Le liquide visqueux m'attire vers le fond. Je me débats pour me tenir à la surface. De loin, tante Neila et oncle Mounir m'observent en silence.

21

J'avais été expulsée du lycée. De manière définitive. Je ne pouvais plus y retourner. À cause de mon impolitesse et de mes insultes odieuses à l'encontre d'un membre du corps professoral. La nouvelle avait eu l'effet d'un coup d'assommoir sur ma tête. M. Kamel avait écrit un rapport sur ce que j'avais dit le jour où j'avais engueulé Sonia. Immédiatement après, mon cas était passé devant le conseil de discipline. Le « conseil du ridicule et de l'injustice », devrait-on plutôt l'appeler. Je ne pouvais pas me défendre. Du jour au lendemain, j'étais devenue la pestiférée que tout le monde fuyait. Celle qu'on pointait du doigt parce qu'elle avait faussement accusé son professeur de choses abominables. De choses qu'on ne pouvait prononcer à haute voix comme je l'avais fait, mais qu'on chuchotait à voix basse dans les couloirs et derrière le dos des professeurs et des surveillants.

Et pourtant, tout le monde savait bien que Sonia utilisait ses charmes pour séduire M. Kamel et gonfler ses notes. Tout le monde savait que ce dernier se plaisait à ces jeux enfantins et dangereux. Mais personne ne disait un mot. Tous les élèves voulaient réussir et aller à l'université. Tous avaient compris comment il fallait faire dans ce pays.

Tout le monde, sauf moi. Je voulais jouer à l'héroïne. Je voulais lutter contre l'injustice. Je voulais venger l'emprisonnement de Mounir. Et j'avais échoué. Tous les membres du conseil s'étaient rangés du côté de M. Kamel et contre la paria que j'étais devenue : une élève frivole et mal élevée. Le représentant des parents, qui était aussi membre de la cellule destourienne de notre quartier, avait déclaré que j'étais « un microbe » et qu'il fallait « m'éradiquer de peur des risques de contagion que je représentais pour les autres élèves ». C'est mon père qui me l'avait raconté. Parce que lui, il avait pu y assister, à ce conseil. Le pauvre, il avait bien essayé de me défendre. En vain. Il avait parlé de mes bonnes notes, de mon parcours scolaire sans faute. Il avait fait valoir que c'était une erreur de jeunesse, que je parlais sans trop savoir ce que je disais et qu'il fallait me pardonner cette bêtise et me donner une seconde chance.

Mais les paroles de mon père s'étaient évaporées dans la salle sans laisser de traces dans les esprits. La décision était déjà prise, tout le reste n'était que formalité. Nadia Mabrouk était une proie facile. Père : fonctionnaire sans affiliation politique connue (cas douteux). Mère : femme au foyer (cas encore plus douteux). Je me battais contre deux ennemis de taille : M. Kamel : professeur d'arabe depuis vingt ans. Père de famille, marié, sans histoire. Mon deuxième obstacle était encore plus puissant : Sonia Chérif. Père : directeur de la police de Tunis et membre du comité central du parti du Destour. Mère : femme au foyer de nationalité française, venue vivre à Tunis après son mariage avec un Tunisien. Le match était perdu d'avance. Je n'aurais pas dû me hasarder dans le camp ennemi. Trop tard. J'avais perdu. Ma place était maintenant la prison familiale.

En apprenant la nouvelle, ma mère avait manqué faire une crise cardiaque. Elle avait failli mourir. Elle qui pensait que ma réussite certaine au bac lui procurerait un meilleur statut social dans le quartier. Elle qui avait commencé d'emblée à faire des plans pour la petite fête qu'elle voulait organiser à l'occasion de l'obtention de mon bac. Tout le monde savait que j'étais bonne élève et que j'allais réussir sans problème. Mais la révolte du couscous avait fait de moi une autre personne. Personne n'avait vu le changement venir. J'étais devenue une cancre. Une élève expulsée. Une semblable aux *zoufris*. La honte du quartier.

Mon père était resté silencieux. Ma mère, entre crises de larmes, cris de rage et symptômes d'arrêt cardiaque, ne cessait de répéter :

— Mais qu'est-ce qui t'a pris ? Tu es devenue folle ou quoi ? Pourquoi t'es-tu attaquée à cette Sonia ? Pourquoi ne te mêles-tu pas de tes affaires ? Tu vas à l'école pour étudier et puis tu rentres chez toi. C'est tout ! Tout le monde fait ça ! Pourquoi n'es-tu pas comme les autres ? Hein ?

— Parce que c'est la vérité, j'ai dit la vérité ! Tout le monde sait que c'est la vérité, mais personne n'ose la dire…

Ma mère a laissé échapper un juron… Elle s'est levée du fauteuil où elle s'était affalée quelques minutes auparavant, elle voulait m'attraper par les cheveux. Elle voulait me frapper. Jamais elle ne m'avait frappée jusqu'alors. Mais ce jour-là, c'était différent. J'avais détruit ses rêves. Il fallait en finir avec ma rébellion.

Mon père, qui avait l'air d'être dans un autre monde, l'a arrêtée brusquement en la retenant par le bras.

— Nadia a dix-huit ans, c'est une grande fille, tu ne peux pas la frapper.

— Oui, c'est ça ! Tu vois bien le résultat de ton éducation. Tu l'as toujours gâtée et voilà le résultat. Elle a été expulsée du lycée à quelques mois du bac. Qu'est-ce qu'elle va devenir, maintenant? Secrétaire? Femme de ménage? Même aujourd'hui, il faut un bac pour faire ces travaux minables.

Ma mère exagérait. Je le savais. La femme de ménage de ma tante Rafika avait une sixième année primaire. Elle savait lire et écrivait des lettres d'amour à son cousin resté au bled. Je le savais parce que je corrigeais ses lettres. Elle les écrivait en *darija*, le dialecte que tout le monde parlait, et non pas en arabe classique, qu'on étudiait à l'école, mais c'était mieux que rien. Elle lisait les faits divers dans le journal qui rapportait constamment des histoires de viol ou de vol. Elle m'en parlait chaque fois que nous rendions visite à ma tante et qu'elle était là à étendre le linge dans la véranda en chantant la même ancienne ballade qui parlait de deux amoureux se retrouvant le soir à côté du puits.

Mais je ne voulais pas devenir femme de ménage ou secrétaire. Je savais que je pouvais continuer mes études. En fait, j'étais résolue à les continuer.

Et comme si mon père avait lu dans mes pensées, il a lancé à ma mère :

— Demain, j'irai à l'école privée *La réussite*. Je connais le mari de la directrice. C'est un ancien ami. Il a grandi dans la même ruelle que moi. On jouait au ballon ensemble dans l'allée du quartier. Je lui demanderai si sa femme accepterait Nadia dans son école. C'est délicat. Nous sommes à deux mois de la fin de l'année scolaire. Je ne sais pas si elle va accepter. Mais je vais essayer…

Ma mère l'a interrompu :

— Et tu paieras pour inscrire Nadia, par qui le malheur arrive, dans une école privée? Elle commet des erreurs et nous, nous payons !

Je pleurais. De joie. Mon père allait me sauver. Je ne voulais plus écouter les dures paroles de ma mère. De toute façon, elle n'était jamais contente. Mais j'allais lui prouver que j'étais capable de réussir et que mon expulsion était le geste le plus injuste au monde, que ma révolte aurait au moins servi à quelque chose. À humilier Sonia, la fille du directeur de police de Tunis. Celui qui avait sans doute ordonné l'arrestation de Mounir.

Soudain, je me rappelai Neila. Qu'allait-elle devenir sans moi? Qu'allais-je devenir sans elle? Nous allions être séparées. Et dire que c'était elle qui ne voulait plus étudier! Comment allait-elle vivre deux séparations simultanées : celle de Mounir, puis la mienne?

22

Tunis est en pleine tourmente. La révolte approche à grands pas. Je le sens dans l'air et dans le regard des gens. Les manifestations ont atteint les quartiers pauvres de Tunis, c'est Donia qui me l'a dit. Il faut nous préparer pour sortir manifester. Maman avait bel et bien raison. Ou plutôt, disons que ses sources sont plus fiables que les nouvelles d'ici. Internet n'est pas filtré au Canada. Ici, c'est une autre histoire. Dans les journaux, à la télé et à la radio, c'est toujours le même vieux disque qui tourne. «Notre président est le meilleur, notre pays connaît une grande réussite économique.» «La Tunisie est le rempart contre l'intégrisme et l'obscurantisme.» Et ce n'est pas moi qui dis ça. C'est oncle Mounir qui l'affirme ce matin. Nous sommes dans la cuisine. La radio est allumée. J'entends la voix nasillarde du président. Il parle comme un robot.

— Que dit-il? demandai-je avec curiosité. Je ne saisis pas tout ce qu'il raconte.

— C'est une reprise de son discours d'hier. On l'a manqué à la télé. Il dit que la violence ne sera pas tolérée et que la loi s'appliquera avec fermeté à quiconque y aura recours...

— Et qu'en est-il de la brutalité policière et de ceux qui brutalisent les manifestants ?

Oncle Mounir sourit tristement :

— Il n'en souffle pas un mot... Ce n'est pas son problème. Lui même était flic avant de devenir président...

Je ne dis rien. Il y a quelques semaines, ce discours et ces mots ne voulaient rien dire pour moi. Mais maintenant, c'est différent. On dirait que j'appartiens un peu plus à ce pays et aux gens d'ici. Je ne sais pas si j'ai adopté Tunis ou si c'est elle qui m'a adoptée. Une chose est sûre : je ne suis plus cette étrangère qui vivait dans son monde douillet. Est-ce parce que j'aime tante Neila et oncle Mounir ? Parce que je comprends mieux leur histoire et leurs difficultés que je me sens plus proche d'eux ?

Est-ce parce que je me suis rapprochée de Donia et Jamel et de leur lutte pour la liberté que l'indifférence des premières semaines s'est métamorphosée en une curiosité, un intérêt et peut-être même une passion émergente ? Je ne saurais le dire.

— Il y a des manifestations qui sont prévues dans le centre-ville. Comptes-tu y aller ?

Je veux voir sa réaction. Il a fermé la radio. Il se tient debout devant la cuisinière, tendant la main vers la *zézoua*[12]. Le bruit des bulles de café l'oblige à retirer brusquement sa main. Le café turc est prêt. L'odeur embaume la cuisine. Oncle Mounir ne me répond toujours pas.

Je pose à nouveau la question, doucement :

« Vas-tu aller à la manifestation aujourd'hui ? »

— Quelle manifestation ? me répond-il, le regard soudain revenu sur terre.

---

12. Petite tasse en métal avec un long manche pour préparer le café turc.

— Donia m'a dit qu'il y a un grand rassemblement de travailleurs et de syndicalistes devant le siège de la centrale syndicale, l'UGTT, dont tu as parlé l'autre jour… Je ne me rappelle plus exactement le nom de l'endroit.

Le visage d'oncle Mounir s'illumine.

— Ah oui, c'est la place Mohamed-Ali. Je connais l'endroit parfaitement. C'est un lieu symbolique de la lutte des travailleurs. La place a été nommée d'après Mohamed Ali El Hammi, un grand syndicaliste du 19e siècle qui est considéré comme le père du syndicalisme tunisien. C'est un de mes héros…

Je sens oncle Mounir déborder d'enthousiasme en évoquant la vie de cet homme et sa lutte dont j'ignore toute l'histoire.

« On pourrait y aller ensemble, je vais demander à Neila. Peut-être qu'elle voudra venir elle aussi. Ça réveillera de vieux souvenirs en elle. Elle fera les choses qu'elle n'a pu faire dans sa jeunesse… »

Tante Neila vient d'entrer discrètement dans la cuisine. Les yeux bouffis. Elle aussi semble ne pas avoir bien dormi.

— Aller où ? demande-t-elle sans trop de conviction.

— À la place Mohamed-Ali… Il y a une grande manifes…

Elle l'arrête tout court. Son visage blêmit.

— Es-tu vraiment sérieux, Mounir ? Et la police ? Et si jamais il y a de la casse, penses-tu que c'est un jeu d'enfants ? C'est peut-être dangereux pour Lila ! Non, il ne faut pas y aller…

Oncle Mounir me fait un clin d'œil comme pour me dire que tante Neila exagère, qu'elle a trop peur et qu'il ne faut pas trop s'en faire.

J'observe ce couple en silence. Deux êtres qui s'aiment, mais qui voient la vie d'une façon différente. Lui fonce vers les défis sans penser aux conséquences, tandis qu'elle se montre prudente et se méfie de tout. Chacun est ancré dans ses convictions. Même après toutes ces années de séparation et de souffrance, les âmes n'ont pas trop changé.

Je ne dis rien. Je ne veux pas créer de problème entre eux. Je termine mon verre de lait en silence. Je sens mon téléphone vibrer dans ma poche. Je vérifie, c'est Donia.

« Je t'attends chez moi dans un quart d'heure. »

— Je vais aller voir Donia, dis-je sans vraiment laisser transparaître d'émotion.

Oncle Mounir ne dit rien.

— Fais attention, appelle-moi et surtout ne va pas à cette place Mohamed-Ali. C'est plein de *zoufris* et de gens du syndicat, ce n'est pas un endroit pour les jeunes filles. C'est moi qui te le dis, Lila. Je sais de quoi je parle, n'y va pas, d'accord…

Elle me supplie. Mais ma décision est déjà prise. Décidément, tante Neila devient trop protectrice, quoique je la comprenne un peu mieux. Maman lui fait confiance, elle ne veut pas que quelque chose m'arrive.

Que peut-il vraiment m'arriver ?

Je me sens pleine d'énergie et de confiance, prête à changer le monde. Les bouleversements qui s'annoncent soufflent un vent de changement. Je ne veux plus faire marche arrière.

Donia m'attend devant chez elle. Elle vérifie son cellulaire. Quand elle me voit avancer vers elle, elle me sourit, me tend les bras et me dit :

— J'ai promis de rencontrer Jamel au centre-ville. Il va prendre des photos et je vais écrire un article pour le mettre sur Facebook. Tu viens avec nous, n'est-ce pas ?

J'hésite encore un peu. La voix de tante Neila résonne encore à mes oreilles. Donia lit dans mes yeux.

«Tu sais, Lila, tu n'es pas obligée de dire oui. Mais la dernière fois, chez Jamel, j'ai senti que nous nous entendions bien. Quoi que tu choisisses de faire, tu seras toujours la bienvenue...»

Et si la police nous arrêtait? Et si c'est vrai que l'endroit est dangereux et rempli de *zoufris*, ces vauriens qui embêtent les filles et volent les sacs à main? Les paroles de tante Neila ne veulent pas me quitter.

Et puis ma mère, que ferait-elle si elle savait que je participe à des manifestations? Donia devine mon appréhension.

«Oui, c'est dangereux, je le sais. Mais tu te rappelles, on en a discuté avec Jamel. On est prêt pour le changement, n'est-ce pas? Rien ne nous arrêtera!»

Elle me regarde d'un air défiant. Am Mokhtar, le vieux renard, fait toujours le guet devant son cybercafé. La petite brise matinale qui souffle soulève les quelques rares cheveux qu'il a coiffés avec soin sur le côté gauche de son crâne dégarni pour masquer sa calvitie luisante. Je l'ignore. Mes doutes ont disparu. L'optimisme a repris le dessus. Les paroles de tante Neila se sont dissoutes dans le vent d'enthousiasme qui me transporte.

— Tu as raison, rien ne nous arrêtera. Je suis prête à tout. On ira ensemble.

Donia pousse un cri de joie qui fait sursauter Am Mokhtar alors qu'il s'apprête à s'asseoir sur son habituelle chaise en plastique.

— Tout va bien, *binti* Donia? demande-t-il sournoisement.

— Tout va bien, Am Mokhtar... lui lance-t-elle machinalement, sans même le regarder.

— Je te souhaite une matinée pleine de jasmin et de joie, ma fille, répond-il tout en ouvrant le journal et en faisant semblant de lire.

La prière d'Am Mokhtar n'a pas été exaucée. Il n'y a eu ni joie ni jasmin au cours de notre journée. Donia a garé sa voiture dans un parking, puis nous avons marché. Je ne sais plus où je vais. Je suis Donia sans la questionner. Je ne reconnais aucune rue. Les rues et les ruelles se succèdent. Un défilé de personnes, de voitures, de boutiques et de cafés. Je me sens perdue dans un déluge de visages et d'endroits inconnus. Un bon quart d'heure de marche et nous arrivons à la fameuse place. De vieux bâtiments à l'architecture coloniale l'entourent. Les persiennes et les balcons sont peints en bleu ciel virant au gris, conséquence des intempéries. Quelques drapeaux rouges, avec le croissant et l'étoile au milieu, flottent allègrement. Les boutiques au rez-de-chaussée des immeubles sont fermées. Les rideaux de fer baissés nous cachent l'intérieur. Mais on peut lire les enseignes. Je reconnais l'une d'elles : *Tunisiana*. La boutique où j'achète mes cartes d'appels. Tante Neila a bien raison. Je suis en face d'une marée d'hommes. J'ai l'impression qu'ils se ressemblent tous. Moustaches noires, jeans bleus, blousons en cuir noir. Parfois, une tête recouverte d'un bonnet en laine rayé, d'un béret gris ou d'une chéchia rouge. Les gens se bousculent. Des pancartes en carton émergent de la foule. Je ne reconnais aucun mot. Du coup, je comprends que ma connaissance de l'arabe est trop rudimentaire. Puis Jamel surgit de je ne sais d'où. Le visage fier, il tient son cellulaire d'une main et filme le mouvement de la foule.

— Quel courage d'être venues, les filles ! Dites-vous bien que ce sont des moments historiques, je le sens. Je vais tout filmer et diffuser sur le Web. Il faut que le monde entier voie la brutalité de ce régime et la dignité de notre peuple. Les yeux de Donia pétillent d'admiration. Elle met son bras autour du cou de Jamel et l'embrasse sur la joue. Jamel continue de filmer sans être perturbé. La foule grossit et je sens un malaise s'installer insidieusement en moi. « Qu'est-ce que je fais ici, dans cette manifestation ? Et si tante Neila avait raison et que j'avais eu tort de venir ? » Les slogans scandés par la foule dissipent pour un temps mes inquiétudes naissantes. Les voix se mêlent, puis s'envolent vers le ciel dans un désir de toucher l'infini. Quelques personnes sur les balcons, le visage hébété, regardent la foule qui, soudainement, se met en branle. D'abord lentement, puis un peu plus vite, comme une vague qui déferle sur la plage. Donia me tient la main. Je me sens très proche d'elle. La révolution nous rapproche. Son épaule frôle la mienne. Elle répète ce que scande la foule :

« *Tounous horra, horra… wanidham ala barra* »[13]

Soudain, je sens les mots sortir de ma bouche, sans vraiment les comprendre. La solidarité s'est emparée de moi. Plus de peur, plus de crainte. Tout mon corps vibre au rythme des slogans :

« *Yasqot hizbel destour, yasqot jallad ech'ab* »[14]

Comme une prière incompréhensible, je répète ces mots. Nos mains moites ne se détachent plus. Collées

---

13. Traduction libre de l'auteure : « La Tunisie sera toujours libre et le régime politique sera mis dehors. »

14. « Que tombe le parti du Destour, que tombe le bourreau du peuple. »

par la chaleur qui se dégage de la foule. Jamel a disparu, englouti par la vague.

La foule s'arrête net. Des policiers en casques anti-émeutes se cachant derrière des boucliers bloquent maintenant la rue. Derrière eux, un autre groupe de manifestants, ceux qui soutiennent encore le régime. Le brouhaha se tait. La tension monte d'un cran. On aurait entendu une épingle tomber par terre. La première ligne de notre groupe de manifestants veut aller vers l'avant, mais les policiers les en empêchent. Les matraques à la main et les casques enfoncés sur la tête. J'entends le souffle régulier des manifestants autour de moi. Donia me regarde droit dans les yeux :

— Ils veulent nous disperser. Quoi qu'il arrive, suis-moi. Il ne faut pas qu'on se perde, d'accord ?

Je hoche la tête. Les choses prennent une vilaine tournure. Des cris fusent. Des vociférations. La foule recule.

— Qu'est-ce qui se passe, Donia ?

— Je n'en ai aucune idée. On ne nous laisse pas avancer.

Les cris fusent de plus belle.

« La police est en train de frapper les manifesta... »

Donia n'a pas le temps de finir sa phrase. Je me sens pousser par une force intense. Une autre vague dans le sens inverse nous pousse. Sans le vouloir, je marche à reculons. Ma main lâche celle de Donia. La marée humaine m'emporte. Je reconnais l'hymne national, dont les paroles bourdonnent tout autour.

« Idha chaabou wayman arada el hayyat, fala bouda an yastajiba al qadar »[15]

15. Vers célèbre du poète tunisien nationaliste, Abou El Kacem Chebbi, repris dans l'hymne national tunisien : « Lorsqu'un jour le peuple veut vivre, / Force est pour le Destin, de répondre. »

Je reconnais ces paroles. Ma mère m'en chantait quelques vers, quand elle avait le cœur à la fête ou à la nostalgie. Je ne les ai jamais appris, mais là, séparée de mes amis, le cœur affolé, écrasée par les corps qui m'entourent de tous bords, je sens les mots me revenir. Une joie s'empare de moi. Ma vie prend un autre sens.

Un coup s'abat sur moi. Mon dos se cambre. La douleur me martèle les côtes.

« Horyaa, karama, watanyaa »[16]

Les mots ne me quittent plus. Mes jambes fléchissent.

« Horyaa... »

Qu'est-ce ça veut dire ? Personne n'est là pour me le dire. Pas de Donia. Pas de Jamel. Mes amis sont partis. Happés par la foule. Attirés par la liberté. La douleur s'empare de moi. Je n'arrive plus à marcher. Je titube. Je vais perdre l'équilibre.

---

16. Liberté, dignité, patriotisme.

23

Rien ne va plus. Mon père n'a pas pu m'inscrire au lycée *La réussite*. La directrice n'a pas voulu de moi.

Qui accepterait une élève à quelques mois de la fin de l'année scolaire ?

— Vous pouvez essayer l'an prochain, il y a une grande chance que nous l'acceptions, a-t-elle dit à mon père.

Mais en réalité, ce n'était pas la véritable raison de son refus. Neila me l'avait expliqué la veille, quand elle m'avait rendu visite et m'avait apporté les notes de cours pour que je continue à étudier.

— Nadia, sais-tu que la femme de monsieur Kamel est professeur de français à *La réussite* ?

L'information m'a fait l'effet d'un tsunami. J'ai senti tous mes membres frissonner, une grosse vague me frapper au visage.

— Comment le sais-tu ?

— Je l'ai su par hasard. J'ai entendu les filles de notre classe en parler. Elles disaient que monsieur Kamel est marié à une enseignante de français qui travaille à l'école privée *La réussite*.

— Et tu penses que la directrice m'aurait acceptée dans son établissement, sachant que j'ai insulté le mari de l'une de ses enseignantes ?

Neila s'est tue, c'était sa façon de répondre à ma question. Ses yeux se sont remplis de larmes.

— Tout ce malheur qui s'est abattu sur nous... D'abord Mounir qui est emprisonné et maintenant toi, exclue de l'école. Tout ça, c'est la faute de cette maudite révolte du couscous. Si les choses étaient restées les mêmes... Si les gens n'étaient pas sortis dans les rues pour manifester... Si Mounir n'avait pas voulu devenir un Étienne Lantier tunisien, si seulement tu t'étais tue... Tout cela ne se serait pas passé...

Elle pleurait. Les larmes coulaient sur ses joues. Ses épaules se soulevaient à un rythme saccadé. Le désespoir se lisait sur son visage. Je pleurais moi aussi. La contagion était trop forte. Je ne pouvais plus me retenir.

— Mais Mounir l'a fait pour une bonne cause... Il est en prison, mais tous les autres jeunes qu'il a éduqués, qui sont sortis pour dénoncer la corruption, qui aujourd'hui connaissent mieux leurs droits et qui ne vont plus se laisser faire, n'est-ce pas merveilleux ? Et moi, j'ai raté mon année... Mais c'est quoi, une année, dans la vie d'une personne ? J'ai humilié cette Sonia qui se frotte au professeur pour avoir de bonnes notes. Je l'ai humiliée... Est-ce que tu te rends compte de ce que nous avons pu faire ?

Neila a souri. Un sourire amer. Elle n'était pas convaincue. Mes paroles ne la réconfortaient guère.

— Tu dis ça pour te sentir mieux. Mais tu sais bien, au fond de toi, qu'en réalité, ce sont les pauvres et les moins nantis qui ont payé le prix fort et le paient toujours. Sonia a été humiliée, c'est vrai. Mais elle s'en fout. Tu sais très bien que ce qui importe pour elle, c'est sa propre personne. Elle va passer le bac et le réussir, tu le sais bien...

Neila avait raison. Nous avions tous perdu. Étions-nous trop naïfs à vouloir jouer la vie des héros de livres? Était-ce vraiment un jeu d'enfants?

— Mais Alex a vingt-trois ans, le même âge que Mounir, et il a quitté son pays et travaille à l'étranger. Lui aussi a des idées pour changer le monde. C'est pour cela qu'il est venu en Tunisie. Il voulait découvrir d'autres pays, d'autres peuples. Apprendre d'autres cultures...

Neila a arrêté de pleurer. Elle s'est essuyé les yeux du revers de la main. La crise était passée. Dans ses yeux, je voyais la curiosité mélangée à de l'amertume.

— Et tu compares nos vies à celles d'un Américain...

— Pas Américain, Neila, Canadien...

Elle a fait un geste de la main, comme si elle chassait une mouche.

— Tous pareils, selon moi. Peu importe! Les rêves d'un Canadien, ce ne sont pas les rêves d'un Tunisien. Ce n'est pas kif-kif, ma chère. Le Canada est un pays riche. Nous, ici, on vit dans la pauvreté. On ne sait pas ce que la démocratie veut dire. Nous, on vit dans la merde qui nous arrive jusqu'aux genoux. Voilà la vérité, et ton Alex ne craint rien pour sa vie. Il mène la belle vie tout en poursuivant ses rêves de petit bourgeois...

Les lèvres de Neila tremblaient. La colère gonflait son visage.

— Pourquoi es-tu devenue si cynique, pourquoi ne crois-tu pas au combat de Mounir? Pourquoi veux-tu laisser tomber les rêves des jeunes? Nos rêves, Neila?

Je baissais la voix en parlant. Je ne voulais pas que ma mère nous entende. Depuis mon expulsion de l'école, elle m'épiait et me menait la vie dure. Le visage de Neila s'est radouci :

— Je me suis emportée, c'est tout! Et qu'est-ce qu'il vient faire, cet Alex, dans notre discussion ?

J'ai souri et j'ai baissé la voix davantage :

— Il va peut-être m'aider à sortir du pétrin où je me trouve et à partir au Canada...

Neila s'est figée :

— Tu es folle. Dis-moi que tu es devenue folle! Je ne veux pas te croire...

— Non, j'ai encore la tête sur les épaules...

J'ai pris ses mains dans les miennes et lui ai chuchoté : «C'est la seule issue qu'il me reste. Si rien ne va plus ici, alors je partirai...»

Je me suis empressée d'ajouter :

«Je partirai avec Alex...»

Neila a fermé les yeux. J'entendais sa respiration régulière. Quelque chose nous soudait. Nadia et Neila pour la vie. Alex avait tout changé. La révolte du couscous m'avait transformée. La séparation arrivait au galop. Je l'entendais s'approcher. Je ne savais pas ce qui m'avait pris. Je ne voulais dire à personne que je songeais à partir avec Alex. Mais les paroles de Neila m'avaient ouvert la voie. La révolte m'avait transportée jusqu'ici devant les yeux ahuris de Neila.

Depuis mon expulsion de lycée, j'allais presque tous les jours au centre culturel. Un jour, Alex m'avait demandé si je voulais l'accompagner pour visiter la mosquée Zitouna qui se trouvait dans la Médina. Une petite marche du centre jusque-là. Sans hésitation, j'avais accepté.

Il faisait beau. Alex me parlait des livres qu'il aimait. Je lui parlais de ma vie. Je lui ai raconté l'incident avec M. Kamel. Il m'a écoutée jusqu'à la fin. Il n'a rien dit. Je me sentais en paix avec lui. Le souk était désert. Il n'y avait pas de touristes. Les artisans étaient dans leur boutique. Quelques hommes buvaient du thé et écoutaient la radio. Un calme inhabituel régnait dans Tunis.

— Que comptes-tu faire maintenant? m'a-t-il demandé.

— Je ne sais pas. Je vais rester à la maison. Peut-être que j'irai m'inscrire dans une école informatique pour apprendre à taper sur un ordinateur?

Il m'a regardée avec des yeux inquiets.

— Non, ne fais pas ça. Suis ta passion. Étudie l'anglais. Tu dois terminer tes études, Nadia, je t'en prie...

— Mon père essaie de m'inscrire pour l'an prochain. Peut-être que ça marchera, sinon...

— Sinon quoi? Écoute-moi bien. J'ai une proposition à te faire. Je suis sérieux. Je peux t'aider à étudier au Canada.

Nous étions arrivés devant la grande mosquée Zitouna. Les rayons de lumière scintillaient délicatement sur les colonnes en pierre. Les arcades se courbaient comme pour se protéger du soleil, laissant apparaître les poutres en bois brun du plafond, parfaitement alignées. Les vendeurs de fruits secs, insouciants de ces pierres millénaires qui veillaient sur eux et sur leurs marchandises, vantaient les mérites des amandes, noisettes, noix, dragées et bonbons qui remplissaient leurs boutiques et leurs étalages.

Je n'en croyais pas mes oreilles.

— Moi, partir au Canada?...

— Et pourquoi pas? m'a-t-il répondu de son air à la fois sérieux et sympathique.

— Et mes parents? Je les quitterais, comme ça, tout bonnement...

— Tu leur en parleras...

Nous montions les escaliers de la mosquée qui menaient à la grande porte. Alex avait sorti un appareil photo de son sac à dos.

Clic, clic... Il prenait des photos.

— Arrête ça tout de suite !

Une voix nous a intimé l'ordre de ranger l'appareil photo. Un homme imposant, aux yeux noirs, nous examinait. Il s'est adressé à moi en criant. Sa voix me figeait le corps.

« Dis à ce monsieur qu'il ne peut pas entrer dans la mosquée. C'est interdit pour les *kouffar*[17] », m'a-t-il lancé avec dédain.

Je me suis tournée vers Alex. Il avait tout deviné. Un sourire lui couvrait le visage.

— J'ai compris, tu n'as pas besoin de m'expliquer, il m'est interdit d'entrer ici...

Le visage rougi par l'émotion, gênée par l'impolitesse du gardien, encore confuse par l'offre d'Alex, je n'arrivais pas à prononcer aucune parole.

« Je reviendrai une autre fois prendre des photos. Quand il y a un groupe de touristes, ils sont plus gentils. »

Nous avons rebroussé chemin. Alex habitait un appartement à Salammbô, une banlieue de Tunis. Tous les jours, il prenait le train TGM, Tunis-La Goulette-La Marsa, pour se rendre au travail, puis il marchait une vingtaine de minutes le long de l'avenue Bourguiba, jusqu'au centre culturel américain.

Les boutiques étaient toutes fermées à présent. Nos pas résonnaient sur les grandes dalles irrégulières qui formaient la voie pavée du souk construite du temps des Ottomans.

---

17. Mécréants.

— Est-ce que tu es en colère, m'a demandé Alex, je
n'aurais pas dû te proposer de partir pour le Canada...

— Non, non, je ne suis pas en colère. Le problème,
c'est que jamais mes parents ne me laisseront partir toute
seule au Canada. C'est difficile pour une fille d'ici d'aller
à l'étranger, surtout dans ma situation. Je n'ai pas de
diplôme, pas de bourse, rien...

Il s'est tu. Je regrettais déjà mes mots. J'avais l'impression que je cherchais sa pitié.

Je me suis rattrapée :

«Peut-être que mon père accepterait, mais ma mère,
jamais de la vie!»

— C'est drôle, j'aurais tendance à penser le contraire.
Pourquoi ta mère et non pas ton père?

— Parce que mon père est beaucoup plus libéral. Il
a étudié quelques années en France, mais ma mère, pour
elle, il n'y a que les traditions qui comptent. Elle ne vit que
pour ça...

Il m'a surprise en me demandant :

— Et toi, es-tu traditionnelle comme ta mère ou libé-
rale comme ton père?

Nous étions arrivés devant l'arrêt d'autobus. Le souk
avait disparu derrière nos pas. C'est là où je prenais mon
autobus pour rentrer. J'ai hésité un moment, puis je lui
ai dit :

— Je ne sais pas, je me cherche encore...

Ses yeux m'ont regardée. Un regard intense. J'ai senti
mon cœur palpiter comme le jour où j'avais vu pour la
première fois un homme et une femme s'embrasser à la télé
sans que ma mère ne pousse un soupir et que mon père ne
ferme le poste. Je voulais retenir Alex de la main, mais je
tremblais tellement que je me suis empressée de lui dire :

— Bonsoir, Alex, et surtout merci pour la belle promenade…

Il est parti en silence. La même démarche. Confiante et calme. Quelques minutes plus tard, assise dans l'autobus, je le voyais encore marcher sur l'avenue Bourguiba. J'aurais tant voulu marcher à ses côtés!

24

C'est oncle Mounir qui m'a sauvé la vie. Je ne l'ai pas reconnu. Le sang martèle mes tempes. Mon regard s'embrouille. Je vais perdre connaissance. La douleur dans mon dos est insupportable. C'est sa main qui m'agrippe par le bras. La même main puissante avec la grande cicatrice, celle qui m'a rendue mal à l'aise les premiers jours de mon arrivée en Tunisie. Lui aussi était venu manifester avec ses anciens camarades syndicalistes. Heureusement qu'il m'a aperçue dans la foule et qu'il est venu me secourir. J'ai reçu un coup dans le dos. Quelqu'un m'a bousculée et j'ai senti que l'air me manquait. Oncle Mounir était à deux pas de moi. Un hasard ? Je ne sais pas ! Peut-être qu'il me surveillait de loin. Peut-être que c'était sa façon de me protéger. Il a dit que c'était un coup de chance et qu'il ne savait pas que j'étais là. Mais je n'avais rien de cassé. C'était un coup brutal mélangé à une attaque de panique. Je suis un peu claustrophobe. C'est le médecin qui me l'a dit. Quand tante Neila m'a vue revenir, le visage pâle, les yeux hagards et les vêtements froissés, elle a failli faire une scène à son mari.

— Tu l'as emmenée avec tes copains, après tout! Tu as failli la tuer.

Je n'ai pas la force d'intervenir. Je fais non de la tête, mais en vain. Tante Neila est en mode attaque.

Oncle Mounir se défend comme un gamin grondé par une mère trop envahissante :

— Elle s'y est rendue elle-même avec ses amis. Je l'ai rencontrée sur la place Mohamed-Ali. La police est intervenue. Ça a mal tourné.

Tante Neila se calme un peu, elle s'adresse maintenant à moi :

— Et pourtant Lila, je t'avais dit que c'était dangereux. Que ces policiers ne sont pas des enfants de chœur. Moi, je le sais. Moi, j'ai vécu les sept ans de l'emprisonnement de Mounir comme des années d'enfer. As-tu oublié, Mounir, comment les policiers t'ont traité au moment de ton arrestation? As-tu oublié comment les policiers civils te suivaient partout après ta libération, comme deux sentinelles qui ne te laissaient jamais en paix? Hein, pourquoi fais-tu semblant que tout est normal? Pourquoi personne ne veut m'écouter?

Je n'ai jamais vu tante Neila déchaînée de la sorte. Elle, d'habitude si douce, si maternelle, si aimante, s'est métamorphosée à la vue de ce qui m'est arrivé en un orage qui se déchaîne. Jamais elle n'a parlé aussi franchement de l'arrestation de son mari devant moi. Oncle Mounir, le visage encore secoué par les événements, m'aide à m'allonger sur le divan du salon, puis va s'asseoir à côté de tante Neila.

— Calme-toi, ma chérie. Ce n'est rien, Lila est saine et sauve. Ça aurait pu être bien pire, je l'admets. Mais Dieu merci, rien de trop grave ne s'est passé. Neila, écoute-moi, je n'ai rien oublié et dis-toi bien que, justement, c'est parce que je n'ai rien oublié de mon arrestation ni de ce que les policiers m'ont fait que je suis allé manifester avec mes camarades...

Il se lève et sort sur le balcon.

Tante Neila pleure. Ses yeux pleins de reproches restent fixés sur moi.

— Je suis désolée, tante Neila. Je suis vraiment désolée...

J'arrive à peine à murmurer quelques mots. Le coup que j'ai reçu dans le dos me coupe l'air dans les poumons. Pendant quelques secondes, je sens que je suffoque. La vie m'échappe. Ça ne dure que quelques secondes. Une éternité.

— Je t'emmène voir un médecin. Dr Zarrouk. Il est très gentil. Je ne peux pas te laisser comme ça!

Elle se lève. Je veux refuser, mais c'est sa façon de soulager son angoisse. Une façon d'enfouir la culpabilité qu'elle ressent envers ma mère et moi.

« Ta mère serait tellement en colère contre nous si elle savait ce qui t'est arrivé. »

Le visage de maman m'apparaît. Je ne suis pas sûre qu'elle serait en colère. Inquiète oui, mais pas en colère. Peut-être même fière de savoir que j'ai assisté à une manifestation en Tunisie. Moi, Lila, qui ne voulais même pas mettre les pieds à Tunis pour apprendre l'arabe, me trouvant sur la place, avec de grands syndicalistes scandant des slogans politiques. Qui l'aurait cru?

Mon téléphone vibre dans mon sac. C'est Donia.

— Appelle-la plus tard, m'ordonne tante Neila. Maintenant, il faut que tu viennes voir le docteur.

Donia est affolée. Elle aussi se sent coupable de m'avoir laissée tomber. Mais en fait, elle ne m'a pas laissée tomber. Nous avons été séparées de force. Le coup que j'ai reçu m'a prise au dépouvu. Nos mains se sont séparées. La foule était beaucoup plus puissante que nous.

Je ne reste pas longtemps chez le médecin. Il m'ordonne quelques jours de repos. Tante Neila ne lui dit pas la vérité. Elle a encore peur. Elle lui dit que j'étais au souk et qu'il y avait trop de monde. Au regard que lui lance le médecin, je comprends qu'il ne la croit pas. Mais c'est vrai qu'il est gentil. Il se tait un moment. Il nous sourit, puis il me dit :

— Tout est possible dans ce pays, *Rabbi Yostor*[18]... Rentre chez toi et surtout repose-toi bien.

De retour à la maison, une surprise m'attend. En fait deux : Donia nous attend devant la porte de l'appartement. Elle veut se rassurer sur mon état. La deuxième surprise est encore plus grande. Ma mère a laissé un message sur le téléphone de tante Neila : elle arrive demain après-midi sur le vol en provenance de Paris.

---

18. «Que Dieu nous protège!»

25

Tunis, mai 1984

Le centre culturel américain était devenu ma bouée de sauvetage. Je m'y accrochais de toutes mes forces. Ma mère trouvait toutes les occasions pour m'accabler et me faire regretter mon comportement répréhensible à l'école. Chaque fois qu'elle entrait dans ma chambre et qu'elle me trouvait allongée sur mon lit ou assise devant mon bureau en train de lire les notes que Neila continuait de me prêter, elle me lançait avec mépris :

— À quoi sert d'étudier si tu ne vas pas passer ton bac cet été ? Tu as été expulsée du lycée, tu ne t'en rends pas compte ou quoi ?

Au début, je répondais à ces remarques en disant :

— Je passerai le bac l'an prochain. Papa m'a dit que l'école *La réussite* m'accepterait…

— Et tu comptes là-dessus ? Tu penses que ton père pourra verser les droits de scolarité ? Il lui faudrait un autre salaire. Tu aurais mieux fait de réfléchir à tout ça avant d'insulter ton professeur devant toute la classe !

— Il le mérite, ce chien ! répondis-je les larmes aux yeux et la voix plus rageuse que jamais.

— C'est peut-être un chien, mais au moins, il est devenu professeur de lycée, et toi, qu'as-tu fait avec ta dignité et ta soi-disant intégrité ? Hein, pourquoi ne t'es-tu pas tue ? Réponds-moi… Tu restes à la maison. Tu vas bientôt devenir femme de ménage, frotter le plancher et laver les murs, voilà ce que tu vas devenir !

Elle partait en claquant la porte. Je restais dans ma chambre. Incapable de rajouter un mot aux attaques vicieuses de ma mère.

Je pleurais et ruminais ma rage en silence. Mon père ne disait pas un mot. Télé. Fauteuil. Et silence. Ça lui suffisait.

Il me restait Neila et Alex. Neila voulait que j'apprenne l'informatique.

— Ma cousine Mariam a échoué deux années de suite au bac, puis elle s'est inscrite dans une école privée, ou plutôt un institut d'informatique. Apparemment, c'est ce qui marche le mieux en ce moment. Pourquoi ne fais-tu pas la même chose ?

Je me sentais piquée au vif.

— Mais Neila, ce n'est pas la même chose, je n'ai pas échoué au bac, on m'a enlevé le droit de le passer, c'est tout ! C'est différent de ta cousine…

— Je sais, c'est différent, tu es plus intelligente qu'elle, je l'admets, mais le résultat est le même, tu ne l'as pas passé…

J'avais l'impression que tout le monde me disait que je ne valais rien sans le bac, que mon monde s'arrêtait là, que je fonçais dans un mur. Aux yeux de ma mère, je ne serais jamais qu'une femme de ménage et, selon Neila, le mieux que je pouvais faire, c'était d'étudier l'informatique. Mon père n'avait pas de projet pour moi. Ou du moins, il ne m'en soufflait pas un mot. Seul Alex avait confiance en moi. Je suis sûre que, si Mounir n'était pas en prison, il m'aurait encouragée à continuer, à ne pas lâcher, à m'inscrire dans une autre école privée et à passer le bac l'an prochain. Il aurait su me dire que je pouvais m'en sortir. Il m'aurait enjointe de ne pas baisser la tête face à l'injustice, de me tenir droite. Il en aurait parlé à Neila et elle m'aurait soutenue.

Ma relation avec Alex s'intensifie chaque jour un peu plus. Il n'y a plus de secret pour moi. Je l'aime. Je le sais par l'intensité des battements de mon cœur lorsque je le vois. Je le sais par les heures innombrables passées à rêvasser de lui. Je le sais, car je me sens tellement heureuse avec lui. Et lui ? Il ne m'a rien dit de ses sentiments, mais je sens qu'il m'aime aussi. Ou du moins qu'il est heureux en ma compagnie. Sinon, pourquoi m'avoir proposé de partir au Canada ?

Depuis notre dernière rencontre, Alex ne m'avait plus reparlé de son idée de partir au Canada. Mais moi, j'y pensais jour et nuit. L'idée ne m'avait pas quittée, au point de devenir une obsession. Comment irais-je au Canada ? Toute seule ? Avec lui ? En tant que quoi, son amie ? C'était encore confus dans ma tête.

Je me suis promis de clarifier les choses avec lui. Un jour au centre culturel, alors que je m'apprêtais à rentrer à la maison et qu'il revenait de son bureau, des fils électriques à la main, je lui lance :

— Salut Alex, encore occupé ?

— Oui, je vais terminer bientôt, veux-tu qu'on se voie ? On pourrait faire une promenade ou manger un morceau ensemble… Il fait tellement beau aujourd'hui…

J'ai accepté son offre. Et au lieu de rentrer chez moi, je me suis assise à nouveau, un livre à la main, jusqu'à ce qu'il termine son travail.

Je ne sais pas si c'est le rejet que j'étais en train de vivre de la part de tout mon entourage qui en était la cause, mais mon attachement pour Alex ne faisait que grandir. Sa voix m'arrivait comme une caresse. Ses yeux m'enveloppaient de douceur. Son sourire me poursuivait dans mes rêves. Alex était devenu mon rêve. Le rêve qui me permettait de continuer à vivre. L'oublier ou m'en rapprocher davantage? L'ignorer ou apprendre à mieux le connaître? M'enfuir de lui oui m'enfuir avec lui?

Notre promenade a été agréable ce jour-là. Au début, nous avons pris l'autobus, puis sommes descendus à la Place Pasteur et avons marché jusqu'au Belvédère. C'était un grand parc, rempli d'arbres imposants, avec un manège pour enfants et un jardin zoologique. J'y allais souvent quand j'étais petite. Mais cela faisait des années que je n'y avais pas remis les pieds. C'est moi qui avais suggéré l'idée à Alex. Il avait acquiescé sans hésitation. Au moins, là-bas, personne ne viendrait nous interdire d'entrer, comme le gardien de la mosquée Zitouna. Et en plus, c'était l'endroit préféré des amoureux qui se cachaient des yeux des curieux.

— As-tu faim? ai-je soudain demandé à Alex, alors que nous passions devant un marchand de *kaki*.

— Un peu...

Je n'ai pas attendu sa réponse, je suis partie en vitesse acheter deux petits paquets remplis de boules minuscules de la grosseur d'une noix faites de pâte de pain parfumé aux graines d'anis et au gros sel, cuites dans les boulangeries et vendues par des marchands ambulants. Parfois, ces boules prenaient la forme de petites ficelles ou d'une galette ronde.

— C'est quoi ? m'a demandé Alex, les yeux mi-souriants, mi-inquiets, quand il m'a vue revenir avec deux petits paquets cellophane remplis de ces boules beiges.

— C'est du *kaki*, goûtes-y, lui ai-je ordonné sans lui donner d'explication.

J'ai ouvert un paquet, en ai sorti une petite boule et la lui ai donnée. La chaleur de sa paume m'a fait frissonner. La boule craquait sous ses dents.

— C'est comme des craquelins, a-t-il remarqué.

Les miettes de *kaki* tombaient sur son pull sans qu'il s'en rende compte, tandis qu'il continuait à mâcher comme un gamin.

— C'est quoi, des craquelins ?

— C'est un peu comme les *kakis*...

Nous avons éclaté de rire. Nos pays différents, nos cultures différentes se rapprochaient ici, dans ce magnifique jardin. L'herbe verte recouvrait la terre brunâtre, comme un tapis soyeux parsemé ici et là de coquelicots, de camomille et de soucis. Alex m'a pris la main. Je n'ai pas résisté. Les arbres centenaires nous protégeaient des regards indiscrets des passants. L'odeur des eucalyptus, des mimosas, des caroubiers et des pins embaumait l'air printanier. J'oubliais ma mère, mon père, Neila, M. Kamel et mon expulsion. Je respirais l'air à pleins poumons, je me sentais comme Nicole, l'héroïne de *Tendre est la nuit*, en compagnie de Dick. Alex était à mes côtés, plus rien d'autre ne comptait pour moi.

— Nadia, je ne veux pas te bousculer, mais je dois te demander une chose : « Veux-tu venir au Canada avec moi ? »

Les mots d'Alex m'ont ramenée sur terre. J'ai tourné le visage vers lui.

Je voulais répondre : « Non, comment pourrais-je faire ça à mes parents ? », mais je me suis surprise à dire :

— Et comment veux-tu que je t'accompagne, je n'ai même pas de passeport...

— Le passeport n'est pas un problème. On pourra régler tous les papiers. Tu veux, oui ou non ?

Nous étions assis sur un banc en bois dont l'une des planches du dossier avait été arrachée. Devant nous les cygnes blancs glissaient majestueusement sur les eaux calmes du lac artificiel. Quelques cris d'oiseaux sauvages du zoo avoisinant déchiraient de temps en temps ce paisible silence urbain.

J'ai serré la main d'Alex dans la mienne.

— Et où est-ce que je vivrai, au Canada ? Toute seule ? Je ne connais personne, là-bas... En fait, je ne connais que toi...

Alex m'a souri.

— Mais tu vivras avec moi, bien sûr ! Je veux dire, on peut se marier et partir ensemble. Et vivre ensemble...

Me marier avec Alex ? Épouser un *gaouri* ? Les soupçons de Neila avaient bien leur place, après tout ! Et que penseraient ma mère, mon père, les voisins ?

La tête me tournait. Je voulais prendre mon sac et m'enfuir. Oublier Alex. Retrouver ma chambre, mon lit, mes livres, mon cocon douillet. Redevenir la fille insouciante d'avant la Révolution du couscous. M'inscrire dans une école d'informatique et reprendre ma vie d'avant. Peut-être même devenir secrétaire dans un bureau. Plier l'échine. Mais quelque chose en moi refusait ce sort que tout le monde voulait pour moi. Quelque chose de très lourd, de très puissant, d'assommant comme une boule de fer, quelque chose qui voulait sortir du plus profond de mon être. C'était à la fois le visage tordu de Mounir, le silence effrayant de mon père, le bruit assourdissant des balles le jour des émeutes, le sourire mesquin de Sonia, les yeux perçants de ma mère. Je refusais l'injustice. Je refusais le statu quo. Avec l'expulsion, j'avais payé en partie le prix de mon insoumission. Et après, j'allais payer le reste de la facture. Non, je ne reviendrais pas à la case départ, comme Bourguiba nous l'avait prêché à la télé. Là, assise sur un banc de bois à regarder les cygnes valser sur l'eau, j'ai décidé que ma vie allait changer. Je savais que j'allais prendre la décision la plus importante de ma vie : me marier avec Alex et le suivre au Canada.

26

Quelle histoire rocambolesque! Je quitte le Canada et je viens à contrecœur en Tunisie pour apprendre l'arabe et, quelques semaines plus tard, je me retrouve prise dans le tourbillon d'une révolution. Et puis quoi encore? Ma mère, qui n'a pas remis les pieds en Tunisie depuis des années, débarque tout à coup pour me rejoindre. Qui l'aurait cru? Surtout pas moi! J'ai toujours mal au dos. Mais rien de grave. Je ne saurai pas trop quoi faire de la présence de ma mère en Tunisie. Me réjouir que nous puissions finalement rentrer au Canada ensemble? Ou me méfier de la véritable raison de cette apparition surprise? Était-elle vraiment inquiète pour ma sécurité ou cherchait-elle une excuse pour revenir en Tunisie après tant d'années d'absence? Je vais bientôt le savoir.

Nous allons chercher ma mère à l'aéroport Tunis-Carthage. Tout au long du trajet, des chars d'assaut militaires sont alignés.

Le pays est presque en état de guerre. Des manifestations éclatent dans les banlieues pauvres de Tunis. J'appréhende un peu la rencontre avec ma mère. Comment réagira-t-elle à mon nouvel engagement? Je suis nerveuse.

Tante Neila et oncle Mounir sont fous de joie, surtout tante Neila qui n'arrête pas de me parler de ma mère et de me dire combien elle lui a manqué.

— Tu sais, Lila, je n'ai pas revu ta maman depuis qu'elle est partie au Canada avec ton papa. Au début, elle disait qu'elle était occupée par ses études, puis par ta naissance, puis par son travail, enfin, il y avait toujours une raison pour ne pas rentrer. J'ai passé des années merveilleuses avec ta maman. Elle a une place spéciale dans mon cœur. Elle est irremplaçable.

Elle se retourne vers son mari qui conduit en silence.

«Tu te rappelles, Mounir, la veille de notre mariage, combien j'ai pleuré parce que Nadia n'était pas avec nous.»

Il fait oui de la tête, puis me regarde dans le rétroviseur :

— Ta maman a bien fait de quitter le pays. Oui, c'était dur pour nous tous, mais on l'avait injustement expulsée du lycée. Il fallait qu'elle pense à son avenir. Et puis, ça semble lui avoir bien réussi. Elle a donné de bons fruits. Nadia nous a envoyé la petite Lila, une révolutionnaire en herbe…

Il me fait un clin d'œil. Je lui souris.

— Mais non, je ne suis pas encore révolutionnaire comme toi. Disons que je suis une jeune militante…

Il me sourit de nouveau. Tante Neila trépigne d'impatience sur son siège.

— Ne me comptez pas dans ce groupe. Je ne suis ni révolutionnaire, ni militante. Je veux la paix. Les révolutions n'apportent que le malheur…

— Et la liberté, qu'apporte-t-elle ? demande oncle Mounir.

Tante Neila ne dit rien. Elle regarde par la fenêtre. Je vois sa mâchoire bouger nerveusement. Oncle Mounir cherche une place sur le parking de l'aéroport. Des voitures sont stationnées dans tous les sens. Deux policiers contrôlent les papiers d'un chauffeur de taxi dont la voiture est rangée sur le bord de la route.

Les battements de mon cœur s'accélèrent. Le moment inéluctable où mes yeux et ceux de maman vont se rencontrer ici, sur le sol de Tunis, n'est plus très loin.

Un calme surprenant règne à l'aéroport. Quelques passagers se pressent dans les halls. Certains arrivent et d'autres partent. La situation du pays reste instable. Rien à voir avec le brouhaha qui m'a accueillie un mois plus tôt. Les groupes de touristes bruyants, les femmes de ménage qui poussaient leur chariot de nettoyage et tous ces gens qui venaient dire adieu à quelqu'un ou chercher un ami cher ou un parent. Aujourd'hui, rien de tout ça. La révolte prend toute la place dans les esprits et même dans l'espace. L'aéroport est presque désert. J'entends de loin quelqu'un parler avec un accent américain. C'est un jeune homme qui se dirige vers la sortie. Il a l'air d'un journaliste. Son ordinateur portable dans un sac à dos et son matériel photographique sur l'épaule, il parle au téléphone. Vraisemblablement, Tunis n'attire plus les touristes, mais plutôt les journalistes.

Je suis perdue dans mes pensées quand tante Neila me tire par la manche.

— Lila, ta maman est là! Oh mon Dieu, je n'en crois pas mes yeux! Lila, dépêche-toi, elle arrive...

Maman s'avance vers nous. Ses cheveux ondulés lui tombent jusqu'aux épaules et pour la première fois j'aperçois quelques mèches grises dans son abondante chevelure. Tout à coup, je la trouve bien menue. Toute petite comme une jeune fille qui débarque avec ses valises pour la première fois dans un pays étranger. J'ai une soudaine envie d'aller vers elle et de la prendre dans mes bras. Mais je me retiens. C'est tante Neila qui le fait à ma place. Je reste à côté d'oncle Mounir. Son visage est bouleversé.

— Nadia, ma chérie, toutes ses années sans te voir! Tu n'as pas changé. Les mêmes yeux, la même démarche. Qu'est-ce que tu nous as manqué!

Nadia et Neila s'embrassent, pleurent et rient tout à la fois. Je profite d'un moment de calme entre les deux amies pour m'approcher de maman. Je l'embrasse sur les joues. Elle me serre dans ses bras :

— Ma chère Lila! Comme je suis fière de toi...

— Moi aussi, je suis contente de te revoir, maman.

Finalement, c'est le tour d'oncle Mounir, il se tient debout devant maman, comme une sentinelle.

— *Marhaba bik fi Tounis, ya lilla Nadia* [19]. Toute une éternité! Je ne suis pas devenu avocat, comme je le voulais, mais comme tu vois, j'ai épousé la femme de ma vie et je suis encore vivant contre vents et marées...

Maman lui serre la main et l'embrasse sur les deux joues. Ses larmes coulent encore. Elle n'arrive pas à prononcer un mot.

On se dirige lentement vers la voiture. Le chemin de retour est animé. Maman, tante Neila et oncle Mounir n'arrêtent pas une minute. Moi, je ne dis pas un mot. Je pense aux jours qui s'en viennent. Qu'est-ce qui va se passer dans les rues? Je pense à Donia et Jamel, comment vont-ils terminer leur lutte?

— Quelqu'un m'a dit que tu fais de la politique. Est-ce vrai?

À la question de maman, je sens mes joues brûler.

— Quelle politique? dis-je lentement en pesant mes mots sans laisser paraître aucun signe de désarroi.

---

19. Bienvenue à Tunis, dame Nadia.

Tante Neila étouffe un rire nerveux.

— Lila, surtout, ne m'en veux pas. J'ai glissé quelques mots à ta mère sur Donia et Jamel et le travail que vous faites ensemble... Je ne pouvais pas rester silencieuse. Enfin, Nadia me connaît, je suis trop franche...

Je comprends mieux maintenant. Maman a tout su. Elle est venue pour me sauver de la révolte. Elle est venue sur les conseils de tante Neila qui avait trop peur pour ma sécurité.

— En fait, quand Neila m'a raconté ce que tu faisais avec ces jeunes, ma première réaction a été de me sentir toute fière de toi. Lila, ma propre fille, en plein Tunis, en train d'aider les jeunes d'ici dans leur lutte contre la tyrannie, je n'en revenais pas. Mais tout de suite après, j'ai eu peur. Peur pour toi, mais aussi peur de rater une occasion de voir une révolution me filer sous les yeux et c'est pour ça que j'ai tout laissé tomber, j'ai pris le premier avion et suis venue. Même ton papa ne pouvait pas croire ma réaction subite.

Pauvre papa, il est resté tout seul. Lui aussi me manque. J'aurais voulu le voir, lui aussi. L'embrasser, lui tenir la main et rester un moment en silence à ses côtés.

Je ne réponds pas. À quoi ça servirait? Maman sait tout. Et puis, elle ne semble pas inquiète outre mesure.

Mais soudain son visage s'ombrage :

« Il y a une autre raison pour laquelle je suis à Tunis... »

Elle laisse échapper un long soupir, puis continue :

« Mes parents... Le temps est venu pour moi de revoir mes parents. »

27

«J'ai rencontré un jeune Canadien et j'aimerais que vous fassiez sa connaissance.» Mille fois, je me suis répété ces mots devant le miroir de la salle de bain pour que ma langue ne fourche pas, pour que la peur ne paralyse pas mes membres et pour que l'expression sur le visage de ma mère ne me fasse pas changer d'avis à la dernière minute. Je répétais ces mots afin de me sentir capable d'affronter la réaction de mes parents. Je les répétais, devant le miroir, les mains appuyées sur le lavabo comme pour me préparer à la catastrophe qui risquait de s'abattre sur notre famille.

Au début, Neila n'était pas d'accord avec ma décision.

— Non seulement tu as choisi un *gaouri*, mais en plus tu veux partir avec lui au Canada! Mais qu'est-ce qui t'arrive Nadia? Tu lis beaucoup trop de livres. Tu as perdu la raison.

— Mais Alex est gentil, il m'aime, il est sincère, il veut vraiment m'aider. En plus, en allant au Canada, j'aurai la chance de continuer mes études. Est-ce que tu t'en rends compte, Neila! D'une pierre, deux coups! J'aime Alex, oui je l'aime vraiment et je suis prête à partir avec lui, c'est le seul qui puisse vraiment m'aider…

Le visage de Neila s'est empourpré, elle semblait jalouse.

— Mais il n'est même pas musulman... Tu acceptes de te marier à un chrétien... Et tes enfants, quelle religion leur donneras-tu ? Hein, as-tu pensé à ces choses-là, Nadia ?

Encore une fois, Neila me montrait toute mon ignorance et ma naïveté. Je n'avais pas du tout pensé à ces questions-là. Je ne savais même pas quelle était la religion d'Alex. En avait-il une ? Comment pouvais-je me marier avec lui en Tunisie s'il n'était pas musulman ? Comment avais-je bien pu oublier un détail aussi important ?

Confuse, j'ai répondu :

— Je n'ai pas pensé à sa religion. Ce qui compte pour moi, c'est l'amour... Et puis, qu'en sais-tu, il pourrait devenir musulman, c'est une formalité, n'est-ce pas ?

Neila a haussé les épaules :

— C'est à toi de choisir. Il doit devenir musulman pour pouvoir te marier. La cousine de ma mère a vécu la même chose. Son mari s'appelait Hervé Beaudoin, quand il s'est converti à l'islam, il a changé, il est devenu Hédi Bouraoui. Ma mère dit qu'il boit du vin et qu'il mange du *hallouf*[20]. Comme les *gaouri*. Il est devenu musulman juste pour la forme. Tu crois qu'Alex fera la même chose ?

C'était à mon tour de rougir. J'avais honte de moi, de ma naïveté. Et moi qui croyais que je savais tout, que mes lectures m'apprenaient tout de la vie. Neila, quant à elle, avait l'intelligence du peuple. Elle comprenait les choses simplement, tout comme ma mère. C'était une vraie Tunisienne. Je ne l'étais pas assez et vraisemblablement, bientôt, je ne le serais plus du tout.

J'en ai parlé à mes parents un dimanche.

---

20. Cochon en dialecte nord-africain.

Comme tous les dimanches, ma mère avait préparé un couscous. Un couscous à la viande d'agneau et aux légumes. On n'était pas encore à la fin du mois et nos finances se portaient relativement bien. L'ambiance familiale était plutôt bonne. Jusqu'au moment où j'ai ouvert la bouche et ai lancé ma bombe.

— C'est quoi, cette histoire? Maintenant, tu parles de jeune homme et d'amour. Il ne manquait plus que ça!

Ma mère a laissé tomber la grande cuillère en bois d'olivier qu'elle utilisait pour remplir nos assiettes de grains de couscous.

Elle a pris sa tête entre ses mains et a commencé à pleurer comme une petite fille. Jamais je ne l'avais vue de la sorte. Je regrettais presque mes mots. Mais c'était trop tard. Mes parents connaissaient mon secret.

— Fatma, s'il te plaît, arrête, a péniblement murmuré mon père. Fatma, calme-toi!

Mais ma mère ne voulait rien entendre. Elle a continué de gémir comme un animal à qui on aurait tranché la gorge, puis soudain, elle m'a dit :

— Qui est ce jeune homme que tu veux qu'on rencontre? Un Canadien, c'est bien ça? Tu as fait de nous la risée du quartier avec ton expulsion, et maintenant, tu veux qu'on ne sorte plus de chez nous? Que veux-tu faire à tes parents? Les tuer? Les envoyer au cimetière? Hein? Tu es muette? Tu as perdu ta langue? Et pourtant, tu sais parler aux garçons. Et pas n'importe quel garçon, des *gaouri* de surcroît. Oh mon Dieu, qu'ai-je fait de ma vie? Avoir donné naissance à une honte pareille. Tu es une honte, voilà ce que tu es devenue.

C'était à mon tour de pleurer. Je versais des larmes en silence. Je ne voulais pas voir mes parents aussi déconcertés, perdus, ne sachant que faire.

Papa n'a rien dit. Il a apporté un verre d'eau à ma mère. Il y a versé quelques gouttes d'eau de fleur d'oranger. Il a ajouté un peu de sucre et a tendu le verre à ma mère.

— Tiens, bois une gorgée, ça te fera du bien. Calme-toi pour le moment. Je vais parler à Nadia. On règlera le problème.

Discrètement, je me suis retirée dans ma chambre. Le couscous est resté froid sur la table. Les gargouillis de mon ventre me parvenaient faiblement, mais je n'avais plus envie de manger. Qu'allait-il advenir de moi ? Qu'allait-il advenir de mes parents ?

C'est mon père qui est venu me trouver dans ma chambre. Le visage blanc encore choqué par la nouvelle, il m'a dit sèchement :

— Alors, c'est qui ce garçon que tu veux qu'on rencontre ?

— C'est un jeune homme que j'ai connu au centre culturel américain. Il s'appelle Alexandre Martin. Il travaille comme informaticien. On se parle comme des amis, c'est tout...

Je n'arrivais pas à dire toute la vérité à mon père.

— Qu'est-ce que tu veux dire, comme des amis ? Tu sais bien qu'à votre âge, il n'y a plus vraiment d'amitié innocente entre filles et garçons, n'est-ce pas ?

— Papa, je te le jure, il n'y a rien à craindre. Alexandre a de bonnes intentions... Il ne me veut pas de mal... Il veut juste me... marier et qu'on parte ensemble au Canada.

Le visage de mon père s'est assombri davantage. Jamais je ne l'avais vu aussi irrité.

— Tu n'as que dix-huit ans et tu parles d'épouser un étranger et de partir avec lui au Canada ? Mais Nadia, qu'est-ce qui te prend ?

Je cherchais mes mots. Je n'en trouvais aucun.

« Tu penses que les choses sont faciles ? Et nous, tes parents, qui t'avons élevée, instruite ? Tu nous jettes à la poubelle. Tu t'en fous de nous ou quoi ? »

— Bien sûr que non… Papa, je voulais tout simplement que vous le rencontriez…

Il m'a interrompue :

— Pour quoi faire ? Pour admirer ses beaux yeux ? Dis-moi pourquoi veux-tu que je fasse connaissance avec ce Canadien ? Songes-tu sérieusement à l'épouser ?

J'ai baissé les yeux. Je revoyais Alex. Allais-je tout laisser tomber ? Où devais-je prendre mon courage à deux mains et crier haut et fort la vérité. Je me sentais un peu plus assurée.

— Je me suis dit que si je me mariais avec lui, je pourrais aller étudier au Canada. Mon avenir serait ainsi sauvé…

— Et notre avenir, à nous ? Nous, tes parents, as-tu pensé une seconde à nous ?

— Je vous aime, papa, et je ne veux pas vous laisser tomber. Mon expulsion du lycée a été injuste, tu le sais. Alex… Alexandre est gentil, il peut m'aider. Il me veut du bien…

— Et tu le défends à présent. N'as-tu pas pensé que c'est un chrétien et que tu ne peux pas épouser un chrétien ? N'as-tu pas réfléchi à tout ça ?

Encouragé par ce semblant d'ouverture de la part de mon père, je me suis hasardée :

— Mais il peut devenir musulman, papa. S'il est vraiment sérieux, il deviendra sûrement musulman. Je te le promets.

Papa n'a rien dit. Il est sorti de ma chambre. J'entendais les cris de ma mère. Papa lui a tout raconté.

— Je vais la tuer, cette vermine, laisse-moi faire, je vais en finir avec elle...

La voix de mon père a repris le dessus.

— Tu ne feras pas ça, Fatma. Je vais régler cette affaire. Fatma, calme-toi.

Je ne suis plus sortie de ma chambre. J'avais trop peur de confronter mes parents. J'aimais Alex. Je l'ai su aujourd'hui quand j'ai parlé de lui devant mes parents. J'aimais un garçon qui venait d'une autre culture, qui avait d'autres valeurs et qui appartenait à un autre pays. J'étais attiré par lui, par son sourire, par ses yeux, par son calme et par sa courtoisie. Tout en lui m'attirait. Mais quoi d'autre savais-je de lui ? Rien ou presque. Peut-être qu'il se lassera de moi une fois rendu au Canada ? Peut-être qu'il me battra ? Peut-être qu'il me laissera tomber ? Avec un mari tunisien, j'aurais toujours mes parents pour me soutenir si jamais les choses tournaient mal. Mais si je pars avec Alex au Canada et qu'il se révèle méchant ou mauvais, je serai seule livrée à lui. Je n'aurai personne pour me défendre.

Les cris de ma mère me parvenaient de la cuisine et me faisaient l'effet d'un marteau qui me fracassait les os. Ma mère n'était pas ma meilleure alliée ces jours-ci. Sa réaction à mon expulsion du lycée a été trop pénible pour moi. Mais de la voir dans cet état me rendait triste et coupable. Oui, je me sentais coupable de son malheur. De ce malheur de voir sa fille unique s'effriter devant ses yeux comme une relique des temps anciens. Ses pleurs me fondaient le cœur en un ruisseau de lave bouillante. Je souffrais aussi pour mon père. De le voir impuissant, incapable de faire quoi que ce soit. Déchiré entre son amour paternel et sa position d'autorité qu'il n'a jamais pu assumer, mais qui semblait aujourd'hui plus vulnérable que jamais.

Toujours terrée dans ma chambre, broyée par le chagrin de mes parents, je n'avais qu'une seule image en tête, celle d'Alex et de moi à ses côtés, marchant dans la médina après notre visite avortée de la mosquée Zitouna. Alex était le seul qui me comprenait dans mes malheurs, il était le seul qui m'offrait une solution pour sortir de cette injustice. Je n'allais pas le laisser tomber. J'allais briser mes peurs et me libérer de ses attaches qui me retenaient les pieds chaque fois que je voulais avancer vers la liberté. Une nouvelle idée était en train de germer dans ma tête. Je partirais avec Alex coûte que coûte. Je m'enfuirais avec lui. J'étais décidée. Personne ne m'arrêterait. Pas même mes parents.

28

Je fais la connaissance de mes grands-parents le jour où
les troubles atteignent leur comble dans tous les quartiers
populaires de Tunis. La cité Ettadamoun est à feu et à sang.
Ma mère, qui ne m'a jamais parlé de ses parents, autrement que pour dire qu'ils sont vieux et qu'ils habitent en
dehors de Tunis, me surprend aujourd'hui en m'annon-
çant que nous allons leur rendre visite. Faut-il attribuer
ce silence à mon indifférence ou au peu d'enthousiasme
démontré par ma mère à l'égard de ses parents? Les deux,
peut-être?

— Et où habitent-ils? lui demandai-je avec curiosité.

— À Tébourba. C'est une petite ville charmante dont
l'histoire est ancienne. Il y a là de belles terres agricoles et
des gens bons et simples, me répond-elle, les yeux humides.

Nous sommes à Tunis, à la place Barcelone. Il y a des
policiers à tous les coins de rue. Tandis que notre taxi nous
conduit à la gare Centrale d'où nous prendrons un autobus, je crois apercevoir un char militaire installé devant
un grand édifice. Nous attendons l'autobus qui n'arrive
toujours pas. Ma mère évite mon regard. Ses yeux fatigués

cherchent impatiemment le bus bleu, que l'oncle Mounir nous a vivement conseillé de prendre et qui tarde à venir.

« Mes parents se sont installés à Tébourba après… après mon départ au Canada. Mon père avait aménagé la vieille maison de ses parents et ils sont allés y habiter », m'explique-t-elle enfin.

Les mots sortent difficilement de sa bouche.

— Et pourquoi tu ne m'en as jamais parlé ? Pourquoi tu ne parlais pas de tes parents ? Tu ne me parlais que de tante Neila et d'oncle Mounir. Pourquoi voulais-tu que j'aille apprendre l'arabe en Tunisie alors que toi, qui y as grandi, tu ne gardais aucun contact avec tes origines ?

Sans m'en rendre compte, j'élève la voix. Quelques passants se retournent pour nous dévisager. L'odeur suffocante de la fumée venant de ces hordes d'autobus remplit l'air. Je me sens étourdie. Mes poumons crient à l'aide.

— Ce n'était pas ce que je voulais. Mes parents n'ont jamais accepté que je marie ton père. Ils ne voulaient plus me voir. Ça me fendait le cœur, mais je ne pouvais faire autrement que de partir. Heureusement que Neila me donnait de leurs nouvelles. Je ne voulais pas trop t'en parler parce que je ne voulais pas que tu les détestes pour avoir rejeté ton papa. Aujourd'hui, je pense que le temps est venu d'aller leur rendre visite. Je te prends avec moi. Peut-être qu'ils vont me pardonner…

Lui pardonner le choix de son mari ? Je veux poser une autre question. Trop tard, une foule a déjà pris d'assaut la porte de l'autobus bleu qui vient de se garer devant nous.

Ma mère me pousse légèrement vers l'avant, il faut faire vite pour dénicher une place.

Heureusement que nous trouvons deux sièges. Assises l'une à côté de l'autre, nous attendons en silence que l'autobus démarre.

Je regarde les paysages déferler rapidement devant mes yeux, comme des images tirées d'un magazine. Un arbre penché sur le bord de la route. Une charrette tirée par un âne. Une usine délabrée. Deux hommes marchant, l'air rêveur, le regard lointain. Aucun fil conducteur. Les images se succèdent. Les questions me remplissent la tête.

— Est-ce que c'est loin, Tébourba? dis-je pour briser le silence qui s'est installé entre nous.

— Une trentaine de kilomètres. Tu vas voir, c'est très beau. Tébourba est une ancienne ville romaine. Thuburbo Minus, c'est comme ça que les Romains l'appelaient. Il y a même eu des martyrs chrétiens aux premiers siècles du christianisme en Afrique. Plus tard, ce sont les Maures, des Andalous qui avaient fui l'inquisition de l'Espagne, qui sont venus s'y installer et construire la ville telle qu'on la voit à présent. Tu verras, c'est magnifique...

Le même enthousiasme avec lequel elle me rebattait les oreilles au Canada en parlant de son pays. Un enthousiasme qui a remplacé la fatigue que je vois encore dans son regard. Toute cette histoire qu'elle m'a cachée. Toute cette partie sombre de sa vie qu'elle a si bien camouflée dans notre calme et monotone quotidien canadien. Et moi qui ne voulais rien savoir. Et moi qui me cachais les yeux devant tellement d'histoires. L'emprisonnement de l'oncle Mounir, mes grands-parents... Des secrets bien gardés par ma mère devant une indifférence trop affichée de ma part?

— Est-ce que tu es déjà allée à Tébourba? murmurai-je finalement.

— Quelques fois, quand j'étais enfant. Mais quand mes grands-parents sont morts, que Dieu bénisse leur âme, mon père a fermé la maison, jusqu'à ce que je parte au Canada, et là...

Elle s'arrête net, sort un mouchoir et s'essuie les yeux.

Je regarde encore par la fenêtre. Un fleuve longe la route.

Ma mère range son mouchoir et s'exclame, en pointant du doigt vers les rives du fleuve :

« Tiens, regarde, c'est la Medjerda, le Saint-Laurent tunisien ! »

Je souris. Ma mère aussi. Nous avons les mêmes points de référence. Le Canada a séparé ma mère de son pays natal, mais le voilà revenu en force nous réunir ici dans un autobus bleu pour aller retrouver nos racines.

« Ce sont les eaux abondantes de ce fleuve qui font que cette région est l'une des plus fertiles du pays… », continue ma mère.

Elle n'a pas le temps de terminer sa phrase. Nous sommes déjà arrivées. De loin, j'aperçois un monument entouré d'un jardinet délimité par une clôture peinte en noir.

Devant l'arrêt d'autobus, ma mère me paraît un peu perdue. Les voitures de police pullulent. La révolution vit parmi les gens. Je frissonne.

Il y a des marchands ambulants partout. Des vendeurs de pain, de légumes, de cigarettes, des badauds. Des motocyclettes roulent dans tous les sens. Je regarde tout ce beau monde avec des yeux curieux. Discrètement, ma mère s'adresse à un vieux monsieur assis sur une chaise, une petite table à ses côtés et un verre de thé à la main.

Le vieux monsieur, l'air frêle, une chéchia sur la tête pour couvrir ses quelques cheveux blancs, lui montre du doigt une rue.

— Lila ! crie ma mère en me prenant par la main, c'est par ici, je ne reconnais plus rien… Tout a changé. Heureusement que cet homme connaît notre maison.

Nous marchons dans une rue qui se termine par une ruelle. Un sac de poubelles éventré par la patte d'un animal traîne dans l'allée. Un chat maigre traverse devant nous en courant. Au bout de la ruelle, une petite mosquée avec un dôme peint en vert. Et là, à notre gauche, une maison. Nous sommes arrivées devant une porte peinte en rouge avec un bord bleu ciel. De vieilles colonnes en pierre jaune entourent la porte, garnie de deux heurtoirs en laiton. Ma mère met la main sur l'un d'entre eux.

Nous attendons un moment. Une éternité. Un vieux monsieur nous ouvre. C'est sans doute mon grand-père. Il a le même front que ma mère. Le même front que le mien. Il nous regarde pendant quelques secondes. Il plisse ses yeux comme pour mieux comprendre ce qui se passe.

— Papa, c'est moi, ta fille, Nadia, dit maman en criant presque.

Sans attendre la réaction du vieux monsieur, elle se jette dans ses bras. Je reste là, un peu à l'écart, ne sachant que faire de mes mains ou de mes sentiments.

Le vieux monsieur, mon grand-père, se tourne vers moi. Il me sourit. Une bouche édentée. Il se penche vers moi, puis, dans un français tremblotant, il me fait signe de la main.

— Approche-toi, ma fille. Tu dois être Lila. Oh, mon Dieu, comme j'ai attendu ce moment!

Il me prend dans ses bras. Je l'embrasse maladroitement sur la joue. Un grand sourire illumine son visage envahi par les rides.

Une vieille dame, les cheveux bien coiffés, s'approche à son tour.

Ma mère s'empresse d'aller l'entourer de ses bras. C'est ma grand-mère.

Elle a l'air surprise. Son regard est confus. Elle ne comprend pas cette scène étrange qui se tient sur le seuil de sa porte.

— Fatma, viens par ici, c'est Nadia et sa fille Lila. Ne t'ai-je pas dit maintes fois qu'elle reviendrait ? Je le savais, mon cœur ne se trompe jamais, je savais qu'un jour elle reviendrait. Ce jour, c'est aujourd'hui ! Dieu est Grand !

29

Chère Neila,

Qui aurait cru qu'un jour je t'écrirais une lettre du Canada ? Je suis à Ottawa, la capitale de ce vaste pays qui me fait encore peur. Moi, Nadia, jeune fille naïve qui pensait que le Canada n'existait que dans les films d'aventures. Et pourtant, ma chère, c'est bien vrai, je t'écris de ce pays-là. Tu es peut-être encore en colère contre moi, car je t'ai laissée tomber ! Je n'avais pas le choix. La Tunisie m'a laissée tomber, moi aussi. Non, non, ce n'est pas la Tunisie ! Ce sont les Tunisiens qui m'ont laissée tomber. M. Kamel, Sonia, ma mère, le lycée, le régime, les policiers... Ils ont tout fait pour me marginaliser. Je n'avais d'autre choix que de partir. C'est à contrecœur que j'ai quitté mon pays. Le cœur gros comme une pastèque. Tu te rappelles les grosses pastèques vertes de forme allongée, comme des seins qui tombent, qu'on vendait sur le bord des routes de campagne ou entassées les unes sur les autres dans l'arrière d'un camion 404 Peugeot ? On les mangeait ces pastèques les jours de canicule et le jus rose et granuleux nous coulait sur le menton. On rigolait et on s'essuyait la bouche avec les mains. Puis on s'attaquait aux graines noires, on en cassait l'écorce avec nos dents et on suçait les graines blanches qui se trouvaient à l'intérieur. Et on passait toute la soirée à se raconter des histoires stupides. Comme nous étions insouciantes! Plus maintenant, Neila. Nous sommes devenues cyniques et amères. Nous sommes devenues adultes.

Je suis partie comme une voleuse qui sort d'un magasin en courant. J'ai quitté le pays que j'aime et les gens que j'aime pour aller vivre avec l'homme que j'aime. C'est dur, Neila. Peut-être que tu ne me le pardonneras jamais, mais c'est vrai que je suis partie en cachette. J'ai accompagné Alex. Mais il ne m'a jamais touchée avant le mariage. Je n'ai pas commis de péché, je le jure sur la tête de mon père. «Ib», ne cessait de répéter ma mère en parlant des choses qu'elle désapprouvait. J'imagine que j'ai commis plein de ib à ses yeux. Alex, quant à lui, est devenu musulman. Il a prononcé sa Chahada devant un imam. Et surtout, ne te fais pas de mauvais sang, il ne boit pas de vin ni ne mange de cochon comme ce Hédi Bouraoui, le mari de la cousine de ta mère. C'est le même imam qui a témoigné de sa conversion à l'islam qui nous a mariés. Am Salam, c'est comme ça qu'il s'appelle. Un pauvre imam que nous avons rencontré dans les souks de Tunis. Nous avons marché pendant des heures pour trouver quelqu'un qui voudrait nous croire. Une Tunisienne et un Canadien.

Nous avons enregistré notre mariage à la mairie de Tunis. L'homme qui tenait les registres de l'état civil m'a regardée avec un air réprobateur. «Ya binti, pourquoi te maries-tu à un chrétien? Il y a encore de bons garçons musulmans dans la ville. Pourquoi faire ça? Il s'est converti juste pour te marier. Il ne le fait pas pour Dieu, mais pour toi. Ça, c'est mauvais.» Il m'a chuchoté ces mots. Puis il m'a tendu les papiers en attendant ma réponse. Mais je n'ai rien dit. Alex voulait savoir ce que l'homme racontait. « Rien, il nous souhaite bonne chance! » Alex a souri faiblement. Il n'était pas dupe.

Tu connais les gens de chez nous, Neila, ils fourrent le nez partout. Cet homme, à la mairie, ne fait pas exception. Quand je marchais avec Alex dans les rues, j'entendais des hommes murmurer : « Oh, la pute, tu vois ce que deviennent nos filles, elles se prostituent avec les gaouri! »

J'ai pleuré le soir quand je me suis rappelé ces mots. Et tu sais quoi, Neila, j'étais trop faible pour leur répondre. La peur qui nous lie la langue. La peur que Botti nous fait sucer de force comme un bonbon amer. Par la force d'un regard, par la violence d'un mot. Cette peur s'est mélangée à la honte. Le sentiment de honte me poursuit jusqu'au plus profond de moi.

J'ai attendu quelques semaines avant d'obtenir mon visa. Alex a tout arrangé, les billets d'avion, les papiers, tout! C'est un garçon formidable. Je suis sûre que Mounir saura te rendre heureuse, comme Alex me rend heureuse.

Pas de kesoua brodée pour mon mariage. Pas de henné dans mes mains. Pas d'orchestre assourdissant. Pas de bouteilles de gazouz pétillantes servies dans des plateaux qui louchent d'un côté à force d'être remplis. Rien. Pas même un au revoir à mes parents. J'en ai le cœur brisé. Mais tu les salueras de ma part. Je viendrai les voir quand les choses iront mieux.

Hier, c'était la fête nationale du Canada. Le jour où le Canada est devenu un vrai pays. Un peu comme la fête de l'Indépendance chez nous. Mais à Tunis, nous restions à la maison. Il n'y avait pas de fête. Nous étions

contents parce que c'était le début des vacances du prin-
temps. Et puis, nous regardions les nouvelles le soir et les
défilés militaires ennuyeux où des dignitaires se serrent
la main. Ici, ce n'est pas pareil. Alex et moi sommes
allés devant le grand parlement canadien. Un très bel
édifice. L'équivalent de notre assemblée de Bardo. Mais
pour la grandeur, rien à voir! Il y a une grande tour qui
se termine par une horloge. Un toit vert en cuivre et une
foule joyeuse qui vient célébrer la naissance de ce pays.
Alex est gentil avec moi. Nous habitons un appartement
près de l'Université d'Ottawa. Alex travaille dans une
boutique d'informatique. Il a tout de suite trouvé un
travail. Pas besoin de relations. Pas besoin de connais-
sances. C'est tellement différent de chez nous. Il a juste
donné son CV et on lui a fait passer une entrevue.

Tu me manques, Neila. Ma vie en Tunisie me manque.
Les banalités de tous les jours. Nos disputes et nos éclats
de rire. Mes parents aussi. Maman a dit qu'elle n'avait
plus de fille. Papa s'est tu. Ses paroles ont laissé la place
au silence. Est-ce que tu vois mes parents parfois? Que
te disent-ils? Un jour, si j'ai une fille, je la nommerai
Lila. C'est ta couleur préférée. Tu te rappelles comment
tu dansais sur la chanson Lila, de Gérard Lenormand?
On devait avoir douze ans. Tu tournais comme un
carrousel en fête jusqu'à ce que tu tombes sur le lit,
étourdie. Puis tu te relevais en titubant et tu reprenais
de plus belle. Je ne pouvais pas t'arrêter. Te rappelles-
tu encore toutes ces bêtises, Neila? Moi, je n'ai rien
oublié. Quand Alex est au travail et que je me sens
triste, je ferme les yeux et je me rappelle tout ça. Et
alors, ma tristesse se dissout comme du sel dans l'eau.
Je pleure aussi, mais je ne dis rien à Alex. Je ne veux
pas qu'il sente que je suis malheureuse, mais au fond,
je crois qu'il s'en doute. Il ne dit rien. Il m'embrasse sur
la bouche et j'ai envie de rester à jamais dans ses bras.

C'est drôle de te raconter ça, à toi, à celle qui m'a tout appris sur les garçons. Et moi qui pensais que tu allais te marier avant moi! Et moi qui étais un peu jalouse de te voir si heureuse avec Mounir! As-tu des nouvelles de lui? Quand sortira-t-il de prison? Vois-tu encore son petit frère, Mohamed? Tu sais, j'en ai parlé à Alex. Il me dit qu'on pourrait faire quelque chose à partir d'ici. Il y a un bureau d'Amnistie internationale à Ottawa. C'est une organisation pour les droits de la personne. Ils aident les personnes emprisonnées partout dans le monde. Ils militent contre la torture. J'irai les voir et leur parler de la répression en Tunisie. Je leur parlerai de Mounir, de son militantisme, de son arrestation injuste. Qui sait, peut-être pourront-ils faire quelque chose? Peut-être sera-t-il libéré?

Ah, j'oubliais de te dire une bonne nouvelle. Je suis sûre que tu seras contente pour moi. Je vais recommencer mes études dans un lycée. Un vrai lycée, ma Neila. Ici, on appelle ça un « institut collégial ». Le mien a pour nom Lisgar. Je n'en avais jamais entendu parler avant. Il faut dire qu'ils ont des noms bizarres, ici. Oui, je vais reprendre mes études. Mais tout en anglais. Ça va être difficile, mais je me sens capable de réussir. Un jour, tous ces minables qui m'ont expulsée du lycée, à Tunis, regretteront leur geste. Je leur montrerai ce dont je suis capable. J'entends ton éclat de rire dans mes oreilles. Tu te moques de moi? Tu trouves que je suis ridicule, n'est-ce pas? Mais ce n'est pas grave, j'aime t'entendre rire. Ça me donne envie de rêver, ça me garde en vie. En fait, je ne vis que pour rêver...

Je t'embrasse, ma chère Neila.

Nadia

30

Deux jours chez mes grands-parents. Deux jours de larmes et de rires. Deux jours où le passé s'est marié au présent pour donner naissance à moi, Lila, la Canadienne, la Tunisienne, l'hybride, le rêve incompréhensible. On dit souvent que le passé efface les blessures. Je ne sais pas. Moi, je n'ai pas de passé. Seul le présent compte. Mais là, tout d'un coup, d'immenses blessures se sont ouvertes dans mon cœur. L'une après l'autre, comme des balles tirées en cascade. La fuite de ma mère, son mariage avec mon père, la rencontre avec mes grands-parents.

Mes grands-parents vivent modestement dans cette vieille maison arabe. Deux petites chambres, une cuisine et une cour intérieure. Pas même de salle de bain, juste une toilette minuscule avec un lavabo où on peut à peine glisser les deux mains pour les laver, au-dessus un miroir tacheté de noir rongé par l'humidité.

— On ne se douche pas ici ou quoi ? demandai-je à ma mère, l'air un peu agacé de ne pas trouver mes repères hygiéniques.

J'ai baissé le ton pour que personne ne m'entende, mais les antennes de ma grand-mère ont capté ma voix.

— Qu'est-ce qu'elle veut, ta fille? dit-elle, le regard retourné vers ma mère, un sourire interrogateur sur les lèvres.

Ma grand-mère parle à ma mère comme à une invitée à qui on voudrait faire plaisir. Les gants ne sont pas tombés à 100 %. Le passé resurgit dans chaque mot, chaque silence ou chaque regard. Elle n'attend pas la réponse de ma mère, qui cherche encore ses mots. Elle me dit dans un mélange d'arabe et de français, que je comprends sans peine.

— Tu veux... douche? Je mets l'eau sur le gaz. Douche dans la toilette...

Ma mère l'interrompt doucement :

— Lila n'a pas vraiment pas besoin de prendre une douche. Elle veut savoir où est-ce qu'on prend une douche habituellement. Ne te dérange pas, *Ommi*, tu n'as pas besoin de réchauffer l'eau. Elle a pris une douche hier chez Neila...

Puis, elle me dit :

« Lila, les maisons arabes avaient rarement une salle de bain parce que les gens allaient au *hammam*. Il y a un *hammam* dans chaque coin de rue presque, le matin pour les hommes et le soir pour les femmes et les enfants... »

À partir d'une question anodine, je me trouve inondée par un flot d'informations dont je ne sais que faire. Ma mère n'arrête pas d'embrasser ses parents. Une fois sur la joue droite, une autre fois sur la joue gauche, une fois c'est le front ou la main droite. J'ai trouvé mon grand-père Ali, gentil et doux. Il s'adresse à moi toujours en français et ça énerve un peu sa femme, car elle ne peut pas tout comprendre. Ce sont les rares fois où je sens qu'il gagne sur elle.

Ma grand-mère Fatma n'est pas méchante, mais disons que je la trouve un peu spéciale, un peu excessive dans tout. Dans ses regards, dans ses remarques, dans ses sentiments.

La pièce où on a passé notre première soirée ensemble tient lieu de salon. Il y a deux lits en bois. Un genre de sofa-lit étroit avec des bras et un dos. Des petits coussins garnissent les deux sofas-lits tout autour et, au milieu, un matelas en mousse recouvert du même tissu utilisé pour les coussins offre assez d'espace pour s'asseoir confortablement et s'allonger. Au centre, une table basse avec un vase rempli de fleurs de plastique. Un grand tableau cache l'un des murs. Sur le tableau, on aperçoit une scène lugubre d'une nature morte. Je me demande où mes grands-parents ont pu dénicher cette horreur. Une vieille télé repose dans un coin et une étagère remplie de livres défraîchis à côté. Sur cette même étagère, une photo de moi bébé, je devais avoir deux ou trois ans, dans le parc Andrew Haydon à Ottawa en train de regarder les oies sauvages.

Toute la soirée, ma mère n'a pas cessé de poser des questions. Mes grands-parents s'empressent toujours d'y répondre.

— Et la petite Najwa, qu'est-il advenu d'elle ? a demandé ma mère à ma grand-mère Fatma.

— Elle n'a jamais terminé ses études. Hédia, sa maman n'arrivait plus à joindre les deux bouts, même avec l'héritage que lui a laissé son pauvre mari. Six enfants, tu te rends compte ! Alors Najwa s'est mariée. Avec un docteur qui travaille en Arabie Saoudite. Elle est venue nous rendre visite une ou deux fois. Elle a pris du poids. Elle bouge difficilement. Mais toujours, un amour, cette fille…

Ma mère semble déçue de l'histoire de Najwa, ses yeux sont de nouveau tristes. Grand-mère Fatma continue :

— La prochaine fois qu'elle viendra me voir, je lui demanderai de te parler sur l'ordinateur. Tout le monde utilise *ski* ou *skibe*, ou je ne sais quoi… Tu parles devant l'ordinateur et l'autre te répond. J'ai vu notre voisine parler ainsi à son fils installé en France. Chez nous, on a seulement un téléphone qui fonctionne à peine...

Son regard se pose sur un vieil appareil qui semble sorti d'un livre d'histoire placé sur une petite table dans un autre coin de la pièce.

Ma mère répond :

— Oui, c'est une bonne idée. Dis-lui de m'appeler sur *Skype*, c'est ça. J'aimais beaucoup Najwa, j'aimerais bien lui parler après ces longues années... Tellement de choses à se dire...

Je me sens un peu confuse. Je ne connais ni Najwa ni aucune des personnes dont les noms surgissent dans la conversation animée entre ma mère et ses parents.

Je pense à papa. Pourquoi ces gens-là, la famille de ma mère l'ont-ils rejeté ? Pourquoi n'ont-ils jamais voulu l'avoir comme gendre ? Et comme si ma grand-mère lisait dans mes pensées, elle me surprend en me disant :

— Ya Lila, tu ressembles à ta mère, comme deux gouttes d'eau, sauf tes yeux, tu les as pris de ton père. Il doit se sentir seul, le pauvre Iskander, vous l'avez laissé, toi et puis ta mère. Pas de femme pour lui préparer à manger, pas de fille pour lui tenir compagnie...

Ses yeux brillent de malice. Je ne sais pas si elle est sincère ou sarcastique. Ma mère, dont le visage vient de se crisper à la mention de la version arabe du nom de mon père, s'est tout de suite détendue. La question de ma grand-mère, sincère ou non, a touché à la porte secrète, celle qui est dans l'esprit de tous, mais celle qui crispe aussi tout ce beau monde.

— Alex se porte bien, *Ommi*. Je lui ai laissé plein de nourriture au congélateur. En plus, il sait bien cuisiner. Il se débrouille pas mal... Encore quelques jours, puis on sera avec lui, *incha Allah*...

Ma grand-mère est surprise, son regard curieux la trahit :

— Qu'est-ce qu'il sait faire, des tajines, des soupes, du coucous ? Est-ce qu'il connaît notre cuisine ?

— Il sait tout. Nous avons appris ensemble. Je me rappelle les choses que je mangeais petite et j'essaie de cuisiner les plats et lui, il m'aide…

Fatma écarquille les yeux. Mon grand-père ose glisser :

— Un jour, il viendra et goûtera à tes petits plats délicieux, Ya Fatma…

Elle ne dit pas un mot, comme si elle regrette déjà que mon grand-père soit allé trop loin dans sa suggestion.

Le petit réchaud au milieu du salon nous éclaire de ses quelques flammes bleues. L'ambiance est douce et mélancolique, ma mère se penche vers sa mère et la serre dans ses bras. Une étreinte longue et émouvante. Je sens les larmes couler de mes yeux. Mon grand-père sort, je suis son ombre sur l'un des murs. Elle disparaît lentement dans le noir.

31

Chère Neila,

Merci pour ta dernière lettre. Que de bonnes nouvelles, ma chère! Je suis tellement contente de savoir que Mounir a été finalement libéré. Incroyable! Détenu plus de sept ans pour avoir osé dire non à l'injustice. J'ai pleuré en regardant ta photo de mariage. Tu ne peux pas savoir à quel point je suis heureuse pour vous deux. Finalement le rêve d'une vie se concrétise. Tu es splendide sur la photo. Comme une star. Les cheveux soulevés, les joues fardés, les yeux maquillés. Je te jure, tu ressembles à Claudia Cardinale quand elle était jeune. Et Mounir, rien de changé, l'air toujours sérieux, comme lorsque je le voyais devant la porte du centre commercial en train de fouiller les sacs des clients. Ah, ma chère, les années passent comme des vagues, mais la souffrance tombe au fond!

Tu m'as dit que mes parents ont assisté à ton mariage et j'ai senti mon cœur danser délicatement. Tu sais bien que tu es comme une deuxième fille pour eux. Ton mariage est le mariage que je n'ai pas pu leur offrir. Papa a répondu à deux ou trois de mes lettres. Maman ne veut

*pas me parler au téléphone. J'ai dit à papa dans une
de mes lettres que je voulais lui parler. Je lui ai donné
mon numéro de téléphone ici à Ottawa, mais rien, elle
boude encore. Même quand j'ai terminé mes études
universitaires, mon diplôme en littérature anglaise en
poche, elle n'a pas bougé d'un cran. Papa, lui, me dit le
strict nécessaire, quelques mots et sa lettre est terminée.
Je la relis une dizaine de fois pour avoir l'impression
qu'il me parle encore. La seule fois où j'ai cru détecter
une pointe de fierté dans ses propos, c'est quand je lui ai
annoncé que j'avais eu mon diplôme universitaire. Un
faible rayon de lumière dans un océan ténébreux. Juste
une phrase qui disait : « J'ai toujours su que tu étais une
bonne élève. » Peut-être que ma mère me parlera un
jour. Quand elle saura que je vais bientôt être mère, il
se peut qu'elle change d'avis. Je garde espoir.*

*C'est vrai, je ne t'ai pas dit, je sens le bébé remuer dans
mon ventre. Une sensation de bonheur inédite. C'est
le sentiment de vie qui se construit en moi qui me fait
oublier la douleur de la séparation et la rupture d'avec
mes parents. Alex est fou de joie. Il va bientôt devenir
papa. Toujours fidèle à lui-même, doux et aimable. Ah,
si jamais mes parents voulaient l'accepter! En fait, ce
n'est pas autant lui que mes parents rejettent, mais plus
la fille rebelle que je suis devenue après la Révolution du
couscous. Ils n'arrivent toujours pas à digérer la nouvelle
Nadia. Le fantôme de l'ancienne Nadia plane encore
dans leur vie. Nadia, la docile, celle qui ne pose pas trop
de questions, celle qui est prête à entrer dans le moule.
Celle qui allait réussir son bac avec mention et devenir
la fierté du quartier.*

*Tiens, pourquoi je remue toujours les souvenirs amers?
J'essaie d'oublier et de passer à autre chose, mais tu sais
bien que c'est difficile.*

Je ne t'ai pas dit que nous venons d'acheter une maison. Comme les maisons qu'on voyait dans nos films de jeunesse. En brique rouge avec un toit pointu. Il n'y en a pas de ces maisons à Tunis. Le plancher est en bois, une cheminée dans la salle de séjour et surtout pas de persiennes. Les fenêtres laissent entrer la lumière éblouissante des hivers canadiens et ça remplit nos vies de chaleur et d'espoir. J'espère que tu viendras nous rendre visite ici à Ottawa. Tu me manques. Toutes ces années perdues. Prie pour moi et pour la petite Lila qui continue à me donner des petits coups de pieds sur le côté.

Je t'embrasse,

Nadia

32

Quand nous avons quitté la maison de mes grands-parents, une partie de moi voulait y rester. Leur simplicité de vie, la douceur de mon grand-père et l'esprit rusé de ma grand-mère. Quelque chose m'attire vers eux. Probablement mes origines. Ma mère appelle ça «la force du sang». Elle doit avoir raison. Je ne veux pas trop les juger pour avoir refusé le mariage et la fuite de ma mère. En fait, je veux tout juste savourer le temps que j'ai passé avec eux. Revenir sur le passé, critiquer la décision de ma mère de m'avoir caché plein de choses est complètement inutile. J'aurai tout le temps nécessaire d'en parler avec elle quand je serai à Ottawa. Mais pour le moment, les choses ne vont pas bien à Tunis. Donia m'a appelée le matin même de notre départ. Elle pleurait au téléphone, je ne comprenais rien. Quand j'ai finalement pu comprendre ses paroles, je n'ai pas voulu les croire. Jamel a été arrêté par la police. Donia est inquiète et je le suis également. J'essaie de la rassurer au téléphone et lui promets de venir la voir dès notre retour à Tunis.

Quelques heures plus tard, nous nous sommes retrouvés dans l'appartement d'oncle Mounir et de tante Neila.

La joie de nous revoir après une journée et demie dans notre famille est un peu troublée par la tournure des événements au pays.

La nouvelle de l'arrestation de Jamel nous bouleverse tous, mais c'est surtout oncle Mounir qui me paraît le plus affecté. Il se rappelle son arrestation et son calvaire dans les prisons tunisiennes.

— Les gardiens nous traitent comme du bétail. On reste entassés dans une pièce pendant des heures. Si quelqu'un a assez de courage pour crier ou dénoncer ces conditions atroces, alors il est puni. On nous prive de nourriture pendant toute une journée.

Tante Neila prépare du thé dans la cuisine. Oncle Mounir parle avec ma mère dans le salon de la situation politique du pays. Les messages de Donia n'arrêtent pas de s'afficher sur mon téléphone. Les uns après les autres. Jamel a été amené pendant la nuit du 11 janvier au poste de police de son quartier. Des voisins de Jamel ont appelé Donia pour lui dire qu'il avait été arrêté. Au début, elle a pensé que c'était une rumeur, mais elle s'est bien rendu compte un peu plus tard que c'était vrai. Jamel était quelque part dans les locaux du ministère de l'Intérieur ou dans un poste de police. Toute la cité Ettadamoun est un champ de bataille. Des affrontements entre les policiers et des manifestants ont fait des dizaines de blessés. Donia est désemparée. Elle n'arrête pas de m'envoyer des messages. Il faut que j'aille la voir. Il faut que je sois à ses côtés. Elle me parle d'une grande manifestation dans les rues de Tunis. « Tu viendras avec moi, n'est-ce pas ? » insiste-t-elle dans son dernier texto. Je ne peux pas savoir quelle sera la réaction de ma mère et de ses amis si je leur propose d'y aller ensemble. J'appréhende leur refus. « On doit sortir tous pour dénoncer l'injustice », continue à m'écrire Donia.

Oui, je veux bien, mais qu'en est-il de ma mère et de ses amis, seraient-ils prêts à faire le saut et à défier le régime?

Leur dire ou me taire? Les yeux braqués sur mon téléphone, mon cœur à l'unisson avec Donia. J'ai l'esprit ailleurs. Je ne suis pas avec eux. Et qu'est-ce que je vais perdre si je leur demande de venir avec Donia et moi? Peut-être qu'ils voudront nous accompagner? Je crie presque.

— Donia me parle d'une grosse manif devant le ministère de l'Intérieur, elle va y aller et je vais aller avec…

Je n'ai pas le temps de terminer ma phrase, ma mère me lance :

— Une manif à Tunis. Est-ce que je rêve?

— Il faut qu'on y aille, réplique immédiatement oncle Mounir.

— Les policiers ne laisseront jamais les gens manifester, Ben Ali va déployer tout son monde, vous allez voir…

Les paroles de tante Neila lancent un voile d'abattement sur nous. Elle pose les verres de thé fumant sur la table.

— Il ne faut pas avoir peur de lui, c'est un vieux flic en fin de carrière…

Ma mère éclate de rire.

— Tu as raison, Mounir. De quoi faudrait-il avoir peur encore, après tous ces morts et ces arrestations. Il faut qu'on y aille…

Je jubile. Ma mère est partante, oncle Mounir aussi. Tante Neila n'a plus le choix. Sa peur va bientôt fondre, je la sens venir.

« Alors tu viens à la manif? Il faut le faire pour Jamel et pour tous les autres, réponds-moi vite. » Le message de Donia me poursuit comme un chien enragé. Je me donne un peu de temps. Ma mère et ses amis autour de moi prennent la décision qu'ils n'ont jamais pu prendre des années auparavant.

Ma mère et oncle Mounir scrutent le visage de tante Neila. Elle détourne son regard pour regarder par la fenêtre.

— D'accord, je viens avec vous. Mais vous savez quoi, je le fais pour une seule personne.

Lentement son regard se tourne vers moi. Elle s'approche et me saisit la main.

« Je le fais pour Lila. C'est elle l'avenir, c'est elle qui est venue changer ma vie ici. Je sors avec vous pour elle… »

Ses yeux n'étaient plus tristes. Ils brillaient. Je me jette dans ses bras. Tante Neila me serre et je ne veux plus la quitter.

« Je viens avec toi. Ma mère, tante Neila et oncle Mounir viennent aussi. On viendra te chercher. » J'écris mon message à Donia, ne sachant toujours pas si c'est la réalité ou un rêve.

Une heure plus tard, nous sommes tous entassés dans la voiture d'oncle Mounir. Moi, au milieu de la banquette arrière ; Donia, d'un côté, et ma mère, de l'autre ; oncle Mounir, au volant, et tante Neila, à sa droite. Nous roulons dans les rues de la banlieue en direction du centre-ville.

— Il ne faut surtout pas garer la voiture près de l'avenue Bourguiba, prévient Donia après avoir vérifié ses messages. Il y a des copains qui disent que la foule ne fait que grossir.

De mon siège arrière, je vois le profil crispé de tante Neila. Elle doit être très nerveuse. Ma mère est joyeuse comme une petite fille qui a finalement retrouvé un objet précieux qu'elle aurait perdu. Ses racines la revigorent. Elle regarde dehors. Des voitures de police guettent tous les coins de rue. Des gens marchent sur le trottoir à la hâte. Les palmiers impassibles ne bougent pas.

— Je vais me garer ici! annonce oncle Mounir en tournant la tête vers nous.

C'est une petite rue. La voiture s'enfonce, puis ressort. Des nids-de-poule sont partout dans la rue. Des immeubles peints en gris. Des persiennes garnissent les fenêtres allongées qui donnent sur des balcons protégés par une balustrade en fer rouillé. Une épicerie se trouve sur un côté de la rue. Le propriétaire baisse le store en tournant une manivelle de sa main. Puis le portail en fer claque d'un bruit sec.

— Les choses s'annoncent mal, lâche-t-il en direction d'oncle Mounir.

Il verrouille la voiture et fourre les clés dans sa poche.

«Apparemment, il y a une grande manifestation devant le ministère de l'Intérieur, sur l'avenue Bourguiba… continue à marmonner l'épicier aux grosses moustaches. Il ne manquait que ça, moi, je ferme boutique et je rentre chez moi, je n'aime pas le grabuge, c'est pas bon pour les affaires…»

Oncle Mounir se contente de répondre d'un simple au revoir de la main. Je marche à côté de Donia, ma mère avec tante Neila et oncle Mounir.

— J'aurais voulu que Jamel soit avec nous, soupire Donia. Il rêve de mobiliser les gens en grand nombre… J'espère qu'il ne sera pas maltraité…

— N'aie pas peur, Donia. Je suis sûre que c'est une erreur. Ils finiront par le relâcher!

— Une erreur? Tu parles, c'est un régime policier… Ils arrêteront une mouche s'ils ont le moindre doute…

Je me terre dans le silence. Mon ignorance me surprend encore. Mais Donia fait semblant de vouloir croire à mes arguments. Elle me regarde et me sourit comme pour se rassurer.

— L'un de ses amis est dans un état critique. Il a reçu une balle dans la poitrine alors qu'il sortait de chez lui. On dit qu'il y a des *snipers* sur les toits et derrière les fenêtres des immeubles qui tirent à l'aveuglette pour faire peur aux gens. Je viens de lire ça sur la page Facebook de Sami.

— Et ça profite à qui ? demandai-je, incrédule, en lançant des regards nerveux vers les fenêtres des immeubles voisins.

— Au dictateur et à ses complices, bien sûr ! Ils ne veulent pas de changement. Ils veulent que les gens se cachent dans leur terrier, comme des lapins, comme cet épicier que nous venons de rencontrer. Avez-vous remarqué la trouille sur son visage ? Une vraie poule mouillée !

Je ne peux m'empêcher de sourire. Donia reste toujours aussi vive d'esprit, même dans les pires moments.

Je ne sais pas comment, mais nous nous trouvons soudain sur la plus grande artère de Tunis : l'avenue Bourguiba. Majestueuse comme à son habitude, comme une mariée à la veille du jour J. Nous l'avons rejointe par une petite rue, la rue de Marseille.

Des hommes, des femmes, des vieux, des jeunes, tout un monde marche dans les allées. Certains rient, d'autres, plus sérieux, brandissent des pancartes de fortune. « Ben Ali, dégage ! » peut-on lire sur l'une d'elles.

Je me tourne vers ma mère. Elle est bras dessus bras dessous avec tante Neila. Deux petites gamines qui s'aiment et ne veulent plus se séparer. Ma mère revit la « Révolution du couscous » qu'elle a vue filer entre ses doigts sans vraiment y participer. Aujourd'hui, à Tunis, de retour après plus de vingt ans, elle vient faire ce qu'elle n'a pas pu faire à mon âge. Oncle Mounir prend des photos avec son cellulaire. Mais lui vit cette révolte d'une autre façon. La dernière fois, il a payé de sa liberté. Aujourd'hui, il se sent fier d'être dans cette foule, avec le sentiment que, peut-être, cette fois sera la bonne.

Donia n'arrête pas de consulter son cellulaire.

— Les gens affluent de partout, me dit-elle. Je crois que la fin de ce régime approche, le sang de Bouazizi n'aura pas coulé en vain. Le sang des martyrs de toutes ces années n'aura pas coulé en vain. Si on est là aujourd'hui, c'est grâce à leur sacrifice...

Machinalement, je hoche la tête. La foule se dirige vers le ministère de l'Intérieur. Des fils barbelés protègent la grosse bâtisse aux allures de bunker. Une jeune fille a escaladé l'un des lampadaires qui se trouvent sur l'allée. La foule est hystérique. La foule crie. Je crie avec elle. Je ne sais pas trop ce que je dis. Mais les syllabes sortent joyeusement de ma bouche pour se joindre aux autres sons qui remplissent l'espace. Malgré les visages non familiers que je rencontre à chaque seconde, je me sens en sécurité. Un calme m'enveloppe. Ce sont peut-être les arbres alignés le long des allées qui forment un bouclier naturel. Ces ficus vieux et sages nous protègent avec leur feuillage vert et touffu où les petits moineaux trouvent refuge. Nous sommes des moineaux, les ficus nous protègent sous leurs ombres. Je suis avec des gens que j'aime. Nous vivons des moments historiques. Soudain, j'entends quelqu'un crier : «Dégage!» Au début, c'est comme un murmure, puis le murmure devient grondement. Un tonnerre qui ne cesse de retentir. Une euphorie s'empare de la foule. Je sens que mes poumons vont exploser. La foule lève les bras dans un mouvement bref qui somme un interlocuteur invisible de déguerpir. La foule est en furie. Nos mains se touchent. Le peuple en a assez de subir la dictature. Aujourd'hui, il se réveille d'un profond sommeil et ordonne au dictateur de quitter le pays. Ma mère, tante Neila, oncle Mounir,

Donia, nous sommes tous ensemble, les mains en l'air, à regarder le monstre impassible qu'est ce ministère de l'Intérieur. Nos voix se joignent. Le dictateur n'a plus le choix. Il doit abandonner le pouvoir.

Le soir, réunis de nouveau au salon de tante Neila, collés devant la télé, nous apprenons que Ben Ali a eu peur de la foule et qu'il s'est enfui. Je n'arrive pas à le croire. Aussi rapidement que cela semble être... Peut-être qu'il reviendra? Personne ne le sait. Est-ce la fin d'une longue traversée du désert pour le peuple tunisien? Je ne le sais pas non plus. La lutte de mes amis a porté des fruits. Je suis contente d'avoir pu ajouter ma voix à celles des opprimés. Ce n'est pas grand-chose, mais ne rien faire n'était pas un choix.

33

Chère Donia,

Ma mère et moi sommes rentrées à Ottawa. Notre voyage s'est bien passé. Pas de surprise. Pas d'excitation. Tout le long du trajet, je n'ai cessé de penser à toi, à Jamel et à l'avenir de la Tunisie. J'ai laissé mon cœur là-bas. La première chose que j'ai faite en arrivant chez moi, c'est ouvrir mon ordinateur et consulter Facebook. Quelle bonne nouvelle! Jamel a été libéré! Je n'en croyais pas mes yeux! J'ai lu et relu le billet une dizaine de fois. «Jamel Zitouni a été libéré!» Tu dois être tellement heureuse! Je le suis pour toi. Les choses me semblent encore fragiles, mais j'ai confiance que l'aube se lèvera un jour sur la Tunisie.

Dehors, la neige tombe et il fait froid. Un froid sec et tranchant comme la lame d'une épée. Mais le froid, c'est mon enfance, c'est ma vie, je ne peux vivre qu'avec ça. Je regarde les flocons voltiger comme des boules d'ouate qui se balancent dans l'air avant de tomber sur la terre sans fracas. Leur blancheur me rappelle les toits immaculés des maisons de Tunis badigeonnées de chaux pour réduire l'ardeur des rayons de soleil. Et ça me pince le cœur. Je prends une pause, je m'étire un peu et puis je reprends mon écriture. J'ai repris les cours. Je suis un peu en retard, mais c'est un retard qui en valait la peine. Et dire que j'avais si longtemps refusé d'aller en Tunisie! Tout me faisait peur : les gens, la langue, l'environnement, le soleil qui tape fort sur la tête. Tout cela me laissait dans ma solitude et dans mon confort égoïste. Mais ce n'est plus pareil, Donia. J'ai changé. La Tunisie m'a changée. Tante Neila, oncle Mounir, mes grands-parents, toi et Jamel. Et même Am Mokhtar, le vieux renard qui travaille avec le diable. Tout ce beau monde m'a ouvert les yeux sur une autre réalité. La lutte pour la justice, la persévérance et la dignité. N'est-ce pas ce que réclamaient les jeunes sur l'avenue Bourguiba? Je l'ai entendu dans leurs voix et je l'ai vu dans leurs yeux. Je l'ai répété avec eux. C'est un voyage exceptionnel qui m'a permis de connaître l'autre, mais aussi de me connaître moi-même. Mes forces et mes faiblesses. Mon histoire. Mes racines. Et, bien sûr ma mère. Tout cela, je ne l'aurais jamais su si je n'étais allée à la source. Si je n'avais pris la peine de mettre la main à la pâte! comme dit le proverbe, un peu usé… Et quelle pâte avons-nous façonnée, hein, Donia? Tendre, dure, sans air, plate, aérée? Je ne saurais le dire! Seul l'avenir nous le dira.

Je commence des études de psychologie à l'université. Je veux mieux comprendre les gens, savoir comment ils réfléchissent, pourquoi ils sont parfois méchants et parfois gentils. Qu'est-ce qui les motive? Je veux continuer cette quête qui a commencé dans un café huppé de Tunis. Tu te rappelles, Donia? Ce jour où j'ai fait la connaissance de Jamel et de ta bande de copains. C'est ce jour-là que je suis sortie de ma petite bulle et que j'ai compris qu'il y a des jeunes, peut-être différents, mais qui comme moi rêvent de liberté et de justice. Ce jour-là, je me suis sentie changée. Enfin, je ne l'ai pas su tout de suite, mais aujourd'hui, loin de vous tous, à des milliers de kilomètres, j'en ai la conviction. Mon cœur me le crie haut et fort. J'ai changé, Donia, et tu en es la principale raison!

Je lis toujours dans les nouvelles qu'il y a encore de la violence en Tunisie. J'espère que votre quartier est épargné. Je me rappelle, après la grosse manifestation du 14 janvier et l'installation du couvre-feu, combien nous avions peur. Oncle Mounir allait toutes les nuits prêter main-forte aux hommes dans les comités de quartier pour assurer la sécurité des citoyens. Tous les hommes, jeunes ou vieux, portaient des bâtons gros comme des têtes de serpent pour se défendre contre les voyous et les bandits qui s'étaient emparés des rues et y faisaient régner la terreur. Les policiers, qui pullulaient dans les rues depuis mon arrivée en Tunisie, avaient subitement disparu. Ils avaient certainement peur que le peuple prenne sa revanche. Tiens, pourquoi je te raconte tout cela? Tu sais mieux que moi ce qui s'est passé. Peut-être que je veux garder le souvenir de tous ces moments. La nuit tombée, plusieurs jours de suite, tante Neila, maman et moi sommes restées toutes seules dans l'appartement. Elles m'ont alors raconté des histoires sur leur adolescence, sur leurs parents. Un tout autre monde que j'ai pu alors découvrir.

Cet été, je compte revenir vous voir en Tunisie. On fera un programme. Je ne viendrai pas pour apprendre l'arabe. Surtout pas! J'en ai plein les oreilles, ma formation a été plus que suffisante. Non, je veux aller à Sidi-Bouzid, à Siliana, à Gafsa, à Tozeur et dans d'autres villes à l'intérieur du pays. Je sais qu'il fera très chaud, mais j'aimerais visiter ces villes laissées pour compte. J'aimerais faire quelque chose pour aider les gens de là-bas. Tu vois, je leur dois quelque chose. Je leur dois la paix avec laquelle je vis désormais.

À bientôt,

Lila

REMERCIEMENTS

Mes remerciements les plus chaleureux vont à mon ami, Fred Reed, mon premier lecteur, dont les encouragements me poussent constamment à aller un peu plus loin. Je suis également très reconnaissante à mon amie, Caroline Lavoie, pour son minutieux travail de lecture. Ses conseils, corrections, suggestions m'ont grandement aidée et inspirée.

Merci à mes parents. Sans leur amour et leur confiance, je ne serais pas ce que je suis aujourd'hui.

Je remercie enfin mon mari et mes enfants pour leur patience.

TABLE DES MATIÈRES

VOIX NARRATIVES
Collection dirigée par Marie-Anne Blaquière

BÉLANGER, Gaétan. *Le jeu ultime*, 2001. Épuisé.

BÉRUBÉ, Sophie. *Car la nuit est longue*, 2015.

BLAQUIÈRE, Nathalie. *Boules d'ambiance et kalachnikovs. Chronique d'une journaliste au Congo*, 2013.

BOULÉ, Claire. *Sortir du cadre*, 2010.

BRUNET, Jacques. *Messe grise* ou *La fesse cachée du Bon Dieu*, 2000.

BRUNET, Jacques. *Ah…sh*t ! Agaceries*, 1996. Épuisé.

CANCIANI, Katia. *178 secondes*, 2009.

CANCIANI, Katia. *Un jardin en Espagne. Retour au Généralife*, 2006. Épuisé (réédité en Format Poche).

CHICOINE, Francine. *Carnets du minuscule*, 2005.

CHRISTENSEN, Andrée. *La mémoire de l'aile*, 2010.

CHRISTENSEN, Andrée. *Depuis toujours, j'entendais la mer*, 2007. Épuisé (réédité en Format Poche).

COUTURIER, Anne-Marie. *Le clan Plourde. De Kamouraska à Madoueskak*, 2012.

COUTURIER, Anne-Marie. *L'étonnant destin de René Plourde. Pionnier de la Nouvelle-France*, 2008.

COUTURIER, Gracia. *Chacal, mon frère*, 2010. Épuisé (réédité en Format Poche).

CRÉPEAU, Pierre. *Madame Iris et autres dérives de la raison*, 2007.

CRÉPEAU, Pierre et Mgr Aloys BIGIRUMWAMI, *Paroles du soir. Contes du Rwanda*, 2000. Épuisé.

CRÉPEAU, Pierre. *Kami. Mémoires d'une bergère teutonne*, 1999. Épuisé.

DONOVAN, Marie-Andrée. *Fantômier*, 2005.

DONOVAN, Marie-Andrée. *Les soleils incendiés*, 2004.

DONOVAN, Marie-Andrée. *Mademoiselle Cassie*, 2ᵉ éd., 2003.

DONOVAN, Marie-Andrée. *Les bernaches en voyage*, 2001.

DONOVAN, Marie-Andrée. *L'harmonica*, 2000.

DONOVAN, Marie-Andrée. *Mademoiselle Cassie*, 1999. Épuisé.

DONOVAN, Marie-Andrée. *L'envers de toi*, 1997.

DONOVAN, Marie-Andrée. *Nouvelles volantes*, 1994. Épuisé.

DUBOIS, Gilles. *L'homme aux yeux de loup*, 2005.

DUCASSE, Claudine. *Cloître d'octobre*, 2005.

DUHAIME, André. *Pour quelques rêves*, 1995. Épuisé.

FAUQUET, Ginette. *La chaîne d'alliance*, en coédition avec les Éditions La Vouivre (France), 2004.

FLAMAND, Jacques. *Mezzo tinto*, 2001.

FLUTSZTEJN-GRUDA, Ilona. *L'aïeule*, 2004.

FORAND, Claude. *R.I.P. Histoires mourantes*, 2009.

FORAND, Claude. *Ainsi parle le Saigneur*, 2006.

GAGNON, Suzanne. *Passeport rouge*, 2009.

GRAVEL, Claudette. *Fruits de la passion*, 2002.

HARBEC, Hélène. *Chambre 503*, 2009. Épuisé (réédité en Format Poche).

HAUY, Monique. *C'est fou ce que les gens peuvent perdre*, 2007.

HENRIE, Maurice. *Petites pierres blanches*, 2012.

JACK, Marie. *Mariana et Milcza*, 2015.

JACQUOT, Martine L. *Les oiseaux de nuit finissent aussi par s'endormir*, 2014.

JEANSONNE, Lorraine M. M. *L'occasion rêvée… Cette course de chevaux sur le lac Témiscamingue*, 2001. Épuisé.

LAMONTAGNE, André. *Dans la mémoire de Québec. Les escaliers*, 2015.

LAMONTAGNE, André. *Dans la mémoire de Québec. Les fossoyeurs*, 2010.

LAMONTAGNE, André. *Le tribunal parallèle*, 2006.

LANDRY, Jacqueline. *Terreur dans le Downtown Eastside. Le cri du West Coast Express*, 2013.

LEPAGE, Françoise. *Soudain l'étrangeté*, 2010.

LÉVESQUE, Geneviève. *La maison habitée*, 2014.

MALLET-PARENT, Jocelyne. *Celle qui reste*, 2011.

MALLET-PARENT, Jocelyne. *Dans la tourmente afghane*, 2009.

MARCHILDON, Daniel. *Le sortilège de Louisbourg*, 2014.

MARCHILDON, Daniel. *L'eau de vie (Uisge beatha)*, 2008. Épuisé (réédité en Format Poche).

MARTIN, Marie-Josée. *Un jour, ils entendront mes silences*, 2012.

MAZIGH, Monia. *Du pain et du jasmin*, 2015.

MUIR, Michel. *Carnets intimes. 1993-1994*, 1995. Épuisé.

PIUZE, Simone. *La femme-homme*, 2006.

RESCH, Aurélie. *Pars, Ntangu !*, 2011.

RESCH, Aurélie. *La dernière allumette*, 2011.

RICHARD, Martine. *Les sept vies de François Olivier*, 2006.

ROBITAILLE, Patrice. *Le cartel des volcans*, 2013.

ROSSIGNOL, Dany. *Impostures. Le journal de Boris*, 2007.

ROSSIGNOL, Dany. *L'angélus*, 2004.

THÉRIAULT, Annie-Claude. *Quelque chose comme une odeur de printemps*, 2012.

TREMBLAY, Micheline. *La fille du concierge*, 2008.

TREMBLAY, Rose-Hélène. *Les trois sœurs*, 2012.

VICKERS, Nancy. *La petite vieille aux poupées*, 2002.

YOUNES, Mila. *Nomade*, 2008.

YOUNES, Mila. *Ma mère, ma fille, ma sœur*, 2003.

Imprimé sur papier recyclé 100 % postconsommation
traité sans chlore, accrédité Éco-Logo
et fait à partir de biogaz.

Couverture 30 % de fibres postconsommation
Certifié FSC®
Fabriqué à l'aide d'énergie renouvelable,
sans chlore élémentaire, sans acide.

Couverture : Tunis, 24 octobre 2011, Giuliano Koren
© Giuliano Koren/Corbis
Maquette et mise en pages : Anne-Marie Berthiaume
Révision : Frèdelin Leroux

Achevé d'imprimer en septembre 2015
sur les presses d'Imprimerie Gauvin
Gatineau (Québec) Canada